AF281839

Über den Atlantik

Rivka Paschedag

Über den Atlantik

**Bibliografische Information der
Deutschen Nationalbibliothek**
Die Deutsche Nationalbibliothek verzeichnet
diese Publikation in der Deutschen Nationalbibliografie;
detaillierte bibliografische Daten sind im Internet
über http://dnb.d-nb.de abrufbar.

Verlag: BoD · Books on Demand GmbH,
Überseering 33, 22297 Hamburg, bod@bod.de
Druck: Libri Plureos GmbH, Friedensallee 273,
22763 Hamburg

ISBN: 978-3-7597-3490-7

Alma

Drei Tage lang hatte der Wind Wolken wie plumpe Tiere vom Atlantik her über Boston getrieben. Die Häuser der Stadt hatten sie gemolken. Regen hatte sich in die Straßen ergossen und die Menschen unter die Schirme geduckt. Nun war die Luft reingewaschen, nur die Blätter der Bäume und die Steine der Gehwege glänzten noch nass. Der Himmel strahlte jungfräulich wie am siebten Tag der Schöpfung.

Ein heller Streif, den die untergehende Sonne über den Tisch zog, war immer weiter zur Seite geglitten und schien gerade an der Ecke abzustürzen, als Lea Rosenfeld den Bogen ein letztes Mal über die E-Seite ihres Basses gleiten ließ. Der dunkle Ton schwang durch das Zimmer, als versuchte er, dem Lichtstreif zu folgen.

Vorsichtig legte Lea den Bass in seine Kiste. Das Plop-Plop der beiden Schnallen vertrieb den gestrichenen Ton. Lea wuchtete die Kiste an ihren Platz zwischen Fenster und Bücherregal. Dabei fiel ihr Blick auf die Schachtel, die mit einem Bindfaden verzurrt im Regal lag. Sie schien nach ihr zu rufen, schien zu leuchten, obwohl der Lichtstreif sie nicht erreichte, obwohl sie aus stumpfem, graubraunem Karton war. Sie ragte kaum über den Bücherstapel, auf dem sie lag, aber sie war prall gefüllt. Die Schnur spannte und hatte den Deckel an einer Seite leicht eingedrückt. Über diese Druckstelle hatte die Mutter mit ihrem knorrigen Daumen gestrichen, als sie Lea die Schachtel gegeben hatte.

Mit einem Ruck wandte Lea sich ab, ging zum Rechner und schaltete sich in die Videokonferenz mit ihren Kollegen in China. Auch heute würde die Schachtel verschlossen bleiben.

Am Morgen war Lea früh wach. Sie hatte nicht gut geschlafen. Der Ärger, von dem die Kollegen erzählt hatten, hatte sich in ihre Träume geschlichen. Lea versuchte, ihre Wut und ihr schlechtes Gewissen, nicht selbst vor Ort gewesen zu sein, beiseitezuschieben. Sie hatte ihre Arbeit getan, hatte die Kollegen unterstützt, so gut sie konnte, hatte eine halbe Nacht zusätzlich gearbeitet. Jetzt war Wochenende. Schabbat. Ruhetag. Der Tag für die Schachtel mit dem Bindfaden. Lea räumte das Frühstücksgeschirr in die Spüle, goss sich noch einen Tee auf und holte die Schachtel aus dem Regal. Unwirklich fiel das Morgenlicht durchs Fenster, gespiegelt an den Scheiben des Hauses gegenüber. Unwirklich war ihre Erinnerung an den Abend vor drei Monaten, als die Mutter ihr das Erbe anvertraut hatte, damals, in einer anderen Welt. In jener Welt, in der sie oft mit der Mutter zusammengesessen, sie auf Wegen durch die Stadt begleitet, Einkäufe für sie erledigt hatte, konnte die Mutter ihr nebenher die Schachtel geben mit der Bitte, sie erst nach ihrem Tod zu öffnen. Auch wenn Lea überzeugt war, dass diese Bitte in weite Ferne wies, hatte sie das Geschenk als unheimlich empfunden und zu Hause ganz oben in den Kleiderschrank gesteckt, wo es ihr nicht in die Augen fallen würde.

Vor drei Wochen war die Mutter den letzten Weg gegangen und hatte Lea allein gelassen, allein mit der Schachtel. Lea hatte sie aus dem Schrank geholt und ins Regal gelegt, auf den kleinen Stapel Bücher, den sie aus dem riesigen Regal der Mutter mitgenommen hatte. Sie hatte die Bücher noch nicht angeschaut. Sie hatte den Bindfaden noch nicht gelöst. Verschnürt wie ein harmloses Geschenk lag dort ein Vermächtnis aus einer verlorenen Welt. Lea trank noch einen Schluck Tee und griff danach.

Leicht lag ihr der Karton in der Hand, als sie wie die Mutter mit dem Daumen über die Delle fuhr, die der Faden gedrückt hatte. Die blaue Tinte, mit der LEA in die obere linke Ecke geschrieben war, war verblichen. Die Schachtel schien schon an verschiedenen Orten gestanden zu haben, mal im Licht, mal im Schatten. Die Sonne hatte ein Muster aus mehr und weniger verblichenen Flächen darauf hinterlassen, getrennt durch unscharfe Kanten. Lea betrachtete alle Seiten, fand aber keinen Hinweis auf den Inhalt oder die Herkunft der Schachtel, keine weitere Beschriftung, keinen Aufkleber. Sie knotete den Faden auf, wickelte ihn um zwei Finger zu einem kleinen Knäuel und nahm den Deckel von der Schachtel.

Briefcouverts, obenauf eine Karte:

»Liebe Lea, bitte lies die Briefe in der richtigen Reihenfolge!«

Vorsichtig nahm Lea die obersten Couverts heraus, sah sie an, dann die nächsten. Sie waren säuberlich nummeriert. Auf allen stand »Lea Bloch«, ohne Anschrift.

Wer war das? Sie hatte den Namen noch nie gehört, weder von ihrer Mutter noch von einem anderen Familienmitglied. Sie kannte den Namen nicht aus dem Fernsehen und nicht aus der Zeitung. Keines der Bücher, das sie gelesen oder von dem ihre Mutter erzählt hatte, war von Lea Bloch geschrieben. Warum stand dieser Name auf den Couverts?

Der Umschlag, der ganz unten in der Schachtel lag, war neu. Das Papier glänzte seidig und wirkte weniger spröde als das der anderen Couverts. Auf diesem Umschlag stand »Lea Rosenfeld«. Die Schrift war etwas zitterig, wie Lea sie von den Einkaufszetteln kannte, die die Mutter ihr in jener anderen Welt mitgegeben hatte. Am liebsten hätte sie diesen Brief gleich als ersten gelesen, doch sie sollte sich an die Reihenfolge halten. Die Reihenfolge war durch die Nummerierung vorgegeben und der Brief mit ihrem Namen trug die Nummer siebenunddreißig. Sie musste ihn bis zum Schluss liegen lassen.

Lea schloss die Augen und wartete, dass das Schwindelgefühl verging, das in ihr aufgestiegen war. Die Umschläge mit dem fremden Namen machten die leichte Schachtel zu einem schweren Stein, der auf ihrem Weg lag.

Noch einmal blätterte sie die Couverts durch. Die ersten schienen sehr alt zu sein, waren aus rauem Papier, gelblich grau. Vom achten Brief an waren es Luftpostcouverts, daher kam wohl das geringe Gewicht der Schachtel. Luftpostpapier hatte sie als Kind benutzt – das war Jahrzehnte her. Eine Schachtel voll alter Briefe. Briefe, die nicht an sie gerichtet waren. Briefe, für die es keine Adresse gab, nur eine Adressatin. Briefe, die nicht abgeschickt worden waren. Für Lea war es undenkbar, fremde Post anzusehen. Die Mutter hatte das gewusst. Trotzdem hatte sie ihr eine Schachtel mit Briefen zum Lesen gegeben.

Hilflos drehte Lea jedes der Couverts noch einmal um. Keine Aufschrift, kein Zeichen. Sie schichtete sie wieder in die Schachtel und legte den Deckel auf. Vielleicht hatte sie doch etwas falsch verstanden und sollte die Briefe nur aufbewahren? Würde irgendwann eine Frau vor der Tür stehen und sagen »Ich bin Lea Bloch. Bitte geben Sie mir die Briefe, die Ihre Mutter Ihnen anvertraut hat!«

Wie könnte diese Frau aussehen? Wäre sie freundlich oder traurig, schüchtern oder fordernd? Lea hob den Bass aus seiner Kiste und versuchte die Frau zu erspielen, die da kommen könnte. In die schweren, dumpfen Töne mischte sich plötzlich eine leichte Melodie, die Lea irgendwoher kannte, aber sie konnte sich nicht daran erinnern, woher. Sie überließ sich ihrem Instrument und lauschte, was es scheinbar ohne ihr Zutun erzählte. Die leichte Melodie wurde dominant, nahm dem Bass alles Schwere und wurde dann leiser, trauriger, bis sie irgendwann nicht mehr als die zu erkennen war, als die sie sich ins Spiel gebracht hatte. Lea endete mit einem langen tiefen E.

Sie sollte die Briefe lesen. Lea Bloch hatte sie in den letzten Jahren nicht abgeholt. Vielleicht war das der Grund, dass die Mutter Lea die Briefe vererbt hatte: damit Lea sie lesen sollte. Damit eine Lea sie lesen sollte? Lea nahm das erste Couvert, zog eine Nadel aus ihrem Dutt und schlitzte damit vorsichtig den Falz auf. Das Briefpapier war feiner als der Umschlag, am Rand mit zarten Blumen verziert, und die kleine, sehr gleichmäßige Mädchenschrift ließ vage die Handschrift der Mutter ahnen.

»Liebe Lea,

nun sind wir seit vier Tagen auf dem Schiff, Europa ist hinter dem Horizont verschwunden.

Es ist voll. Ich hätte gar nicht gedacht, dass so viele Menschen auf dieses Schiff passen, und ich hoffe nur, dass es nicht überladen ist und dass wir nicht in einen Sturm kommen. Mutter ist auch so schon seekrank, seit wir Liverpool verlassen haben, und sie ist nicht die Einzige. Immerhin haben wir zu dritt eine eigene Kabine und damit eine winzige Privatsphäre. Wie sich die Zeiten ändern. Noch vor einem Jahr konnte ich mir nicht vorstellen, ohne eigenes Kinderzimmer leben zu müssen, heute bin ich froh, mit meinen Eltern eine kleine Schiffskabine zur Verfügung zu haben.«

Vor Leas Augen entstand ein Bild, das sie nur schwarzgrau denken konnte. Ein Bild, das die Eltern und Großeltern immer gleich verdrängt hatten, wenn es sich in ein Gespräch schob. Ein Bild, mit dem Lea Angst verband, Unsicherheit und eine diffuse Scham, auch wenn sie wusste, dass diese Fahrt in die Freiheit geführt, dass sie ihr Leben ermöglicht hatte. Lea stand auf, schob das Fenster hoch, zog den Bindfaden lang und wickelte ihn wieder neu zusammen. Dann griff sie nach dem Brief und las ans Fensterbrett gelehnt weiter.

»Mutter meint, dass wir uns auf ein Leben in Amerika einrichten müssen, dass Deutschland verflucht ist, unbewohnbar geworden auf Jahrzehnte oder länger. Ich will das nicht glauben. Ich will nicht glauben, dass das ein Abschied für immer ist und dass ich Dich nie mehr wiedersehen soll – Dich, Deine Eltern, die Scharski mit ihrem rollenden R im Geschichtsunterricht.

Aber jetzt muss ich mich auf dieses fremde Land einstellen. Vater spricht nur noch Englisch mit uns und schwärmt von den Wundern, die wir in New York sehen werden. Mutter versucht, stark und optimistisch zu sein, obwohl ich sehe, wie schwer es ihr fällt – besonders jetzt, wo sie nichts im Magen behalten kann. Ich muss meine Sorgen verstecken und das Spiel mitspielen. Lange genug war ich so dumm, sie mit meinem Nein unter Druck zu setzen, sie an ihrer Entscheidung zweifeln und sie hinausschieben zu lassen, bis es fast zu spät war.«

Die Mutter, die in der Familie am nachdrücklichsten war, wenn es darum ging, nicht nach

Deutschland zu reisen, die dem Vater jede anerkennende Bemerkung zu deutscher Technik übel genommen hatte – sie hatte sich gegen die Ausreise gewehrt? Oder war es doch nicht ihre Handschrift? Lea sah ans Ende des Briefes, er war mit »Alma« unterschrieben. Die Mutter hatte ihn verfasst. Hatte ihn verfasst, als sie ein junges Mädchen war, das Lea nicht kannte.

»Es ist ein Lichtblick, dass Rosenfelds auf dem gleichen Schiff sind. Maja ist enttäuscht, dass sie mit ihren neunzehn Jahren in Amerika noch nicht als volljährig gilt, und will mit uns ‚Kindern‘ nichts mehr zu tun haben. Aber Karl, der in der Schule einen großen Bogen um alle Mädchen gemacht hat, ist sich nicht zu schade, sich mit mir abzugeben. Er hat sich sogar erkundigt, ob ich weiß, wie es Dir geht. Leider konnte ich ihm nichts Erfreuliches berichten. Aber Du sollst wissen, dass es hier nicht nur eine gibt, die an Dich denkt.«

Karl Rosenfeld. Lea lächelte. So viele Karl Rosenfelds wird es wohl nicht gegeben haben, die zu dieser Zeit mit dem Schiff aus Deutschland geflüchtet sind.

»Karl ist ein unheimlich neugieriger und kluger Kerl. Er hat schon das ganze Schiff erkundet und sich mit einem Maschinisten angefreundet, um herauszufinden, wie alles funktioniert, was uns auf dem Wasser voranbringt. Auch die Sterne guckt er an, um unsere Route zu bestimmen. Er hat sich wohl recht geschickt angestellt, denn der Navigationsoffizier hat ihm einen Blick auf seine Geräte erlaubt. Gelegentlich will er sie ihm genauer erklären und Karl ist schon ganz ungeduldig. Aber ich glaube nicht, dass bei dem Gewusel auf dem Schiff dafür Zeit sein wird.

Der Maschinist hat Karl versprochen, dass wir in vier Tagen die Freiheitsstatue sehen werden, den ersten Gruß Amerikas. Ich bin gespannt und ängstlich zugleich. Das Schiff gehört zur Reise. Auch wenn mir das Meer Angst macht, haben wir es doch in vier Tagen überstanden. Aber Amerika? Selbst wenn Vaters düstere Prognosen nicht stimmen und wir in ein paar Monaten wieder zurückreisen können, müssen wir uns dort erst einmal einrichten. Vater sagt, Amerika speit jeden aus, der sich nicht ganz darauf einlässt. Ich will nicht wieder ausgespien werden, wo sollen wir denn dann hin? Nur, worauf ich mich ganz einlassen soll und wie das geht, wage ich noch nicht zu denken.

Erst einmal lerne ich mit Vater fleißig Englisch. Das kann nicht schaden und macht außerdem noch Spaß. Glaub mir, es gibt Leute auf dem Schiff, die kennen noch nicht einmal den Unterschied zwischen feed und feet, die werden wohl am Ende an ihren eigenen Füßen nagen müssen.«

Die sprachbegabte Mutter hatte gut lachen! Lea stellte sich vor, dass sie plötzlich in ein Land mit einer anderen Sprache fliehen müsste, vielleicht sogar nach Israel oder Japan, wo andere Schriftzeichen genutzt wurden. Ihr würden gröbere Fehler passieren, als feed und feet zu verwechseln.

»Was sind das für Sorgen, von denen ich hier schreibe. Ruhiges Meer mit Sternenhimmel, eine Sprache, die zu lernen mir Spaß macht, und die Aussicht auf ein Land, in dem wir uns frei bewegen könne. Warum kannst Du nicht bei uns sein und alles selbst erleben? Warum bist Du in die Unmenschlichkeit verschleppt worden? Ich weiß nicht, ob ich jemals die Barbarei begreifen werde, die sich über unser Land gelegt hat. Das kann nicht, das darf nicht lange dauern. Halte durch und sei stark. Der Spuk muss bald verschwinden. Dann kannst auch Du wieder frei leben und ich komme zurück.«

Die Sätze ließen das Schwarzgrau noch trostloser erscheinen. Wer war die Adressatin des Briefes? War die Schachtel ein Stein, so war der Brief eine seiner Schieferplatten. Würde sich der Inhalt der Schachtel aus vielen solcher Platten zusammensetzen? Würde Lea das Gewicht noch tragen können, wenn sie den Inhalt der Briefe kannte? Der erste Brief endete mit Almas Versprechen, sich wieder zu melden, wenn sie in Amerika angekommen wäre.

Lea schloss die Augen und öffnete sie wieder, aber die schwarzgraue Szenerie verschwand nicht. Sie war unscharf, weder Personen noch Orte ließen sich genau erkennen, als wäre der Fokus der Kamera falsch eingestellt. Um sie klarer sehen zu können, versuchte Lea, sich in ihre Kindheit an den Tisch der Großeltern zurückzuversetzen, an einen der seltenen Tage, an denen Erinnerungen an die Überfahrt im Spätherbst 1938 angeklungen waren, an die Angst vor Sturm und Unwetter – Erinnerungen, die der Vater schnell mit einer Bemerkung auf die Seite schob, das schwarzgraue Bild mit einer Erzählung aus seinem farbenfrohen Alltag vertrieb, einer Begegnung mit einem Schachfreund, einer komischen Schaufensterdekoration, einem Baum, der besonders früh erblüht war.

Der Vater war viele Jahre vor der Mutter seinen letzten Weg gegangen, und nun, wo der Brief nach Lea griff, gab es niemand mehr, der das Bild vertrieb. Niemand, der nicht nur gegen die Ängste der Überfahrt, von deren gutem Ende man doch wusste, sondern gegen die Ahnung vom zurückgelassenen Grauen eine Gegenwart setzte, die eine lebenswerte Welt versprach. Es war auch keiner mehr da, der das Bild schärfer zeichnen könnte. Als Lea in ihre eigene Wohnung zog, hatte der Vater ihr das Aquarell geschenkt, das noch immer über ihrem Sofa hing – schwere

Schiffe in flirrendem Wasser, viel Licht, Gelb und Blau. Ob das der Anblick war, der die Eltern in der neuen Welt begrüßt hatte? Geschäftiges Treiben im Wasser und im Hafen, eine Einladung mitzutun? Oder war das Wetter umgeschlagen, hatte das Schiff rollen und stampfen lassen und die Leute in die Häuser getrieben, als es endlich im Hafen einlief? Vielleicht hatte der Vater ihr das Bild geschenkt, damit sie immer ein Gegenstück zu den grau verschatteten Bildern hatte, um deren Hartnäckigkeit in der Erinnerung er wusste.

Lea goss sich eine Tasse Tee auf. Sie beobachtete, wie sich die grünen Blätter im Sieb langsam aufrollten, wie sie erst an der Oberfläche schwebten und dann langsam herabsanken. Sie nahm das Sieb aus dem Tee, trank einen Schluck und griff nach dem nächsten Brief.

Adressatin: Lea Bloch. Keine Adresse. Noch immer war Lea nicht wohl dabei, einen Umschlag zu öffnen, auf dem ein anderer Name stand als ihrer. Warum gab es keine Adresse von Lea Bloch? Warum hatte die Mutter den Brief nicht abgeschickt?

Der zweite Brief war, entgegen der Ankündigung, noch auf dem Schiff geschrieben. Lea las, dass sich das Wetter hielt und dass Karl ein Fernglas hatte, durch das er Alma die Freiheitsstatue zeigte. Vielleicht waren sie beide die ersten Passagiere, die sie erblickten.

»Da ist nun Amerika, und man könnte es so deuten, dass uns die Metallfrau begrüßt, vielleicht sogar willkommen heißt. Sie wird immer größer, je näher wir kommen, und je größer sie wird, umso gewaltiger wirkt sie. Sie ist wie die englische Sprache: klar und hart. Ob es für die Schiffe, die nach Argentinien kommen, auch solch eine martialische Begrüßung gibt? So freundlich, wie die Sprache dort klingt, kann ich mir das nicht vorstellen. Wie schön wäre es, in ein Land zu kommen, in dem Spanisch gesprochen wird! Zu Vater darf ich das nicht sagen, er ist so stolz auf mein Englisch, mit dem ich Mutter schon weit überholt habe. Auch Karl ist ganz begeistert von Englisch und der Art der Amerikaner, einfach ein kurzes neues Wort zu erfinden, wenn sie es brauchen, statt wie wir in Deutschland Wortungetüme zusammenzubauen. Aber Argentinien, wo es im Sommer schneit und man sich im Winter in der Sonne brutzeln lassen kann, wo die Leute Tango tanzen und man die Sprache singt – das wäre doch etwas ganz anderes.«

Lea war also nicht die Einzige, mit der die Mutter über ihren argentinischen Traum gesprochen hatte, über ihre Liebe zur spanischen Sprache, ihre Lust auf Tango, Drama im Tanz. Sie sind nie nach Argentinien gereist, aber es blieb ein Traumland für Alma, über das sie immer wieder mit Lea sprach, nur mit Lea. Und doch gab es noch einen anderen Menschen, der von diesem Traum wusste, der wusste, wie lange er schon in Alma wohnte, dem sie davon schrieb. Wer war Lea Bloch?

Die Briefe begleiteten Lea durch die nächsten Tage. Mehr als zwei konnte sie selten hintereinander lesen, zu fern war ihr das junge Mädchen, das sie geschrieben hatte. Zur fern war ihr die Zeit, aus der sie berichteten. Lea musste sich immer wieder klar machen, dass dieses Mädchen ihre Mutter war, dass es kein Zufall war, wenn der Nachdruck mancher Passagen und die Worte, mit denen sie Verwirrung oder Begeisterung ausdrückte, für sie sehr vertraut klangen. Und doch waren die Briefe nicht von ihrer selbstbewussten Mutter geschrieben, in deren Nähe Lea bis zum Schluss das Gefühl hatte, dass jedes Problem zu bewältigen war, sondern von einem verunsicherten, aber auch neugierigen Mädchen, das sich einer Freundin anvertraute.

Dieses Mädchen kannte Lea nicht. Sie versuchte sich zu erinnern, aber von ihrem Leben in Deutschland, von der Überfahrt, von den ersten Jahren in New York hatte die Mutter ihr nie etwas erzählt, bis zum Schluss nicht. Nie hatte sie erwähnt, was es für sie bedeutet hatte, ihre Heimat verlassen zu müssen – das Land, die Freunde, alle bisherigen Pläne für ihr Leben. Sie hatte sich gern an ihre Hochzeit erinnert, den zum Baldachin gespannten Tallit mit blauen Streifen, das Glas, das Karl zertrat. Lea kannte Geschichten aus den Jahren danach: von Bens Geburt, von Leas Geburt, von Almas Arbeit am Anglistischen Institut. Die alten Zeiten schienen mit den Großeltern zu Grabe getragen worden zu sein. Es fiel Lea schwer, sich ihre Mutter als Kind vorzustellen. Es gab keine Begebenheiten aus dieser Zeit, die in Gesprächen zitiert worden waren, so wie die Eltern immer wieder von ihrem ersten Versuch sprachen, auf einem großen Bass zu spielen oder von Bens Einschulung, für die die Großeltern so wie in Berlin für Alma eine Zuckertüte gebastelt hatten, mit der Ben sich vor seinen Mitschülern albern vorkam. Das, was in den Briefen an Lea Bloch stand, hatte die Mutter nicht in der Familienrunde ausgeplaudert. Was verband Alma mit Lea Bloch, dass sie ihr schreiben konnte, was sie nicht einmal ihrer Tochter erzählt hatte? Und warum hatte sie ihr die Briefe nicht geschickt, sondern sie Lea vererbt?

In den ersten Briefen aus New York fand Lea noch das Bild der schwarzgrauen Stadt Berlin. Alma stellte sich vor, mit Lea Bloch durch die Straßen zu streifen, schrieb von der Hoffnung, die Stadt nach der Rückkehr noch wiedererkennen zu können. Sie wollte mit ihr den Ku'damm entlangbummeln. Lea grinste. Auch die Großeltern hatten diese Straße erwähnt, aber sie konnte noch immer nicht verstehen, warum solche offenbar wichtige Straße einer großen Stadt nach Rindviechern benannt war. Sie googelte. Also keine Rindviecher, sondern Adlige. Vielleicht wollte die Stadt mit diesem Namen glänzen. Für Lea blieb sie schmutzig und grau. Es war eine verfluchte Stadt in einem verfluchten Land. So war der Konsens in ihrer Familie. Anders konnte Lea nicht an Berlin, nicht an Deutschland denken.

Je weiter Lea las, umso vertrauter wurde ihr die Welt, die Alma beschrieb. Dabei schien für Alma der Riss, der das Leben in Deutschland vom Leben in Amerika trennte, immer größer zu werden. Sie versuchte ihn in den Briefen zu vernähen, mit großen Stichen, bei denen der Faden riss, weil die Welten immer weiter auseinanderdrifteten. Das schreiend bunte Amerika und das schreiend schwarze Deutschland passten nicht mehr in ein Bild. Und doch wollte Alma ihre Eindrücke, ihre Hoffnungen und Ängste mit der Freundin teilen, hätte gern ein Echo gehört aus der alten Heimat auf das Leben in der neuen, in der die Gesichter fremd aussahen, die Lieder anders klangen und in der sie auf viele Fragen keine Antwort fand. Nicht das Echo, das sie in Amerika hätte finden können, interessierte sie, nicht das von Karl, nicht das ihrer New Yorker Freundinnen. Auch nicht das, was Lea ihr später hätte geben können, wenn sie mit ihr über diese Zeit gesprochen hätte. Das Echo von Lea Bloch war ihr wichtig, dafür versuchte sie, die Welten zu vernähen. Sie nähte mit Verbundenheit: »Wenn Du hier wärst«. Und mit Scham: »Du hättest verdient, hier zu sein. Du hattest es viel mehr gewollt und würdest nicht wie ich vor Sehnsucht zerfließen nach einer Welt, die uns ausgespuckt hat.« Die junge Alma hatte gehofft, dass der Faden der Worte ihr Leben zusammenhalten könnte. Die alte Alma mochte nicht mehr daran rühren.

In den Briefen, die Alma nach Ende des Krieges geschrieben hatte, wurden die persönlichen, an Lea Bloch gerichteten Sätze seltener und verschwanden nach und nach ganz. War es nur die lange Zeit der Trennung, die das Bild von Lea Bloch verblassen ließ, die das bunte Amerika mächtig werden ließ über das schwarzgraue Deutschland?

Mit jedem Brief an Lea Bloch, den Lea las, wuchs das Gefühl in ihr, dass diese Frau nie vor ihrer Tür stehen würde. Hätte Alma sie in den ersten Briefen nicht so direkt angesprochen, von Karls Fragen nach Lea geschrieben, von der Hoffnung, sich wieder zu treffen, hätte Lea sie für eine Fiktion gehalten. Ein Phantom, das sich die Mutter erträumt hatte, um aufschreiben zu können, was zu sagen ihr nicht gelang. Die Briefe wurden immer mehr ein Tagebuch, das nicht an eine gläserne Einsamkeit, sondern an die warme Nähe einer Freundin gerichtet war. Trotzdem hatte Alma sie ihrer Tochter gegeben, hatte geschrieben: »Lies!«. Etwas darin musste Lea als Geschenk verstehen, ein Geschenk, das die Mutter schon vor ihrer Geburt anzulegen begonnen hatte. Bisher hatte sie noch keinen Anhaltspunkt dafür gefunden. Einzig, dass die Adressatin der Briefe den gleichen Vornamen trug wie sie. Es musste mit dieser Frau zusammenhängen, dass die Mutter ihr die Briefe zum Lesen anvertraut hatte, mit der Frau, von der Lea noch nie gehört hatte. Lea Bloch war keine Fiktion.

Lea las, wie schwer es Alma am Anfang gefallen war, sich in der neuen Heimat einzugewöhnen, Freunde zu finden, in der Schule mitzukommen. Sie las vom Befremden, das der allmorgendliche »Pledge of Allegiance« bei Alma auslöste und dass sie dabei nur den Mund bewegte, aber nicht sprach. Wie seltsam sich dieses Befremden für Lea las. Wie seltsam ihr in diesem Licht die Selbstverständlichkeit erschien, mit der sie selbst den Schwur an jedem Schulmorgen gesprochen hatte.

Lea las von den Mühen ihrer Großeltern, Geld zu verdienen, eine Wohnung zu finden, die sie für sich allein hatten. Sie las von Bittgängen, von Betrug, den sie nicht durchschauten, weil sie die Regeln des Landes nicht kannten. Sie las davon, dass der Vater endlich eine Stelle fand, bei der sein mathematisch gebildeter Kopf gefragt war und nicht nur seine mäßig entwickelten Muskeln. Die Vertrautheit in der Familie schwand. Almas Mutter wurde religiöser, sie zündete jeden Freitag Schabbat-Kerzen an und ging samstags zum Gottesdienst. Die Synagoge wurde ihr zweites Wohnzimmer, ein Ort der Geborgenheit unter vertrauten Menschen. Der Vater suchte diesen Zugang nicht. Er akzeptierte zwar das Freitagsritual, verweigerte sich aber dem Synagogenbesuch. Alma stand zwischen den Eltern, mochte die Leute, die sie in der Synagoge traf und gab doch dem Vater recht, dass ein Gebet unaufrichtig war, das mehr im Vertrauen auf die Gemeinschaft als im Vertrauen auf Gott gesprochen wurde. Sie fragte Lea Bloch, was für sie ein ehrliches Gebet sei.

Dieser Brief las sich für Lea wie eine philosophische Abhandlung, der Einstieg in ein Thema, das Alma offenbar ein Leben lang nicht losgelassen hatte. Sie erinnerte sich an die Zeit, als Ben gerade ausgezogen war. Damals war ihre Mutter in verschiedene Synagogen gegangen, hatte ein paar Monate lang am Schabbat nicht mehr gekocht und stattdessen eine Wärmplatte angeschafft, hatte sie dann doch wieder verschenkt. Sie war in eine egalitäre Synagoge gegangen und hatte die Segenssprüche beim Aufruf zur Tora gelernt. Am Ende war sie aber wieder in der Migrantengemeinde gelandet, waren ihr die Menschen wichtiger als der Ritus. Hatte sie dabei ihre Antwort auf die Frage an Lea Bloch gefunden?

Lea las von der Faszination, die das brodelnde New York auf die Jugendliche ausübte. Sie las von Almas wachsendem Selbstbewusstsein, von ihrem Stolz, so schnell die neue Sprache erlernt zu haben und sich nach einigen Monaten sicher ausdrücken zu können. Sie hatte deutsche Wurzeln? Wem sie es nicht erzählte, der bekam das erst mit, wenn er ihr genau zuhörte, wenn er sich die Mühe machte herauszufinden, woher ihr Akzent rührte. Mit ihren neuen Freunden träumte sie von der Zukunft. Sie flohen vor den Erinnerungen, die sie voneinander trennten und die sie verletzlich machten. Das ging gut, bis Alma auf einer Ferienreise für jüdische Migrantenkinder von einem Jungen geschlagen wurde. Er stammte aus Polen, erkannte ihren

Akzent und weigerte sich zu glauben, dass auch sie vor den Deutschen hatte fliehen müssen. Nach dieser Begegnung wurde sie wählerischer mit ihren Freunden. Sie verbrachte viel Zeit mit Karl und mit zwei Mädchen aus ihrer Klasse, zu denen sie Vertrauen gefasst hatte. Eine von ihnen war Ilse, die drei Monate vor ihr aus Berlin nach New York gekommen war. Beide hatten Verwandte in Charlottenburg, beide hatten von diesen Verwandten nichts mehr gehört, seit sie in New York waren. Ilse hatte die Freundschaft zu Alma immer gepflegt. Zum letzten Mal hatte Lea sie bei der Beerdigung der Mutter gesehen. »Aber von Dir« schrieb Alma an Lea Bloch, »habe ich hier niemandem erzählt. Dass Du meine engste, beste, liebste Freundin bist, geht hier niemanden etwas an.«

Lea las von Almas Erfolgen in der Schule, die ihr ein Stipendium an der New York University einbrachten. Sie studierte Philosophie und amerikanische Literatur und schrieb ihre Dissertation über den Einfluss der aus Deutschland immigrierten Schriftsteller auf die amerikanische Belletristik. Wenn das der Grund dafür war, dass Alma diese alten deutsche Ausgaben im Regal stehen hatte, würde Lea sie ins Antiquariat geben, wie sie es mit dem Rest der Bibliothek ihrer Mutter gemacht hatte. Almas linguistischen Arbeiten hatte sie nie etwas abgewinnen können. Offenbar hoffte Alma, dass Lea Bloch ihre Begeisterung teilte, einem Brief hatte sie einen ihrer Konferenzartikel beigelegt. Wie viel Englisch hatte Lea Bloch gelernt? Konnte sie den Artikel lesen, in dem eine anspruchsvolle linguistische Diskussion geführt wurde? Lebte sie selbst inzwischen in einem Land, in dem Englisch gesprochen wurde, in England oder in Israel? Aber warum hatte Alma die Briefe dann nicht abgeschickt?

Lea las, dass der Großvater durch einen Nebenverdienst Geld für Theaterkarten zusammenkratzen konnte. »Brigadoon« lief seit 1947 am Broadway und Alma ging mit ihrer Familie in eine der ersten Vorstellungen. Auch für Karl hatte Almas Vater eine Karte spendiert. Lea schmunzelte. Den Freund der Tochter mit solcher Geste in die Familie aufzunehmen, passt zu ihm. Alma beschrieb ausführlich die Stimmung auf dem Broadway, das Gedränge festlich gekleideter Menschen, die Lichter, mit denen sich die Theater gegenseitig zu übertrumpfen suchten, das Stimmengewirr und den Duft nach reifen Äpfeln, der in Karls Anzug hing. Wie schön wäre es für Lea Bloch gewesen, an dieser Intimität teilhaben zu können. Aber sie konnte nicht teilhaben. Alma hatte den Brief nicht abgesandt.

Lea las davon, wie aus dem netten Karl nach und nach ein Geliebter wurde, der Almas Liebe erwiderte. Sie las von der langen Wartezeit, bis Karl sein Mathematik-Studium beendet und eine Stelle gefunden hatte, mit der er eine Familie ernähren konnte. In einem Umschlag steckte eine Einladungskarte. »Liebste Lea, in sechs Wochen, am 21. November, ist es endlich so weit, wir heiraten! Und natürlich bist Du von Herzen eingeladen. Was würde ich dafür geben, dass Du an diesem Tag bei mir sein kannst. Du wärst dann die Einzige außer Karl, die wüsste, dass zwei Herzen unter meinem Kleid schlagen. Ja, auch das. Es wird ein Frühlingskind. Wie ich mich freue! Wie ich Dich vermisse! Sei umarmt von Deiner Alma.« Einmal, als Teenager, hatte Lea die Eltern gefragt, wie das eigentlich kam, dass nur fünf Monate zwischen ihrer Hochzeit und Bens Geburt lagen. Ein »Scha!« des Vaters würgte die Frage ab, auch wenn seine Augen dabei lachten. Lea Bloch hätte also das Geheimnis teilen sollen. Eifersucht flog Lea an, eine absurde Eifersucht auf die Frau, der die Briefe galten, die sie gerade las. Sie schämte sich und kam doch nicht ganz davon los.

Lea las von Benjamins Geburt, die Alma schweres Fieber und fast den Tod brachte, von ihrer langsamen Genesung und Bens ersten Schrit-

ten, seinen ersten Worten. »Mama«, »Schiff«
und »haben« – Almas Freundin hätte sie verstehen können. Die Innigkeit zwischen Mutter und Sohn schob die neue Heimat beiseite.
Alma sprach mit Ben, wie ihre Mutter mit ihr gesprochen hatte, sang die gleichen Lieder, spielte
die gleichen Fingerspiele. So hatte sie es auch
mit Lea gemacht. Jetzt erst wurde Lea bewusst,
dass all diese Briefe auf Deutsch geschrieben
waren. Deutsch war die Muttersprache von Lea
Bloch und Alma – warum hätte Alma eine andere Sprache benutzen sollen? Aber es ging
nicht nur darum, ob Lea Bloch die englischen
Sätze verstanden hätte. Als Lea versuchte, Teile
des Briefes ins Englische zu übersetzen, klang es
nicht mehr nach ihrer Mutter. In den deutschen
Sätzen schwang ein besonderer Ton mit, eine
Verbundenheit, die Lea nie gespürt hatte, wenn
ihre Mutter Englisch sprach.

Auch Leas Muttersprache war Deutsch, obwohl sie fünf Jahre nach Ben geboren wurde.
Die im Englischen eloquente Mutter hatte einen
wichtigen, intimen Teil von sich der deutschen
Sprache vorbehalten. Sie hatte die Geborgenheit,
die ihr diese Sprache gab, an ihre Kinder weitergegeben. Der Fluch, der über Deutschland lag,
lag nicht über der Sprache. Jetzt erst merkte Lea,
dass das, was ihr am meisten von der Mutter
fehlen würde, die Sprache war. Ihr würde das

Deutsch fehlen, das in ihren Ohren ein bisschen altertümlich und anheimelnd klang. Ihr würde der Akzent fehlen, den ihre Großeltern hatten und den auch ihre Mutter nie abgelegt hatte, obwohl sie perfektes Englisch sprach und einen riesigen Wortschatz hatte.

Lea las weiter. Der nächste Brief war geschrieben, nachdem Karl eine gut bezahlte Stelle bei einer Versicherung in Boston angetreten hatte. Die Familie hatte von New York wegziehen müssen, kaufte eine Wohnung in einem der amerikanischen Holzhäuser, die das Bild der Vorstädte von Boston prägten, auch das von Newton, wo Rosenfelds nun lebten. Alma versuchte, sich mit der neuen Heimat anzufreunden. »Liebste Lea, Boston hat wunderschöne Parks. Bisher hatte ich mir noch nie die Zeit genommen, spazieren zu gehen. Jetzt, wo ich dem kleinen Lümmel regelmäßig Auslauf verschaffen muss, damit er mir nicht aus Übermut die Wohnung zerlegt, genieße ich, dass es hier nicht so hektisch ist wie in New York. Es gibt Teiche, die man fast Seen nennen kann, große Wiesen und Bänke, auf denen ich Ruhe finde, um ein paar Zeilen an Dich zu schreiben. Niemand kommt und jagt mich weg. Niemand, der an mir vorbei geht, weiß, dass ich Jüdin bin, und wenn sie es wüssten, würde es sie nicht interessieren.« Der Brief war von 1952, der Liebe zu Parks mit ruhigen Bänken war Alma bis ins hohe Alter treu geblieben. Lea hatte das als ihre Eigenheit hingenommen, die Verbindung zu ihrer Kindheit, den Restriktionen im verfluchten Land nicht erkannt. Wenn sie jetzt durch einen Park ging, tat sie es der Mutter gleich, setzte sich für ein paar Minuten auf eine Bank, auch wenn sie es eilig hatte. Sie hielt Zwiesprache mit der Mutter, wie sie es getan hatten, als sie noch gemeinsam durch Parks gingen und sich auf Bänke setzten: über einen Vogel mit blau glänzendem Kopf, der bettelnd auf sie zu hüpfte, über das eigenartige Pink, in dem eine Blume am Wegrand blühte. Es schien ihr dann, als wäre neben der Mutter auch Lea Bloch bei ihr, ein Schatten ohne Gesicht. Auch Lea hatte in Deutschland nicht mehr auf Parkbänken sitzen dürfen, als sie die »engste, beste, liebste Freundin« von Alma war. Ob sie es später wieder gekonnt hatte?

Lea las davon, dass Alma jetzt Gerichte kochte, die sie gegessen hatte, wenn sie früher bei Blochs war. Sie liebte Kartoffeln in jeder Form und konnte sich nicht für Gerichte erwärmen, in denen Curry oder andere Gewürze den Eigengeschmack dieses Gemüses überdeckten. Bei Whole Foods fand Lea Leinöl und versuchte sich

31

zu erinnern, wie die Mutter ihr in der Kindheit Pellkartoffeln mit Quark und Leinöl bereitet hatte – die Kartoffeln dampfend heiß, der Quark kühl. »Arme-Leute-Essen« hatte die Großmutter dazu gesagt und Alma verlacht. In Newton hatte die Großmutter seltener in Almas Töpfe geguckt, aber es war schwer für sie, Leinöl zu bekommen. Irgendwann war das Gericht in Vergessenheit geraten. Jetzt musste sich Lea erst an die leichte Bitterkeit des Öls gewöhnen, an diesen unverwechselbaren Geschmack. Wenn Lea Bloch doch einmal vor ihrer Tür stehen würde, sollte sie sie mit Pellkartoffeln und Leinöl bewirten? Würde sie das an ihre Freundin Alma erinnern, wie es Lea an ihre Mutter erinnerte?

Viele der Briefe las Lea mehr als einmal. Sie machte Pausen, suchte in älteren Briefen nach Stellen, auf die sich neuere bezogen und wurde unruhig, als der Stapel der verbliebenen Briefe immer kleiner wurde. Kurz vor Leas Geburt brachen die Briefe ab, unvermittelt, ohne dass der Schluss des letzten Briefes anders geklungen hätte als der Schluss derer davor. Warum hatte Alma nicht weitergeschrieben? Lag es an Lea? Oder an Lea?

Der letzte, an sie selbst gerichtete Brief, den sie gern als ersten gelesen hätte, machte ihr jetzt Angst. Angst, dass ihre Erinnerung an die Mutter dem, was sie in den Briefen gelesen hatte, nicht gerecht wurde. Angst, dass der letzte Brief von ihr verlangen würde, die Nähe zu ihrer Mutter an eine ihr unbekannte Lea Bloch abzugeben. Er schien all die Schwere in sich aufgenommen zu haben, die Lea beim Öffnen der Schachtel befallen hatte. Wieder war es Samstag. Wieder saß sie vor einem Stein, den sie nicht umgehen konnte. Wieder hatte sie viel Zeit. Also griff sie nach ihrem Bass und begann, gegen die Angst anzuspielen. Sie fand Melodien für Almas Erzählungen in all den Briefen, Melodien für das Auseinanderdriften der Großeltern, Melodien für die Liebe zu Karl, Melodien für den ausgelassen tobenden Ben. Sie spielte Almas Freude, mit der sie von der zweiten Schwangerschaft schrieb, und versuchte, die Melodie weiterzuspinnen, über das Ende des Briefes hinaus. Der Bass konnte das Fragezeichen nicht auflösen, das die abgebrochene Erzählung an Lea Bloch hinterließ. Das konnte nur der letzte Brief. Lea ließ den letzten Ton ausklingen, hielt das Instrument noch ein paar Minuten in der Hand, ehe sie es im Kasten verwahrte und entfaltete dann die dicht beschriebenen Blätter des letzten Briefes. Auch er war auf Deutsch geschrieben, in der vertrauten Handschrift der Mutter.

Liebe Lea,

ich habe es mein ganzes Leben lang nicht geschafft, Dir von meiner Freundin zu erzählen, mit der ich viele Jahre auf der gleichen Schulbank saß, mit der ich an den Nachmittagen gespielt, gelernt und Unfug getrieben hatte, die meine Geheimnisse kannte und die mir ihre anvertraut hat. Auch heute, wo wir uns oft sehen und viel miteinander reden, schaffe ich es nicht, über sie zu sprechen. Aber ich will Dir zumindest aufschreiben, wer dieses Mädchen war, an das die Briefe gerichtet sind, in denen ich geschrieben habe, was ich keinem hier erzählen konnte.

Lea war die Freundin meiner Kindheit und frühen Jugend. Ihre Familie wohnte nicht weit von uns in der Schliemannstraße und betrieb einen kleinen Lebensmittelladen. In den ersten Schuljahren verbrachten wir die Nachmittage gemeinsam auf den Straßen und in den Hinterhöfen der Häuser. Die Leute, die uns öfter sahen, hielten uns für Schwestern, auch wenn wir uns nicht besonders ähnelten.

Lea musste viel im Laden helfen und ich ging ihr zur Hand, damit sie schneller fertig wurde. Ihre Geschicklichkeit, Gemüse appetitlich zu stapeln, fauliges Obst auszusortieren und so zurechtzulegen, dass die Ärmsten, die es sich ohne zu bezahlen holen durften, nicht das Gefühl hatten, den Abfall zu bekommen, habe ich nie erreicht. Ich war eher für's Grobe zuständig, fegte den Laden, faltete leere Kartons und stapelte Kisten.

Lea war die Einzige in der Klasse, die Deinem Vater in Mathe das Wasser reichen konnte, aber lieber als das sture Rechnen war ihr, wenn sie etwas konstruieren oder ertüfteln konnte. Sie schleppte mich durch Mathe und ich sie durch Deutsch. Mit Texten konnte sie eigentlich nur etwas anfangen, wenn sie sie singen oder wenigstens einen Rhythmus mitklopfen konnte. Ich habe sie gefragt, ob sie auf unserem Klavier spielen lernen wollte, meine Mutter hätte es erlaubt und ich hätte ihr Unterricht geben können, aber das wollte sie nicht. Es war ihr zu sanft. Sie wollte lieber etwas Herbes, Rhythmisches. Dein Bass hätte ihr gefallen, aber so etwas hatten wir nicht. Also beließ sie es dabei, auf dem zu trommeln, was ihr gerade unter die Finger kam.

In der Schule waren wir Außenseiter. Anfänglich hatten die Mitschüler uns ihre Abneigung deutlich gezeigt. Als sie merkten, dass uns das nicht störte, weil wir aneinander genug hatten, gaben sie es auf. Es war eine Duldung, die immer unter Spannung stand. Die Welt um uns herum wurde beklemmend. Wir wurden nicht nur in der Schule komisch angeguckt, es gab Verbote, die uns das Leben außerhalb der Wohnungen immer unzugänglicher machten. Die komischen Blicke wurden böse, wir mussten die Schule wechseln. Aber wir blieben zusammen. Die jüdische Schule war eine Schicksalsgemeinschaft, die Schüler gingen meist freundlich miteinander um, aber richtig warm sind wir mit den anderen auch dort nicht geworden.

In freien Nachmittagsstunden verkrochen Lea und ich uns stundenlang im Hinterzimmer des Ladens. Manchmal brachte ich Bücher mit, die ich aus dem Regal meiner Eltern stibitzt hatte, und las daraus vor. Zu Hause durfte ich lesen, was ich wollte, aber meine Eltern hatten mir verboten, mit einer Strenge, die ich sonst nicht von ihnen kannte, Bücher aus der Wohnung mitzunehmen. Ich dachte, dass sie Angst darum hätten, und ging sehr vorsichtig mit ihnen um. Was wirklich hinter diesem Verbot stand, dass der Besitz mancher Bücher für uns hätte tödlich sein können, erfuhr ich erst viel später.

Während ich vorlas, schnitzte Lea Figuren oder sie probierte aus kleinen Hölzern eine Konstruktion, von der sie hoffte, dass sie in Groß die Arbeit der Eltern im Laden erleichtern konnte. Ich las »Emil und die Detektive«, was Lea so faszinierte, dass sie dabei manchmal ihre Schnitzerei unterbrach. Es war eine Kindergeschichte, die sich genauso gut vor unserer Haustür hätte zutragen können. Später brachte ich auch Gerhard Hauptmann, Thomas Mann, Hermann Hesse und vieles andere mit. Manches legten wir nach ein paar Seiten wieder weg, anderes beflügelte unsere Phantasie. Wir fanden Welten, in die wir uns vor der immer hässlicher werdenden Realität um uns herum zurückziehen konnten.

Am meisten mochte Lea Texte in Versform. Schillers »Handschuh« lernte sie auswendig und auch manche von Brechts Gedichten. Als ich anfing, die »Winterreise« zu lesen, nahm sie mir das Buch ab und begann es in einem rhythmischen Singsang vorzutragen, so laut, dass ihre Mutter zu uns kam und nachsah, was wir machten. Es gab ein ziemliches Donnerwetter – nicht nur, weil Leas Mutter solche Bücher ohnehin für überflüssig hielt, sondern auch, weil sie Heines Namen kannte und wusste, was ihr blühte, wenn einer der Kunden im Laden uns hörte und anzeigte. So zogen wir mit dem Buch in mein Kinderzimmer um, und ich genoss es, dass es eine Sache gab, die Lea mochte und die bei uns besser zu machen war als bei ihr.

Es war nur eine kurze Freude, denn am Abend des Tages, an dem Leas Mutter uns »vertrieben« hatte, brachte mein Vater die Nachricht, dass er alle Papiere zusammen und die Schiffspassage gebucht hatte. Wir würden nach Amerika auswandern. Was für ein Schock! Ich kannte nur Berlin, nicht einmal München oder Paris, von denen jetzt so oft die Rede war. Ich wollte hier nicht weg, auch wenn das Leben immer furchtbarer wurde. Ich wollte nicht die Wohnung verlassen, in der ich zu Hause war. Und ich wollte mich auf keinen Fall von Lea trennen, von Lea, die alle meine Ängste albern fand und sofort nach Amerika gefahren wäre, wenn sie die Möglichkeit gehabt hätte. Aber sie hatte sie nicht, und ich dumme Ziege lag meinen Eltern in den Ohren, dass ich nicht wegwollte, dass wir doch noch ein paar Wochen oder Monate warten könnten, dass doch sicher bald alles wieder besser werden würde.

Lea war so viel praktischer als ich und durch das, was sie im Laden hörte, auch realistischer. Sie versuchte, mir den Abschied leicht zu machen, und verglich mich mit Heine, der ja auch Deutschland verlassen hatte, als es nicht anders ging. Wie gern hätte ich sie mitgenommen. Wie viel leichter wäre mir der Abschied geworden.

Dann, als wir schon auf gepackten Koffern saßen und ich mich noch immer innerlich gegen diese Flucht wehrte, kam die Pogromnacht. Leas Familie machte Inventur in ihrem Laden, ein paar Stunden zuvor war ich auch dort und hatte geholfen. Als der Mob kam, waren alle unten: der Vater, die Mutter, Lea und ihre Brüder. Lea war die Jüngste. Sie haben sie aus dem Laden geschleift, alle, die ganze Familie, und abtransportiert.

Sie hatten nichts getan. Sie waren Juden, das konnten und wollten sie nicht verstecken. Sie haben gearbeitet, um genug zum Leben zu verdienen. Die Kinder haben den Eltern geholfen. Das war alles. Dafür hat man ihnen die Freiheit genommen. Erst die Freiheit und dann das Leben.

Hätte ich Dir einen anderen Namen geben sollen? Mit dem Namen einer Toten habe ich Dir ein Päckchen aufgeladen, auch wenn Du bisher nichts davon wusstest. Es ist eine jüdische Tradition, den Kindern Namen von Großeltern oder andern Menschen zu geben, die man für wichtig hält. Dir habe ich den Namen einer Freundin gegeben, über die ich mit keinem sprechen konnte. Keiner, der mit nach Amerika gekommen war, kannte sie so, wie ich sie kannte. Keiner wusste wirklich, wie viel sie mir bedeutete.

Nachdem der Krieg vorbei war, hatte der Horror für uns noch immer kein Ende. Wir erfuhren von den Lagern, von den unsäglichen Qualen dort, von den unzählbaren Toten. Manchmal erhielt jemand aus unserer Gemeinde Nachrichten von jemandem, der überlebt hatte, Namen von Menschen nannte, die er dort getroffen hatte, Splitter von Schicksalen berichtete. So hörten wir vom Tod von Herrn Simon, der als Lehrer bei Deinem Vater die Liebe zur Mathematik geweckt hatte, und von Frau Lewin aus dem Nachbarhaus. Niemand wusste, was aus unseren Familien – Onkeln, Tanten, Cousins und Cousinen geworden ist. Ich erfuhr nicht, wie es Lea ergangen war.

Ein halbes Jahr vor Deiner Geburt war ich mit meinen Eltern und Deinem Vater in Israel. Wir fuhren nach Yad Vashem, dem Ort der Erinnerung. Wir suchten in den Büchern nach den Namen derer, von deren Tod wir gehört hatten. Wir suchten nach den Namen derer, über deren Schicksal wir nichts hatten herausfinden können. Wir fanden entsetzlich viele. Ich suchte, nur für mich, nach Lea. Ich fand sie, mit allen Daten. Sie und ihre ganze Familie. Es gab keinen Zweifel. Sie hatte kein Grab. Es gab niemanden, der sich an sie erinnern konnte. Niemand hatte überlebt. Es gab nur den Eintrag in diesen Büchern. Wer fand sie hier, außer mir? Wer suchte sie?

Ich konnte keinem zeigen, wie mich die Nachricht von ihrem Tod zerrissen hat. Für meine Familie war meine Freundschaft zu Lea eher ein Kinderspiel, aus dem ich auch ohne die Trennung herausgewachsen wäre. Dass sie mir eine Schwester war, Vertraute, unersetzlich, wollte ich meiner Mutter und konnte ich Deinem Vater nicht sagen. Alle haben die Nachricht von ihrem Tod hingenommen, wie wir den Tod von zig Menschen, die wir kannten, hingenommen haben, den Tod von Verwandten, Freunden, Nachbarn. Ich habe diesen Tod nicht hingenommen. Ich habe ihn nicht geglaubt. Ich konnte ihn nicht glauben. Dass Lea tot sein sollte, nach fünf Jahren unmenschlicher Qualen doch im Räderwerk der Hölle von Auschwitz aus dem Leben gerissen, das konnte nicht sein. Aber es war so. Ein Stück von mir hat sie auf diesem Weg mitgenommen. Der Rest fühlte sich hohl an, fade und sinnlos.

Woher hatte ich das Privileg, diesem Schicksal entgangen zu sein? Was unterschied uns, dass sie dieses Privileg nicht hatte? Ich hatte es nicht verdient. Ich hatte viel länger als sie geglaubt, dass das alles nicht ernst zu nehmen sei. Daran hatte ich geglaubt, bis Leas Familie abgeholt wurde. Es konnte doch nicht sein, dass die Klügere, Weitsichtigere dem Irrsinn zum Opfer fällt, den sie rechtzeitig erkannt hatte, während ich mich an einem neuen Leben versuchen durfte.

Als ich Dich zur Welt brachte, gab ich Dir ihren Namen. Du konntest, Du solltest sie nicht ersetzen. Aber es gab wieder einen Hauch Leben, der mit ihrem verknüpft war. Diesen Dienst war ich Lea und unserer Freundschaft schuldig. Habe ich Dir damit geschadet? Ich bin nicht sicher, ob jemand in der Familie die Verbindung gesehen hat, als ich den Namen für Dich aussuchte – vielleicht meine Mutter, die immer mehr von mir wusste, als ich wahrhaben wollte. Aber wir haben nicht darüber gesprochen. Mehr als das, was offensichtlich war, hätte es nicht zu sagen gegeben. Nach Deiner Geburt habe ich aufgehört, Briefe an Lea zu schreiben. Du hast mir geholfen, ihren Tod zu akzeptieren, weil Du das Leben warst.

Ich habe versucht, immer zwischen Dir und ihr zu unterscheiden, aber wer kann sagen, ob ich das geschafft habe? Wenn andere Eltern ihre Kinder mit sich selbst verglichen haben, habe ich Dich mit Lea verglichen. Du warst ihr in manchen Dingen ähnlicher als mir, auch ähnlicher als Deinem Vater. Das hat mir geholfen, Dinge hinzunehmen, die Deinen Vater zur Weißglut gebracht haben. Weißt Du noch, wie es ihn geärgert hat, wenn ich Muscheln, Steine und Stöcke, die Du am Strand gesammelt hast, für Dich nach Hause getragen habe? Du hast dann mit Deinem Taschenmesser und viel Kleister Schiffchen und Tiere daraus gebastelt – das hätte Lea auch gefallen, wenn sie nur einmal im Leben an einen Meeresstrand gekommen wäre.

Als Du älter wurdest, als sie hatte werden dürfen, habe ich mir manchmal vorgestellt, wie ihr Leben hätte weitergehen können, wenn sie mit uns dem verfluchten Land entkommen wäre. Du bist hier geboren und was Du getan und erlebt hast, war nicht auf sie zu übertragen. Trotzdem hatte ich das Gefühl, dass sie als Patin über Deinem Leben steht, als Schutzengel, der das Recht hat, für die ihm geraubten Lebensjahre einem anderen Menschen Sicherheit zu geben. Wenn Du Kaddisch für mich sagst, denk bitte auch an Lea. Sie hat sonst niemanden, der das tut.

Ich habe nie wieder eine Freundin wie Lea gefunden. Und, wenn ich nicht etwas Wichtiges übersehen habe, hattest Du auch keine. Ich habe beobachtet, wie Du nach den ersten Schuljahren zur Außenseiterin geworden bist. Das hat mich an Lea und mich erinnert, aber Du hattest keine Freundin. Sicher, Du bist nicht vom politischen System zum Untermenschen gestempelt worden, aber auch für Dich war es nicht leicht, dass Du trotz fließenden Englischs keine gemeinsame Sprache mit Deinen Mitschülern gefunden hast. Du hattest keine Vertraute an der Seite, mit der Du Dich in eine eigene Welt zurückziehen konntest. Ich hätte es Dir so sehr gewünscht. Denke nicht, dass mir entgangen wäre, wie Du mit der Einsamkeit gekämpft hast.

Mein innigster Wunsch für Dich ist, dass Du einmal eine Freundin finden wirst, wie Lea es für mich war. Dazu ist es im Leben nie zu spät. Wenn sie Dir begegnet, lass Dich nicht von Regeln hindern, die Du nicht erfunden hast. Denk daran, dass Du dafür immer meinen Segen haben wirst.

Sei umarmt und geküsst
von Deiner Mutter

Lea Bloch, ihr Schutzengel. Der Brief verlangte nicht, dass Lea die Nähe zu ihrer Mutter an eine fremde Frau abgab, er lud sie ein in die Freundschaft, die ihre Mutter durch die schwerste Zeit ihres Lebens getragen hatte. Er gab ihrem Namen ein anderes Gewicht. Lea. Le-a. Lea Bloch. Lea Rosenfeld. Sie probierte ihn an wie einen Rucksack, der für eine lange Wanderung gepackt ist – schwer und doch gut zu tragen. Sie prüfte, ob er gut saß, ob hier noch ein Riemen zu verlängern, dort einer zu kürzen war. Lea Le-a. Sie nahm den Bass und spielte ihren Namen. Spielte Lea Bloch. Spielte Lea Rosenfeld. Fühlte, dass sich der Name gut tragen lassen würde auf dem weiteren Lebensweg. Dass er schwer war, weil er enthielt, was sie brauchte. Er passte ihr.

Im Umschlag lag auch ein Foto – alt, nicht ganz scharf und oft angefasst: Ein etwa dreizehnjähriges Mädchen in einem dunklen Kleid versucht, freundlich in die Kamera zu gucken. Lea sah ihr an, dass sie denjenigen mochte, der das Foto gemacht hatte. Auf dem Bild gab sie sich Mühe, die Sorgen aus ihrem Gesicht zu vertreiben, aber es gelang ihr nicht ganz, das Lächeln blieb verschattet.

Lea holte ein Passbild ihrer Mutter hervor, das einzige Foto, das sie aus Almas Jugend hatte, und legte es daneben. Die beiden Mädchen auf den Fotos waren etwa gleich alt. Alma wirkte neugieriger, weniger ernst, aber auch ihr Gesicht ließ Sorgen ahnen. Vor Leas Augen entstanden Bilder, wie die Mädchen zusammen im Hinterzimmer des Gemüseladens zwischen den Kisten saßen, wie Alma ein Buch vorlas, wie Lea an etwas schnitzte, das vielleicht eine Katze werden konnte.

Der Bücherstapel, auf dem die Schachtel gelegen hatte, gehörte nicht zu Almas Dissertation, er gehörte zu den Briefen. Kästner, Schiller, Brecht und Heine. Das waren die Bücher, die Alma mit nach Amerika genommen und ihr ganzes Leben lang aufbewahrt hatte. Nun gehörten diese Bücher ihr. Als hätte er geahnt, dass sie in besonderer Beziehung zu Lea standen, hatte Ben sie darin bestärkt, diese Bücher nicht wegzugeben, sie aber nicht zu sich nehmen wollen. Lea machte Platz im Bücherregal und stellte die alten Bücher auf Augenhöhe in die Nähe des Tischs. Jeder Gast, der an diesem Tisch sitzen würde, sollte sehen, dass sie zu ihrem Leben gehörten.

»Deutschland. Ein Wintermärchen«. Lea schlug das Buch auf. Sie versuchte, den Text laut rhythmisch zu lesen. Es gelang ihr nicht gut. Ihr Kopf war zu voll mit anderen Gedanken. Vielleicht gelang es ihr mit Leas Methode, die Zeilen zu singen und ihren Rhythmus zu klopfen, sich diesen Text zu eröffnen. Sie holte ihren Bass. Die erste Zeile sträubte sich lange gegen die Töne, die Lea ihr zudachte, aber nach und nach entstand eine Schwingung, die nicht mehr gesteuert war, sondern aus dem Text, dem Bass und Leas Körper zu klingen begann.

Die Fotos von Lea Bloch und Alma neben dem aufgeschlagenen Buch auf dem Wohnzimmertisch füllten die Wohnung und ließen Lea keinen Platz für andere Gedanken. Wie hatte das »Wintermärchen« bei Lea geklungen? Was hatten die beiden gemacht, wenn sie nicht gelesen haben? Sie werden doch nicht immer nur brav im Hinterzimmer des Ladens gesessen oder vorn geholfen haben – jedenfalls nicht in den ersten Jahren, nachdem sie sich in der Schule kennengelernt hatten. Lea sah die Mädchen vor einem Kleiderschrank stehen und kichernd die Sachen der anderen anprobieren, sah sie sich gegenseitig die Haare hochstecken, um auszuprobieren, wie sie älter wirken konnten. Sie sah sie nebeneinander in der Schule sitzen, wie sie sich einen scharfen Blick der Lehrerin einfingen, weil sie tuschelten. Sie sah sie Arm in Arm durch die Straßen schlendern. Bis wann durften sie das noch ungestört – zwei jüdische Mädchen?

Wie einen Schatten sah Lea, wie jene andere Lea in einen Güterwagen gepfercht wurde, mit ihrem kleinen Koffer, der den Anschein erwecken sollte, dass am Ende dieser Reise noch Leben möglich wäre. Sie sah sie nach Sachsenhausen fahren, das Lager mit der deutschen Perfektion. Sie sah sie später auf der Rampe von Auschwitz aussteigen und ihren letzten Weg gehen, getrennt von den Eltern, ein letzter Sonnenstrahl, der sie nicht mehr wärmen konnte, eine nackte Gestalt inmitten anderer nackter Gestalten, entwürdigt, entmenscht, noch ehe der Tod sie ins Nichts zog.

Lea wurde von ohnmächtiger Wut erfasst, von Trauer, Sehnsucht und Angst. Die Nacht wurde so undurchdringlich, als gäbe es nirgendwo ein Licht – keinen Mond, keine Sterne, keine Straßenlampen. Sie versuchte, Lea aus dem Bild, aus der Kolonne der Nackten herauszuziehen, versuchte nach ihr zu greifen, aber sie wurde immer weiter fortgetrieben, weggeschwemmt, kleiner und kleiner ...

Deutschland war das verfluchte Land. Das war eine unumstößliche Wahrheit, die Lea mit der Muttermilch aufgesogen hatte. Nie war ihr daran ein Zweifel gekommen. Nie war in ihrer Familie so darüber gesprochen worden, dass ein Zweifel denkbar gewesen wäre. Und doch war dieser Fluch für sie bisher immer abstrakt geblieben. Sie kannte die Familiengeschichte, wusste, wie nötig und schwer die Flucht gewesen war. Sie kannte Filme und Bücher über das Deutschland jener Jahre und die Schrecken des Krieges. Sie kannte die Namen von Verwandten, die umgebracht wurden. Aber es gab keinen Menschen und keinen Ort, der ihr selbst nahe gewesen wäre, dessen Fehlen ein spürbarer Verlust für sie war, nach dem sie sich sehnte. All die ermordeten Verwandten gehörten einer finsteren Vergangenheit an und hatten damit selbst etwas Finsteres, das sie von Lea entfernte. Sie konnte nur Mitleid für sie empfinden, keine Liebe, auch wenn sie wusste, dass sie ihnen damit Unrecht tat. Es gab immer den grauen Schleier der Unwirklichkeit, der für sie über Deutschland lag. Das Foto von Lea Bloch und der Brief der Mutter hatten diesen Schleier zerrissen.

Lea Bloch, ihre Patin Lea, war in ihr Leben gefallen. Wärme durchströmte Lea bei diesem Gedanken, und diese Wärme fühlte sich nicht fremd an. Sie hatte das Gefühl, diese Frau schon lange zu kennen. Vielleicht hatte sie ihr über die Schultern gesehen, als sie die Muscheltierchen gebastelt hatte, ihr zur Seite gestanden, als sie nicht Klavier, sondern Kontrabass lernen wollte, vielleicht hatte sie ihr den Rücken gestärkt in ihrem Entschluss, Ingenieurin und nicht Physikerin zu werden. Ohne von ihr zu sprechen, musste ihre Mutter ihr viel von dieser Patin mitgegeben haben – mit dem Namen hatte sie ihr ein Echo von Leas Seele eingepflanzt, das sie immer begleiten würde. Seit sie den letzten Brief gelesen hatte, wusste sie, dass sie Wurzeln in Deutschland hatte, die schmerzen konnten. Der Fluch über Deutschland war lebendig geworden. Lea Bloch band sie an dieses Land und stieß sie gleichzeitig von ihm fort.

Nora

Der Garten in der Reihenhaussiedlung am Stadt-
rand von Berlin leuchtete in der Oktobersonne.
Goldrot blinkten die Blätter des kleinen Ahorns,
goldrot bauschte sich der Forsythienbusch. Goldrot nickten die Köpfe der Sonnenblumen, die die
Spatzen neben dem Vogelhaus gesät hatten. Der
Apfelbaum, der seine Äste weit über Wiese und
Beet schwang, trug große Früchte, rot gezeichnet
auf grünem Grund, wie bei Schneewittchen.

Nora trat in den Garten, den Pflückkorb in
der Hand. In ihrem Kopf hüpfte eine bretoni-
sche Gavotte, ihre Füße wehrten sich gegen den
einfachen Gang und hüpften im Takt mit. Der
Apfelbaum lachte sie an und sie lächelte zurück.
Dieser sonnige, friedliche Tag war ein Fest, das
die Ahnung bevorstehender Kälte und Dunkelheit verdrängte. Die Ahnung von farblosem Gras
und braunen Baumgerippen, von kurzen Tagen,
denen nur selten der Schnee ein wenig Glanz verleihen würde. Aber jetzt, Anfang Oktober, waren
die Uhren noch nicht umgestellt, das Licht reichte
bis zum frühen Abend und wenn die Sonne
strahlte wie heute, konnte Nora vergessen, dass
die Nächte inzwischen länger waren als die Tage.

Im Vorbeigehen schob sie einen Busch violetter Astern zur Seite, der aus der Fülle des Beetes auf den Weg gedrückt worden war und hüpfte mit ein paar Tanzschritten zum Schuppen, aus dem sie die Leiter holte. Die solide Holzleiter war eine verlässliche Partnerin, immer bereit für ein Tänzchen, wenn sie sie brauchte. Nora lehnte sie an den Stamm des Apfelbaums und hing den Pflückkorb an eine Sprosse. Der Baum war so hoch, dass sie selbst vom obersten Tritt der Leiter nur an den unteren Teil der Krone kam, und so hatte sie inzwischen einige Geschicklichkeit darin entwickelt, in den Wipfel zu klettern. Von der vorletzten Leitersprosse griff sie nach einem kräftigen Ast und stemmte einen Fuß an die raue Rinde des Baumes. Der Ast brach. Die Leiter rutschte weg. Die Füße verloren den Halt.

Benommen lag Nora auf der Erde und brauchte eine Weile, ehe sie wieder einen klaren Gedanken fassen konnte. Sie nahm alle Willenskraft zusammen, schlug die Augen auf und versuchte herauszufinden, wozu ihr Körper noch in der Lage war. Ihr Schädel brummte, ihr war übel, aber sie konnte noch sehen, hören, auch den Kopf bewegen. Also hatte sie sich nicht den Hals gebrochen – immerhin. Weiße und schwarze Punkte flogen zwischen Apfelbaum und Himmel entlang, Nora machte die Augen wieder zu. Nach einer Weile versuchte sie es noch einmal. Hier konnte sie nicht liegen bleiben, sonst würde der Fuchs sie eher finden als die Nachbarn. Langsam rappelte sie sich auf. Irgendwie kam sie auf die Beine, die wohl einige Schrammen und Prellungen abbekommen hatten, aber ihren Dienst taten. Unsicher lehnte sich Nora an den Baumstamm, mit einem Fuß konnte sie kaum auftreten. Das Kreuz tat ihr weh, ließ sich aber bewegen – beugen, strecken, drehen. Schlimm ging es ihrer rechten Hand, in der sie noch immer ein Stück des abgebrochenen Astes hielt. Sie schmerzte furchtbar und wurde zusehends dicker. Es gelang ihr kaum, den Ast fallen zu lassen. Der Schwindel wurde stärker, aber Nora widerstand dem Drang, sich einfach wieder auf die Wiese zu legen. Sie schlurfte zum Haus.

In der Küche goss sie sich ein Glas Wasser ein und erschrak, als sie ihre Hand sah, die eher einem Klumpen als einem menschlichen Körperteil glich. Sollte sie einen Notarzt rufen, so wacklig, wie sie auf den Beinen stand? Dann gehörte sie schon in der zweiten Woche nach ihrer Pensionierung zum alten Eisen, schlimmer, zum Schrott, der abgefahren werden musste. Soweit war sie noch nicht. Den Weg zur Arztpraxis würde sie schon schaffen. Sie nahm sich den Spazierstock ihres Großvaters, der zur Dekoration in der

Diele stand, und humpelte langsam aus der Tür. Ein tolles Bild gab sie ab – schmutzige Gartensachen und ein altmodischer Stock mit silbernem Knauf – aber sie ging ja nicht an die Uni, sondern nur drei Straßen weiter zum Arzt.

Den Rückweg wählte sie so, dass sie den Garten durch die Hintertür betrat. Es war die Zeit, zu der meist die Nachbarin mit ihrer Tochter nach Hause kam und gern einen Schwatz hielt, wenn sie Nora traf. Sie würde nach ihrer Hand in der dicken Binde fragen, nach ihrem schleppenden Gang, dem Spazierstock, dem Kratzer in ihrem Gesicht. Um sich freundlichen Mitleids zu erwehren, fehlte Nora im Moment die Kraft. Die Gehirnerschütterung hatte sie dem Arzt gegenüber heruntergespielt, damit er sie nicht ins Krankenhaus einwies, aber ein Schwindelanfall auf dem Heimweg zeigte ihr, wie eng ihr Aktionsradius war.

Noch ehe sie vom Röntgen zurückgekommen war, hatte der Arzt ihr eine Überweisung zur Chirurgie geschrieben, und als er dann das Bild ihrer Hand gesehen hatte, stöhnte er auf. So schlimm war es also, dabei hatte sie den Mann für abgehärtet gehalten. Hoffentlich schafften die Profis, die Knochen wieder zusammenzuflicken. Es war tröstlich, dass der Fußknöchel nur verstaucht war. Er würde sie noch einige

Zeit an Großvaters Spazierstock binden und sie musste andere Schuhe suchen, aber sie konnte humpeln, musste sich nicht fahren lassen.

Trotzdem war sie weitestgehend aus dem Verkehr gezogen. Nicht nur, dass die Äpfel erst einmal am Baum hängen bleiben würden, auch die Pläne für ihre Amerika-Reise musste sie verschieben – nicht zum ersten Mal. Die Enttäuschung schmeckte bitter, schmeckte nach Endgültigkeit, peinigte sie mehr als die Hand. Sie versuchte das Bild der Freundin zu verdrängen, war abgelenkt, stieß mit dem Fuß gegen eine Wurzel, die sich über den Weg zog. Der Schmerz, der ihr dabei vom Knöchel bis in den Oberschenkel brannte, führte die Überlegung, trotz allem zu fahren, ad absurdum. Sie musste erst einmal schaffen, den Alltag zu bewältigen.

»Wenn etwas ist, sag Bescheid.« Dieser Satz, mit dem sich Marcus immer von ihr verabschiedete, war keine Floskel. Jetzt »war etwas«, das sie vor ihrem Sohn nicht gut verheimlichen konnte. Sie musste dieses »etwas« nur so zurechtreden, dass er nicht auf die Idee kam, vor dem geplanten Urlaub nach Berlin zu kommen.

Als sie anrief, meldete sich die Schwiegertochter.

»Daniela, schön, dich zu hören. Wie geht es dir, wie geht es den Kindern?«

»Ach, eigentlich ist alles in Ordnung. Es ist gerade ein bisschen schwierig im Betrieb. Und bei dir?«

Nora verbiss sich das Stechen in der Wirbelsäule. »Das hat Zeit. Erzähl erst mal, was ,ein bisschen schwierig' ist. Meine Ohren sind gesund.«

»Kennst du eine Stelle, wo man eine Betriebswirtin mit gutem Studienabschluss und zwölf Jahren Berufserfahrung gebrauchen kann?«

»Gleich so heftig? Du warst doch zufrieden mit deinem Job, oder habe ich etwas nicht mitbekommen?«

»Ja, bisher war ich zufrieden. Aber jetzt wird gerade alles umgekrempelt. Die gesamte Verwaltung wird neu strukturiert, ,flache Hierarchien', du kennst ja diese Sprüche, die am Ende nur darauf hinauslaufen, dass weniger Leute mehr Arbeit erledigen sollen und sich dabei noch geehrt fühlen, dass man ihnen angeblich so viel Vertrauen schenkt. Mein bisheriger Chef, der die Abteilung immer ordentlich am Laufen gehalten hat, hat gekündigt, noch ehe er erfahren hat, ob man in der neuen Struktur eine Stelle für ihn vorgesehen hat.«

Ohne Daniela zu unterbrechen, stellte Nora das Telefon auf Lautsprecher und lockerte sich vorsichtig.

»Ich weiß nicht, ob man für mich eine Stelle vorgesehen hat und wenn ja welche. Aber wenn es eine gibt, dann ist mein neuer Chef der Typ, der diese ganze Umstrukturierung geplant hat. ‚Ekel‘ ist noch ein Kosewort für den. Also muss ich gehen, freiwillig oder gefeuert. Aber wo soll ich hin? Wer nimmt mich mit über Vierzig und zwei schulpflichtigen Kindern?«

»Du hast doch noch gar nicht angefangen zu suchen.« Unbedacht hatte sich Nora bei diesen Worten aufgerichtet und musste sich am Tisch abstützen, um nicht das Gleichgewicht zu verlieren. »Wir leben nicht mehr wie vor hundert Jahren, wo der Platz der Frau im Haus und bei den Kindern war.«

»Das sagst du so mit deiner Ost-Sozialisation. Hier in Essen habe ich das ganz anders gehört, auch im Betrieb. Ein Personaler, bei dem ich mich bewerbe, wird das ebenso sehen. Nur ich sehe das anders, ich will nicht den Rest meines Lebens als Hausfrau verbringen. Wenn ich etwas hasse, dann Böden wischen und Wäsche aufhängen. Vielleicht sollte ich mich im Supermarkt als Kassiererin bewerben.«

»Quatsch.« Wieder wollte Noras Körper das Wort unterstreichen, aber inzwischen hatte sie sich unter Kontrolle. »Du hast reichlich Berufs-erfahrung, du hast Beziehungen zu Kollegen – und da soll sich nichts finden lassen?«

»Ja, vielleicht irgendwo, aber hier?«

»Der Ruhrpott ist groß. Ihr lebt ja nicht in

einem Nest auf dem Lande, in dem es nur einen Betrieb gibt. Was sagt Marcus dazu?«

»Dem habe ich noch nichts davon erzählt. Von der Umstrukturierung natürlich schon, aber nicht, dass ich da raus muss oder will. Er hat genug eigene Sorgen. Vielleicht habe ich in ein paar Wochen eine positive Nachricht für ihn. Die Katastrophe jetzt behalte ich lieber für mich.«

»Daniela!« Nora wusste, dass Marcus nur durch Weniges zu verärgern war, aber dazu gehörte, dass man Dinge vor ihm zu verstecken suchte, die ihn etwas angingen. »Ich rede mal mit der Ehefrau eines Kollegen aus Düsseldorf. Die ist Personalerin in einem Medizintechnik-Unternehmen – könnte doch für dich passen? Aber mit Marcus musst du sprechen. Wo ist das Problem? Ihr kennt euch doch lange genug.«

Als sie das Gespräch beendet hatte, fiel Nora auf, dass sie nichts von sich erzählt hatte, als dass ihre Ohren gesund sind. Sie war nicht besser als Daniela.

Der Arzt hatte Nora angeraten, eine Haushaltshilfe zu nehmen, vielleicht auch einen Pflegedienst. Die Versicherung würde die Kosten tragen. Der Blick, mit dem er das Wort »Pflegedienst« ausgesprochen hatte, brannte ihr noch im Gesicht. Energisch, aber nun doch nicht mehr

Gavotte tanzend, humpelte sie in die Küche, um sich ein paar Nudeln zu kochen.

Der Abwasch konnte erst einmal stehen bleiben, heute Abend hatte sie keine Lust mehr auf Experimente. Sonst kniete sie am Ende noch in der Küche und sammelte Scherben auf. Vielleicht war die Idee mit der Haushaltshilfe ja gar nicht so schlecht.

Bei den paar Schritten ins Wohnzimmer spürte Nora, wie sehr sie der Tag angestrengt hatte. Kopfschmerzen und Müdigkeit drückten ihr auf die Augen, obwohl es erst acht Uhr war. Jetzt war Marcus sicher zu Hause, aber sie verschob den Anruf und ließ sich in den Schaukelstuhl sinken. Sie musste Ordnung in ihren Kopf bringen, in dem von Zeit zu Zeit Wellen von Schwindel einen Schleier über alle Gedanken zogen. Der Schaukelstuhl nahm diese Wellen auf. Er war ihr Zufluchtsort, wenn sie nachdenken musste, seit sie ihn als Studentin auf einem Trödelmarkt gefunden, mit dem Bus nach Hause transportiert und mithilfe einer handwerklich geschickten Freundin an einigen Stellen repariert hatte.

Die Freundin hatte sie schon lange aus den Augen verloren – damals, als im Freundeskreis alle nach und nach Familien gegründet hatten, Kinder bekommen und an ihrem beruflichen Fortkommen gearbeitet hatten. Als die Wende sie dann über das groß gewordene Land, die groß gewordene Welt verstreute. Als die Freunde nicht mehr wichtig schienen, weil sie immer weniger voneinander wussten. Die Erinnerung half Nora nicht weiter. Jetzt, wo ihr die Unterhaltung mit einer vertrauten Freundin guttun würde, konnte sie nicht in Netzwerken nach denen suchen, die sie als junge Frau für verzichtbar gehalten hatte.

Auch Thomas, den Vater von Marcus, konnte sie nicht anrufen, die Zeit mit ihm war vorbei. Es war eine gute Zeit gewesen, meistens. Thomas hatte damals das Bücherregal mit einer Nische gebaut, damit der Schaukelstuhl seinen Platz an der langen Wand fand, die ansonsten den Büchern vorbehalten war. Nora war durch das noch leere Zimmer gegangen und hatte geprüft, von wo aus sie den schönsten Blick über die Terrasse und den Garten haben würde. Und Thomas hatte ohne Diskussion seinen Plan für die Bücherwand so angepasst, dass der Stuhl dort stehen konnte. Die linken Bretter des Regals, aus denen Thomas die Bücher mitgenommen hatte, waren durch Noras Einkäufe der letzten zehn Jahre noch nicht wieder aufgefüllt. Sie blieben das deutlichste Zeichen seiner Abwesenheit im Haus, deutlicher als das für sie allein zu breite Bett und die gelben Säcke, die sie immer wieder vergaß, rechtzeitig zur Abfuhr auf die Straße zu stellen. Nur der Klang hallender Leere, der sie empfing, wenn sie von der Arbeit nach Hause kam, niemand zu erwarten war, niemand anzurufen war, war deutlicher.

Jetzt im Schaukelstuhl nahm Nora die Leere auf den Regalbrettern nicht wahr, sondern sah das letzte Abendlicht, das mit langen Schatten und wechselnden Reflexpünktchen dem Garten eine geheimnisvolle Atmosphäre verlieh. Gnome und Feen entstiegen den Bäumen und begannen ihren abendlichen Reigen. Wieder klang ihr die Gavotte im Ohr, die Finger der gesunden Hand tickten den Rhythmus und die Traumbilder im Garten tanzten mit. Aus Gewohnheit griff sie nach dem Buch, das sie am Abend zuvor nicht ganz ausgelesen hatte, und ließ es wieder sinken. Die Frage, wie sie durch die nächsten Wochen kommen würde, ließ sich selbst von Regina Scheer, derzeit Noras Lieblingsautorin, nicht verdrängen.

Die Vorstellung, dass jemand dafür bezahlt würde, in ihrem Haus sauber zu machen, befremdete sie. Wie oft hatte sie in Gedanken Kolleginnen und Freundinnen als arrogant bezeichnet, die meinten, keine Zeit zu haben, ihre Wohnung selbst zu putzen. Wie oft hatte sie sich gequält, weil sie es eigentlich neben Arbeit und Familie auch nicht geschafft hatte, sich dieser Arroganz aber nicht hatte schuldig machen wollen. Und jetzt, wo es keine Arroganz mehr war, sondern Unvermögen?

Der Gedanke stieß sie ab, dass jemand, den sie nicht kannte, alle ihre Sachen sehen und anfassen konnte, die Papiere, Briefe und Rechnungen, die in ihrem Arbeitszimmer lagen, den Berg Bügelwäsche im Schlafzimmer, Bücher, CD's und Zeitungen, deren Stapel im Wohnzimmer einer Ordnung folgten, die nur sie durchschaute. Sie musste wenigstens aufräumen, nicht gerade ihre Lieblingsbeschäftigung. Viel lieber würde sie sich durch die Bücher, die hier lagen, durchlesen, aber heute schien sie nicht einmal ein paar Seiten zu schaffen. Wenn sie sich nicht mehr in ein Buch versenken konnte, war ihr Leben wirklich aus dem Gleichgewicht geraten.

Sie sah einen Apfel vom Baum fallen. Ein Gnom schaute heraus und blinzelte in ihr Fenster. Sollte er. Wenn der Baum sie abgeworfen hatte, konnte er nicht mehr erwarten, dass sie sich seiner Früchte annahm. Vielleicht blieben einige hängen, bis Marcus in zwei Wochen kam, ansonsten würde sie mit Fallobst den Kompost füttern. Schade war es, aber sicher nicht das größte Problem, das ihr die kaputte Hand brachte.

Mit der Dunkelheit waren die Feen ins Zimmer gekommen und hatten ihr einen sanften Schlaf gegen Kopfschmerz und mühsame Gedanken übergeworfen. Als sie hochschreckte, weil das Buch auf den Boden gefallen war, war es fast Mitternacht. Nora entschuldigte sich bei dem Buch, dass ihr Körper ihm heute Abend nicht mehr aufhelfen konnte.

Bei der Treppe war solche Entschuldigung nicht möglich. Nora musste sich Stufe um Stufe hinaufquälen, Bad und Schlafzimmer lagen in der oberen Etage. Warum war es eigentlich so schwer, sich mit der linken Hand die Zähne zu putzen? Egal, in ein paar Tagen würde es besser gehen und sie konnte das als »lebenslanges Lernen« verbuchen. Endlich schälte sie sich aus den Gartenklamotten. Sie hatte schon gewusst, warum sie das bis zur Nacht aufgeschoben hatte, es verlangte ihr alle verfügbare Selbstbeherrschung ab. Den rechten Ärmel schnitt sie kurzerhand auf, sie hatte keine Chance, ihn über die Hand zu ziehen. Zum Schluss noch den Schlafzopf. Nora konnte nicht mehr stehen, setzte sich auf die Bettkante. Einhändig flechten? Vorsichtig strich sie mit der Bürste durch die Haare, die ihr bis über die Hüfte reichten, versuchte einen kleinen Knoten zu lösen, ohne am ohnehin schon schmerzenden Kopf zu ziehen. Sie musste sich vorbeugen, damit die Haare frei hängen konnten. Das Flechten gelang ihr trotzdem nicht.

Am nächsten Morgen drängte sich diese Frage gleich wieder auf. Noras Haare waren von der Nacht, in der die Schmerzen sie mehrfach geweckt hatten, durcheinander und knotig. Sie brauchte keine Lösung, um einen Schönheitspreis zu gewinnen, aber sie konnte ihre Mähne nicht verwildern lassen. Vorsichtig versuchte sie, mit der linken Hand die Knötchen zu lösen und die Schlingen zu glätten. Mehrfach musste sie innehalten, versuchen den Hals zu entspannen, sich anders hinsetzen, bis es ihr gelang, eine Art Zopf zusammenzudrehen. Das Ergebnis sah struppiger aus als normalerweise ihr Schlafzopf nach der Nacht. Sie schämte sich, auch wenn sie nicht hätte sagen können, warum. In ihren Haaren wohnte ein großes Stück ihrer Seele, verletzlich, überlebenswichtig. Sie behandelte sie sorgsam, ließ sie nicht schneiden, nicht färben, ließ sie so, wie sie wachsen wollten. Die Vorstellung, dass jemand ihre Haare in die Hand nahm, war für Nora, als hätten sich die Gnome aus dem Apfelbaum auf ihren Kopf gesetzt. Schon lange hatte niemand mehr darübergestrichen. Schon lange war ihr niemand mehr so nahe gekommen, dass er das gewollt, dass sie das erlaubt hätte. Jetzt ging es nicht um Intimität. Sie brauchte Hilfe. Und doch brauchte sie jemandem, dem sie vertraute.

In Noras Kopf hallten all die abwertenden Bemerkungen nach, die sie über ihre Haare gehört hatte, mal als offene Kritik, mal als freundlicher Rat getarnt. Sie hatte sich auslachen lassen müssen, wenn sie das Verschwinden der langen Locken von Freundinnen betrauerte oder das lange Haar einer vorübergehenden älteren Dame bewunderte. Sie hatte sich nach dem Studium anhören müssen, dass sie mit der Art, wie sie ihre Haare trug, nie einen Job bekommen würde, das sähe viel zu unseriös aus. Alternativ befand man ihre Frisuren als altmodisch – auf keinen Fall geeignet, wenn man sich als Frau im Berufsleben durchsetzen wollte. Sie hatte der erdrückend einstimmigen Meinung erfahrenen Ratgeber geglaubt und sich entschlossen, sich selbst die Haare abzuschneiden. Aber als sie dann mit der Schere in der Hand vor dem Spiegel stand, ging es einfach nicht. Es war, als sollte sie sich einen Fuß abhacken, sich verkrüppeln, sich selbst aufgeben. Sie warf die teure Schere, die sie sich extra gekauft hatte, in den Müll und versuchte, ihre Haare zu verbergen, so gut sie konnte. Insbesondere dann, wenn sie formale dienstliche Termine hatte – und das war oft – trug sie eine möglichst unauffällige, in ihren Augen seriös wirkende Hochsteckfrisur. Wenn sie sich wohl und sicher fühlte, trug sie die Haare im Zopf und zog damit nicht nur unfreundliche Blicke auf sich. So nahmen die Bemerkungen, die sie zu ihren Haaren bekam, langsam ab, freundliche und kritische Äußerungen kamen ins Gleichgewicht, und ihre Souveränität schien die gut gemeinten Ratschläge verstummen zu lassen.

Nun war es aus mit der Souveränität. Nora würde ihre Haare vorzeigen und um Hilfe bitten müssen, eingestehen, dass sie sich derzeit nicht allein darum kümmern konnte. Sie musste damit rechnen, dass die Bitte um Hilfe als Einladung gedeutet wurde, Ratschläge zu geben. Allein beim Gedanken daran fühlte sie sich wie ein Fisch im Aquarium einer Zoohandlung, vom Verkäufer mit einem Käscher in die Enge getrieben für ein Kind, das neugierig wartend sein Glas bereithielt.

Nora schob das Fliegengitter vor der Terrassentür auf die Seite und versuchte, das Bild vom Fischkäscher abzuschütteln. Auch an diesem Tag ließ die Herbstsonne die Erinnerung an den Spätsommer noch einmal aufleuchten. Mit milder Wärme weckte sie Wehmut und schien dennoch zu versprechen, alle Sorgen schmelzen zu lassen. Nur zu gern ließ Nora sich auf dieses Versprechen ein, balancierte ihr Laptop einhändig auf die Terrasse und machte sich daran, die Korrespondenzen zu bearbeiten, die ihr immer noch tägliche eine mehrstellige Zahl an dienstlichen E-Mails einbrachte. Mehrmals sortierte sie die Kissen neu, um halbwegs schmerzfrei sitzen zu können. Ihre linke Hand kreiste suchend über die Tastatur und pickte einzelne Buchstaben. Nach und nach fand sie sich zurecht und die gewohnte Arbeit verdrängten allmählich das Dröhnen aus ihrem Kopf.

Ein seltsames Geräusch ließ Nora aufblicken, kurz danach kam das Nachbarmädchen durch die Hecke geklettert.

»Entschuldige, kann ich meinen Federball wiederhaben?«

»Aber ja, wenn du ihn findest.«

Nora lächelte gegen die Wirbelsäule an, die ihr nicht erlauben wollte, sich umzusehen, aber das Mädchen brauchte ihre Hilfe nicht. Sie griff nach dem Ball, der zwischen die Sonnenblumen gefallen war. Nora sah, dass ihre Zöpfe dabei bis zu den Ellenbogen reichten.

»Hast du dir die Zöpfe selbst geflochten?«

»Ja, sieht gut aus, oder? Mama hat gesagt, ich darf lange Haare haben, wenn ich sie selbst kämme. Vielleicht werden sie ja mal so lang wie deine.« Im Blick des Mädchens lag Bewunderung, aber auch ein Schimmer von Verwirrung.

»Nina?« Hinter der Hecke tauchte die Nachbarin auf und blickte suchend durch den Garten. Als sie ihre Tochter bei Nora stehen sah, grüßte sie und kam herüber. »Frau Grender, was haben Sie denn mit Ihrer Hand gemacht?«

»Ach, mein Baum hat den Ast losgelassen, an dem ich mich festgehalten habe.«

Besorgt schaute die Nachbarin auf Noras Hand, den Kissenthron und den Spazierstock mit dem Silberknauf, der an der Hauswand lehnte.

»Kommen Sie allein klar? Es scheint ja nicht nur die Hand getroffen zu haben. Brauchen Sie Hilfe?«

Abwehrend hob Nora die Hand, aber Nina war gleich Feuer und Flamme.

»Vielleicht kann ich dich ja kämmen. Deine Haare sind ganz schön struppig. Du hast doch sonst immer einen so ordentlichen Zopf. Soll ich sie dir flechten? Du hast ja gesehen, wie gut ich das inzwischen kann.« Stolz zeigte sie ihre Zöpfe.

»Du hast recht, für meine Haare muss ich mir etwas einfallen lassen. Kämmen ist ganz schön schwierig mit einer Hand. Vom Waschen gar nicht zu reden.«

»Dann komme ich jeden Morgen vor der Schule und kämme dich.«

Der Blick der Nachbarin ließ Nora ahnen, wie wenig entspannt die Morgenprozedur bei Nina ablief, seit sie vor zwei Monaten zur Schule gekommen war.

»Nein, nein, dann müsste Mama dich ja noch früher wecken.« Aber die Begeisterung des Kindes tat ihr gut und sie verabredeten, dass Nina manchmal nachmittags kommen würde.

Die Mutter guckte immer noch skeptisch. »Warum gehen Sie zum Haarewaschen nicht zum Friseur? Das ist doch deren Job. Und vielleicht bekommen Sie gleich noch eine gute Beratung. Es ist ja bestimmt sehr aufwendig mit ihren extrem langen Haaren, sogar mit zwei gesunden Händen. Sie müssen sie ja nicht so kurz schneiden lassen wie meine«, kokett strich sie sich durch ihre elegante Kurzhaarfrisur, »aber eine mittlere Länge erleichtert schon einiges. Lassen Sie sich ruhig mal ein paar Möglichkeiten zeigen.«

Nora dankte für den Rat, lächelte dem Mädchen verschwörerisch zu und sah bald darauf den Federball wieder durch den Nachbargarten fliegen.

Zum Friseur gehen – dieser Gedanke war Nora nicht gekommen, oder die Feen hatten ihn schneller davongetragen, als sie ihn hatte wahrnehmen können. Zum Friseur zu gehen hieß, sich die Haare schneiden zu lassen. In Berlin konnte sie sich etwas anderes nicht vorstellen und die Erinnerung an den Laden in Boston, in dem es eine Nicht-Friseurin gab, der sie sich hätte anvertrauen können, verdrängte sie sofort wieder. Ihr Körper verbot ihr, die Gedanken über den Atlantik wandern zu lassen, zu der Reise, die sie verschieben musste. Nora wandte sich wieder ihrer Korrespondenz zu.

Es war erstaunlich, dass die meisten Kollegen sie behandelten, als ob sie noch im Dienst wäre.

Nora selbst hatte das Gefühl, seit einem Jahr am Ende jedes dienstlichen Gesprächs Abschied zu nehmen, aber das schienen die Kollegen höchstens auf den Lehrbetrieb zu beziehen. Heute fand sie in ihren Mails eine Einladung von Rick Holsten, ihrem Kollegen aus Düsseldorf.

»Würdest du am Mittwoch in einer Woche auf unserem Institutsseminar sprechen? Du hast doch jetzt Zeit für Reisen auch zu kleineren Anlässen. Und wenn du ein paar Tage Tapetenwechsel brauchst, steht dir unser Haus offen. Ilona würde sich sehr freuen, dich wieder zu sehen.«

Die Einladung hätte perfekt gepasst, wenn sie reisefähig gewesen wäre. In ihrem Kalender stand für nächsten Mittwoch kein Termin und Ilona war die Personalerin, die sie nach einem Job für Daniela fragen wollte. Immerhin hatte sie damit einen Grund, sich bei Rick und Ilona zu melden und konnte versuchen, etwas für Daniela zu tun.

Am Nachmittag rief Marcus an.

»Na Mama, du hast mir wohl was zu erzählen?«

»Wie kommst du darauf?«

»Schon allein, dass du jetzt nicht vehement widersprichst, zeigt, dass ich recht habe. Und als Daniela mir gestern von deinem Anruf erzählt hat, kam mir das auch komisch vor. Du rufst an, und dann textet sie dich voll, ohne zu fragen, was du eigentlich willst. Also schieß los!«

»Ich bin am Mittwoch vom Baum gefallen.«

»Was bist du?«

»Ich bin vom Apfelbaum gefallen.«

Sie erzählte, was passiert war, und versuchte, ihre Verletzungen möglichst kleinzureden.

»Hoffentlich bleiben wenigstens die Äpfel oben, bis ihr kommt und sie euch selbst pflücken könnt.«

»Lass mal die Äpfel. Wie kommst du denn klar? Soll ich kommen und dir helfen? «

»Danke. Es ist lieb, aber ich schaffe das schon. Ich habe mich überwunden, eine Haushalthilfe zu nehmen, die hat sich heute vorgestellt. Wird schon gehen.«

Gut, dass Marcus nicht sehen konnte, wie sie dabei mit den Augen rollte. Die Diskussion mit Frau Sirelke, was sie in Noras Haus tun sollte und was nicht, hatte Nora Einiges an Selbstbeherrschung abverlangt.

»Bist du sicher? Ich kann dich auch für eine Weile nach Essen holen. Die Kinder freuen sich.«

»Am Montag muss ich die Hand operieren lassen. Ist ja nicht mehr so lange, bis ihr kommt, so viel Geduld werden die Kinder schon haben.«

»Wenn du meinst. Aber versprich mit, dass du dich meldest, wenn du mich brauchst. Ich kann mir einen Tag zwischendurch freinehmen, wenn es nötig ist.«

»Ich verspreche es.«

Nora stellte das Telefon in die Station und stützte sich mit dem Spazierstock vom Stuhl hoch. Einen Moment hielt sie inne, bis der Schwindel vergangen war. Dann humpelte sie zum Fenster und sah auf den Apfelbaum. Noch war es hell. Die Äpfel hingen dort, als wüssten sie nichts von Gnomen und Feen. Nichts von ihrer Unruhe vor der anstehenden Operation. Nichts von ihrer Sorge vor den einsamen Wochen danach. Nichts von ihrem struppigen Zopf. Nora versuchte, Unruhe und Sorge herunterzuschlucken. Es würde gehen müssen. Ohne dass Marcus kam.

Obwohl Wochenende war, konnte Nora Rick kaum erreichen. Zweimal vertröstete er sie, erst am Sonntagabend fand er Zeit, um mit ihr zu sprechen.

»Du bist ja nett, dass du so nachdrücklich anrufst und nicht nur einen Dreizeiler schreibst, scheint dir gut zu gehen im Ruhestand.«

»Natürlich bin ich nett. Leider habe ich mir mit Eintritt in den Ruhestand ein paar Knochen zerhauen. Das fühlt sich nicht gut an und macht mich definitiv reiseunfähig. Vielleicht gibt es im nächsten Jahr ein Thema, zu dem ich etwas beitragen kann, dann komme ich gern.«

»Nächstes Jahr? Du machst wie immer alles gründlich.«

»Ist ja schon Oktober.«

»Noch fast ein Vierteljahr. Aber wenn du kommst, kannst du dich nicht davor drücken, ein paar Tage unsere Gastfreundschaft zu genießen.«

»Danke dir. Könnte ich noch kurz mit Ilona sprechen?«

Nora versuchte, Danielas Situation so dezent wie möglich zu beschreiben, aber Ilona war gleich im Bilde.

»Ach, diese Pumpen-Bude in Essen, da haben sich schon ein paar Leute bei uns beworben. Scheint da ziemlich drunter und drüber zu gehen. Warum schickt sie die Schwiegermutter vor, kann sich doch einfach bewerben?«

»Ja, aber manchmal ist es ganz gut, wenn man schon einen Draht dorthin hat, wo man sich bewerben möchte.«

»Die hohe germanistische Qualifikation der Schwiegermutter bürgt nicht für die betriebswirtschaftliche Qualifikation der Bewerberin, aber wenn sie den gleichen Familiennamen hat wie du, wird mir das Schreiben auffallen.«

Nach dem Telefonat versuchte Nora sich zu schütteln. Ihr war, als würden kleine beißende Tierchen über ihren Rücken laufen. Oder durch den Kopf? Ihr Körper ließ das Schütteln nicht zu und Nora hätte heulen können. Sie musste schlafen, mit diesem Abend war nichts mehr anzufangen.

Die Tage im Krankenhaus wurden Nora lang. Sie hatte erwartet, dass sie höchstens eine Nacht dableiben müsste, aber man behielt sie länger. Nora schien, dass der Arzt bei jeder Visite kritischer auf ihre Hand sah, und sie hoffte, dass sich dahinter nicht die Erkenntnis eines Kunstfehlers verbarg. Eine zweite Operation würde sie noch ein paar Wochen zusätzlich lahmlegen, und die Möglichkeit, dass sie ihre Finger nie wieder richtig bewegen könnte, versuchte sie wegzuschieben, sobald sie ihr in den Sinn kam. Das Krankenzimmer mit den beiden großen Fernsehern an pfirsichfarbenen Wänden, dem mit Lamellenvorhängen verschatteten Fenster und dem Infusionsständer neben dem Bett schien wie eine Krake nach ihr zu greifen. Wenn sie Geduld aufbringen sollte, bis sich die wieder geschwollene und deutlich pochende Hand beruhigte, musste sie der Krake entkommen. Sie redete mit den Ärzten. Sie redete mit den Schwestern. Sie redete mit der Sozialarbeiterin. Nach vier Tagen durfte sie endlich nach Hause.

Als brave Mutter meldete sich Nora am Abend bei Marcus zurück. Er bot noch einmal Hilfe an, schien aber auch nicht böse zu sein, dass sie sie ausschlug.

»Deine Stimme klingt nach Fledermaus«, griff sie eine Wendung aus seiner Kindheit auf. Das Gefühl, dass es Marcus nicht gut ging, verdrängte ihre Schmerzen.

»Fledermaus wäre noch nett, ich bin mindestens im Flughund-Modus.«

»Ist es wegen Daniela?«

»Ja. Nicht nur. Ich weiß nicht. Im Moment habe ich den Eindruck, dass ich gar nicht so viele Hände habe, wie ich brauche, um überall nachzufassen, wo etwas aus dem Gleichgewicht gerät. Aber du hast auf jeden Fall Vorrang, denke nicht, dass du dich nicht trauen darfst zu sagen, wenn du mich brauchst.«

»Das mache ich. Aber wenn es Dinge gibt, um die ich mich linkshändig und linksbeinig kümmern kann, vielleicht sogar mit dem Kopf, sag mir das auch. Ich kann Ablenkung gebrauchen.«

»Na dann reiche ich dir gleich das nächste Sorgenkind. Jonas will dringend mit dir sprechen.«

»Dann will ich natürlich auch dringend mit ihm sprechen. Aber erzähl vorher kurz, wie es bei Daniela geht.«

»Ich weiß nicht mehr als du, aber das, was du weißt, weiß ich nun wenigstens auch. Man, da brauchen wir ordentlich Kraft, um das durchzustehen, so fertig, wie sie ist.«

»Ja, werdet ihr brauchen. Aber vielleicht klappt es mit dem neuen Job schneller, als sie denkt.« Während Nora von ihrem Gespräch mit Ilona erzählte, versuchte sie, Beine und Rücken ein bisschen zu bewegen. Noch immer nahm ihr die Wirbelsäule übel, wenn sie zu lange in einer Haltung saß.

»Oma, die in meiner Klasse sind alle doof.«

»Alle doof? So ganz plötzlich? Was ist denn los, mein Sternchenmann?«

»Ich weiß auch nicht, warum. In der ersten Klasse hatte ich drei Freunde. Mick ist jetzt an einer anderen Schule und Nathan und Paul lassen mich sitzen. Die kicken in der Hofpause mit der Meier-Gang und wollen nichts mehr mit mir zu tun haben.«

»Wer ist denn die Meier-Gang?«

»Das sind vier Jungs aus der dritten, die immer tun, als ob sie die Stärksten an der Schule sind. Sind die gar nicht. Aber keiner traut sich gegen die.«

Nora seufzte. Sie war weit weg, konnte nicht nach Essen fahren und den Sternchenmann in den Arm nehmen. Dabei würde ihm das sicher am meisten helfen.

»Und Nathan und Paul finden das toll?«

»Jeder würde toll finden, wenn ihm die Meier-Gang erlaubt, mit ihnen zu kicken. Oder fast jeder. Ich nicht. Ich kann nicht kicken. Die würden mich nur auslachen. Machen sie so aber auch. Und manchmal schubsen sie. Und manchmal halten sie die Klotür zu, damit ich nicht rauskomme.«

»Ist ja eklig. Bist du der Einzige, mit dem sie das machen?«

»Nicht ganz. Es gibt vier oder fünf Jungs an der Schule, die sie ärgern. Aber einer ist immer besonders dran.«

»Und im Moment bist du das.«

»Ja.«

»Was sagt Mama dazu?«

»Ich soll mich wehren. Aber wie? Ich glaube, die hört gar nicht richtig zu, wenn ich das erzähle.«

Und Marcus war im Flughund-Modus. Vielleicht sollte Nora sich doch abholen lassen. Würde sie den Kindern dann helfen können, oder war sie mehr im Weg?

»Hältst du die eine Woche bis zu den Ferien noch durch? Wenn ihr hier seid, höre ich dir ganz lange zu und dann beratschlagen wir, was du machen kannst, um nicht mehr dran zu sein.«

»Versprochen?«

»Indianerehrenwort.«

»Ich bin kein Indianer.«

»Du hast recht. Omaehrenwort.«

»Gut.«

»Bis dann. Lass dich nicht kleinmachen. Du bist mein großer Sternchenmann.«

»Bin ich. Darf ich denen aber nicht sagen.«

»Nein. Bist du aber trotzdem.«

Sie hätte Jonas länger zuhören müssen, aber sie konnte nicht mehr sitzen. Wie mochte es Miri gehen? Es war nicht leicht, auf die Entfernung eine gute Oma zu sein. Und eine gute Schwiegermutter. Und wenn Flughund-Marcus sich mehr um sie sorgte, als sie sich um ihn, dann war sie wirklich alt.

Am nächsten Morgen quälte sie sich mit den Knoten, die sie sich im Krankenhaus in die Haare geruschelt hatten. Die Schwestern dort hatten ihr nicht angeboten, ihr beim Kämmen zu helfen, und sie hatte nicht fragen wollen. Sie mochte sich nicht mehr im Spiegel ansehen. Am Nachmittag wollte Nina kommen, aber bis dahin mit einem Mob auf dem Kopf herumzulaufen, war ihr zuwider. Die gebrochene Hand und der verstauchte Knöchel ließen sich so schnell nicht ändern, aber wenn ihre Haare verwahrlosten, schämte sie sich vor sich selbst. Und vor Nina, wenn sie später kam. Selbst vor dem Paketboten, wenn er zufällig heute die Probedrucke ihres Buches bringen sollte. Natürlich hatte die Nachbarin recht damit, dass ein Friseursalon in ihrer jetzigen Situation genau die passende Adresse war. Warum sollte sich ein Dienstleister nicht an eine Absprache mit seinem Kunden halten? Sie konnte sagen, was sie wollte, und andere Vorschläge des Friseurs ablehnen. Notfalls konnte sie wieder gehen. Man würde ihr schließlich keine Gewalt antun. Den zweiten Teil der Empfehlung der Nachbarin ignorierte sie großzügig. Sie würde versuchen, jemanden zu finden, der ihr anbot, was sie brauchte. Es gab in Berlin eine riesige Auswahl an Friseuren, warum sollte es unter ihnen nicht einen geben, der Noras Vorstellungen von schönen langen Haaren teilte? Sie suchte im Internet ein paar Adressen und Nummern von Naturkosmetik-Friseuren heraus. Wer Pflanzen mochte und Tierversuche ablehnte, hatte vielleicht auch Sympathie für lange Haare. Nora holte tief Luft und griff zum Telefon.

»Die Haare weder schneiden noch färben? Warum wollen Sie denn dann kommen? ... Das tut mir aber leid mit Ihrer Hand. Kommen Sie nur. Ich gucke mir Ihre Haare mal an, vielleicht kann ich Ihnen auch etwas Weitergehendes empfehlen. ... Ja, natürlich mache ich nur, was Sie wollen, da müssen Sie keine Sorge haben.«

Also verabredete Nora den Termin.

In der Nacht zum Sonntag war das Wetter umgeschlagen. Gegen Morgen jaulte der Wind wie
ein junger Hund im Ahorn, der vor Noras Haus
stand. Zu einem richtigen Herbststurm reichte
seine Kraft noch nicht, aber er schien sich zu
trainieren und drückte teils spielerisch, teils zän-
kisch den Regen gegen das angeklappte Schlaf-
zimmerfenster. Ein gleichmäßiges Tropfen ließ
Nora wissen, dass er ihm Einlass verschafft hatte.
Ihr erster Impuls, aufzuspringen, um das Fenster
zu schließen, weckte die Schmerzen in ihrem Rücken und gemahnte sie an die langsame Gangart,
die ihr jetzt auferlegt war. Sie hinkte zum Fenster, schloss es, holte einen Lappen aus dem Bade-
zimmer, wischte die Pfütze vom Boden und setzte
sich auf die Bettkante. Der Tag hatte noch nicht
richtig begonnen, aber sie hatte den Eindruck,
als hätte sie mit diesen paar Handgriffen schon
die Kraft verausgabt, die ihr bis zum Abend zu-
gestanden war. Aber es war Sonntag. Sie war frei
von allen Verpflichtungen. Niemand würde sich
dafür interessieren, ob sie im Bett blieb oder sich
aufraffte, ob Sie sich in den Regen wagte, um die
Sonntagszeitung aus dem Kasten zu holen, oder
ob sie den Computer anschaltete. Kurz bevor sich
dieser Gedanke in ihr breitmachen konnte, gab
sie sich einen Ruck und begann sich anzukleiden.

Im Wohnzimmer war es empfindlich kalt. Sie
müsste in den Keller gehen und die Heizungs-

anlage auf Winterbetrieb umstellen. Das waren dreizehn Stufen nach unten und dreizehn wieder hoch. Das schreckte sie ab. Zum ersten Mal kam ihr der Gedanke, dass smartes Haushaltmanagement auch Vorteile haben könnte. So sehr sie die Vorstellung gruselte, dass ihr Kühlschrank allein Butter bestellen könnte, nachdem sie das letzte Stück herausgenommen hatte, so reizvoll schien ihr im Moment der Gedanke, die Heizungsanlage von ihrem Handy aus umstellen zu können. Vielleicht würde es reichen, sich erst einmal in der Küche mit einem Kaffee zu wärmen.

Ein Geräusch aus dem Garten hielt sie im Wohnzimmer. Vor der Terrassentür stand Nina in blau-rot-geringelten Gummistiefeln und einer Regenjacke, die ihr so groß war, dass sie fast darin verschwand. So schnell sie konnte, ließ Nora das tropfende Mädchen herein, das stolz die trockene Sonntagszeitung aus ihrer Jacke ausgrub.

»Hier, damit du nicht in den Regen musst. Mama meinte, dass du sicher keine so schöne Jacke hast wie ich.«

»Da hat sie recht. So eine tolle Was-kann-mir-der-Regen-schon-Jacke habe ich nicht, ich hätte meinen Schirm nehmen müssen.«

»Und dann hättest du keine Hand mehr für die Zeitung gehabt!«

»Das stimmt. Da hätte ich gar nicht erst rausgehen müssen. Du bist so lieb, dass du mir die Zeitung gebracht hast, vielen, vielen Dank. Willst du dich für ein paar Minuten von deiner Was-kann-mir-der-Regen-schon-Jacke trennen und einen Tee trinken? Kakao habe ich leider nicht da, aber leckeren Zitronentee.«

»Nein, danke. Ich muss zurück und Mama beim Kuchen backen helfen. Kommst du um halb vier zu uns zum Kaffeetrinken? Mama hat gesagt, sie würde sich freuen und es ist auch nicht schlimm, wenn du mit deiner linken Hand ein bisschen Kaffee verschwappst.«

Nora war noch nie im Haus der Nachbarin gewesen, und die Vorstellung, in der Familie, durch deren Fenster jeden Abend Fernsehflimmern schien, bei der gleich nach dem Einzug der große Süßkirschbaum gefällt wurde und in der offenbar strenge Tischsitten galten, als Charity-Gast zu sitzen, war nicht besonders reizvoll für sie. Aber sie konnte Ninas charmante Einladung auf keinen Fall ausschlagen. Kaum hatte das tropfende Wichtelmädchen die Zusage, war es wieder in den Garten verschwunden, winkte und streckte die Zunge heraus, um Regentropfen aufzufangen.

In der Kommode fand Nora eine Pralinenschachtel, die dort lag, um Verlegenheiten wie diese abzufangen, und eine Türe saurer Fruchtgummis, von der sie hoffte, dass Nina sie genauso gern mochte wie ihre Enkeltochter. In ihrem weinroten Rock und der grauen Leinenbluse fand sie sich für einen Sonntagsbesuch passabel genug herausstaffiert, um den Eindruck des Charity-Gastes aus dem eigenen Kopf zu verdrängen. Und als sie mit einiger Mühe und einer großen silbernen Spange ihren zerzausten Zopf aufgesteckt hatte, griff sie nach dem Spazierstock ihres Großvaters und summte leise einen Walzer, der zum Dreiertakt Stock-Fuß-Fuß passte. Der Blick, mit dem die Nachbarin sie begrüßte, zeigte ihr, dass nicht nur sie davon überrascht war, wie gut sie ihr Handicap kaschiert hatte.

Es wäre nicht schlimm gewesen, wenn Nora ein Schluck Kaffee aus der Tasse gezittert wäre – nicht, weil die Nachbarn Rücksicht auf sie nahmen, sondern weil es jedem passieren konnte, weil Nora Ninas Bemerkung falsch aufgefasst hatte. Nora entspannte sich, ließ sich von den Freuden und Mühen mit Ninas Schulstart erzählen, blinzelte Nina zu, als die Mutter die Hortnerin sehr lobte und steuerte Erfahrungen ihrer Enkel bei.

»Solange Nina zu Hause erzählen kann, was geklappt hat und was nicht, kann eigentlich nicht viel passieren.«

»Ist das nicht normal?«

»Die Eltern haben auch ihr Leben und können nicht immer nur gute Geister sein. Als ich gestern mit meinem Enkel telefoniert habe, klang er ziemlich durch den Wind. Die Probleme seiner Mutter scheinen sich schon auf ihn niederzuschlagen, noch ehe sie in der Familie richtig davon erzählt hat.«

»Was quält denn Ihre Tochter?«

»Meine Schwiegertochter. Ihr Betrieb wird umstrukturiert und sie sucht einen neuen Job. Eigentlich müsste das für eine erfahrene Betriebswirtin machbar sein, aber ich habe den Eindruck, dass ihr im Moment das Selbstvertrauen fehlt, um eine überzeugende Bewerbung zu schreiben.«

Gehörte das hierher? Musste sie neben ihren körperlichen Einschränkungen den Nachbarn auch noch ihre Familiensorgen präsentieren?

»Als Betriebswirtin? Das sollte doch gar kein Problem sein. Ich arbeite im Chemielabor – wenn sie Chemikerin oder Laborantin wäre, wüsste ich sofort einen Job für sie. Aber soweit ich es mitbekomme, werden bei uns auch immer wieder Leute in der Buchhaltung und im Einkauf gesucht.«

»Wissen Sie, ob bei Ihnen Stellen dazu ausgeschrieben sind?« Vielleicht konnte Nora aus dem Nachmittag mehr als eine Belebung der Nachbarschaft herausholen.

»Im Moment habe ich nicht viel Kontakt zu den Papiertigern. Die Freundin, die ich in dem Bereich hatte, ist vor ein paar Monaten nach Bochum gewechselt. Stellen Sie sich das mal vor – freiwillig von Berlin nach Bochum! Aber es war wohl die große Liebe. Ich muss dringend anrufen und hören, ob die Liebe noch hält, so was ist nicht die starke Seite von Kassandra. Dabei sollte man doch ein bisschen vorausschauen können, wenn man Kassandra heißt, finden Sie nicht?«

»Na ja, wenn Namen Leute machen. Aber vielleicht ist der Fluch so stark, dass sie sich selbst nicht glaubt?«

»Sich selbst nicht glaubt? Das geht doch gar nicht.«

Ein einfaches »doch« reichte Nina nicht, Nora musste ihr die Geschichte der verfluchten Prophetin erzählen.

»Trotzdem hat sie sich selbst geglaubt!«

»Ja, das hat sie. Aber wer weiß, ob eine Frau, die heute Kassandra heißt, das auch tut?«

»Sie sind Germanistik-Professorin, habe ich gehört. Vielleicht sollten Sie Geschichten schreiben? Es macht Spaß, Ihnen zuzuhören« mischte sich die Mutter wieder ins Gespräch.

»Danke für das Kompliment. Vielleicht sollte ich das. Aber wenn Sie wirklich demnächst mit Kassandra telefonieren sollten – könnten Sie sie fragen, ob in Bochum bei den ‚Papiertigern' eine Stelle frei ist? Meine Schwiegertochter wohnt in Essen, von dort ist Bochum nicht so aus der Welt, wie es von Berlin aus zu sein scheint.«

Zu Hause guckte Nora nach, wie weit Bochum und Essen wirklich auseinander lagen. Für sie war das Ruhrgebiet ein einziger »Pott«, über die Entfernung zwischen den Orten dort hatte sie sich noch nie ernsthaft Gedanken gemacht. Die Strecke schien ihr für einen Arbeitsweg erträglich zu sein. Hoffentlich nahm es ihr die Nachbarin nicht übel, dass sie den Besuch mit einer Bitte beendet hatte.

Dienstag. Nora musste zum Friseur. Es war ihre freie Entscheidung, und doch hatte sie das Gefühl, einem äußeren Zwang zu folgen. Als müsste sie sich selbst schieben, schleppte sie sich über die Hausschwelle in den grauen Tag. Eine gleichförmige Wolkendecke trennte die Stadt von der Sonne und vom Lauf der Zeit. Der Regen schien unendlich lange anhalten zu könnte. Die Gesichter der Menschen, die unter Schirmen oder Regenjacken leicht gebeugt die Straße entlangliefen, waren verschlossen. Keiner sah den anderen an, keiner zeigte Freude oder Aufregung. Nora hatte das Gefühl, allein durch eine Welt zu gehen, in der alle Bewegungen ohne Leben waren. Unter ihrem Regenponcho schien es ihr, als würde ein unbestimmbares Außen wie eine Amöbe nach ihr greifen und sie müsste enorme Kraft aufbringen, um nicht von ihm eingesogen zu werden. Der Rhythmus Stock-Fuß-Fuß klang in ihren Ohren nicht mehr nach einem Walzer, sondern eher nach einem aus dem Takt gekommenen Uhrpendel.

Endlich stand sie vor dem Salon. Ihre Schuhe waren durchnässt und an ihrer Tasche liefen dicke Tropfen hinab. Obwohl sie sich nach einem trockenen Ort sehnte, fiel es ihr schwer, das Misstrauen zu besiegen und die Tür zu öffnen. Aber es half nichts, ihre Haare hatten nach zwei Wochen die Wäsche mehr als nötig. Außerdem hatte sie die Zusage der Friseurin. Sie rang ihrem Gesicht das förmliche Lächeln ab, mit dem sie Konferenzvorträge eröffnete, und betrat das Geschäft.

Im Salon gab es nur einen Frisiertisch, dazu ein Regal mit Utensilien und eine kleine Garderobe. Neben der Kasse stand ein Asternstrauß, der typische Friseurgeruch fehlte, vielleicht durch die Naturkosmetik. Die Friseurin erwiderte ihr Lächeln.

»Bitte legen Sie ab ... Warten Sie, ich helfe Ihnen. Hoffentlich heilt ihre Hand schnell ... Bitte nehmen Sie Platz.« Nora schluckte und setzte sich auf den Frisierstuhl. Die Friseurin nahm ihren zerzausten Zopf in die Hand.

»Oh, ist der lang. Sie waren wohl eine ganze Weile nicht mehr beim Friseur? Haben Sie schlechte Erfahrungen gemacht?«

»Ich war noch nie beim Friseur, da habe ich mir schlechte Erfahrungen ersparen können.« Nora sah auf ihre Hand. »Normalerweise brauche ich keinen Friseur, nur jetzt hat die Ungeschicklichkeit zugeschlagen.«

»Vielleicht verpassen Sie etwas, wenn Sie Friseure so rigoros ablehnen? Nehmen Sie den Besuch heute zum Eingewöhnen. Ich sehe mir Ihre Haare mal an und habe sicher ein paar Ideen, was man damit machen kann. Aus dieser Haarmenge lässt sich doch viel mehr herausholen als ein einfacher Zopf.«

Nora verkniff sich eine Erwiderung. Vielleicht war es sogar unterhaltsam anzuhören, was die Friseurin so »herausholen« wollte. Solange sie sich heute aufs Waschen beschränkte, konnten die Worte keinen Schaden anrichten. Die Friseurin löste Noras Zopf und kämmte die Haare glatt.

»Ihre Haare sind wirklich gut gepflegt. Ich kann mich nicht erinnern, dass ich schon einmal lange Haare so gut kämmen konnte. Aber im unteren Viertel werden sie sehr dünn. Zumindest die Spitzen sollten Sie schneiden lassen. Sie werden sehen, wie gut sich eine dichte Kante anfühlt. Wenn das Eis gebrochen ist, bekommen Sie vielleicht auch Lust, einmal eine andere Länge zu tragen.«

Nora dachte an den Haarausfall, der sie vor ein paar Jahren fast zur Verzweiflung gebracht hatte. Inzwischen waren die Haare wenigstens bis zur Taille wieder dicht, darunter war der Verlust noch deutlich zu erkennen. In drei Jahren würde sich das verwachsen haben, bis dahin musste sie mit der unfreiwilligen Stufe leben.

Die Friseurin wusch Noras Haare.

»Mit Naturkosmetik ist vieles möglich. Es gibt auch Farben, die schon nach zweimaligem Auftrag vollständig decken, nicht nur Henna. Ihre Haare waren wohl einmal recht dunkel. Den Farbton kann ich gut hinbekommen, wenn Sie wollen. Das macht Sie gleich noch ein paar Jahre jünger.«

»Dann müsste ich wohl auch wieder arbeiten? Ich bin so froh, endlich das Pensionsalter erreicht und mehr Zeit zu haben.«

»Das Pensionsalter? Oh, da hatte ich Sie ganz falsch eingeschätzt. Da beginnen Sie einen neuen Lebensabschnitt. Das ist kein schlechter Grund, auch einmal die Frisur zu ändern und neues Leben in die Haare zu bringen ... So, was möchten Sie heute für eine Frisur? ... Sicher, ein Zopf ist in ihrer Situation am praktischsten. Ich könnte ein Fischgrätenmuster flechten. Vielleicht kann ich ein anderes Mal eine Hochsteckfrisur für Sie ausprobieren. Offen tragen können Sie die Haare so natürlich nicht, obwohl das bei Ihrer Haarfülle verführerisch wäre. Ihre Haare dunkel, bis zum halben Rücken, frei wehend – ein echter Hingucker!«

‚Was meinen Sie, was es für ein Hingucker ist, wenn meine silbernen, mehr als rückenlangen Haare frei wehen!‘ Nora erinnerte sich an ein paar Gelegenheiten, bei denen sie das genossen hatte. Aber in der Welt der Friseurin kam so ein Bild nicht vor und Nora drängte es ihr nicht auf.

»Gut, für heute macht das vierzig Euro. Wollen wir gleich einen Termin für die nächste Woche machen? Waschen und Spitzen schneiden?«

»Danke, erst einmal komme ich klar. Ich melde mich bei Ihnen, wenn ich wieder einen Termin brauche. Aber damit ich mich mit Ihrer Vorstellung anfreunden kann: Was wären denn für Sie die Spitzen?«

Die Friseurin betrachtete kritisch Noras Zopf. »Etwa bis zur Hüfte, vielleicht bis zur Taille. Wir können aber auch vorsichtiger anfangen.« Mit einem gewinnenden Lächeln verabschiedete sie Nora.

Vor der Tür musste Nora tief durchatmen. Sie ließ den Zopf durch ihre Hand gleiten. Er fühlte sich angenehm an, glatt und weich. Weil die Friseurin die Enden zu dünn fand, war die Quaste länger, als Nora sie beim Flechten ließ. Ein eigen-

artiges Gesamtbild, fremd. Fremder, als die un-
gewaschenen Haare, so sehr sie sie gestört hatten. Sie könnte diese Fremdheit auflösen, auch
mit einer Hand. Noch einmal strich sie über den
Zopf. Es waren ihre Haare, die Wäsche hatte ihnen
gutgetan, in einem Zopf, auch in diesem, waren
sie besser aufgehoben, als wenn sie frei herum-
flogen. Das Bild, das die Friseurin in ihr geweckt
hatte, passte nicht dazu, dass sie durch diesen trü-
ben Herbsttag hinkte. Sie fasste den Stock fester,
drückte den Rücken durch und ging zur U-Bahn.
Die Glocke des Salons schlug an, aber Nora sah
sich nicht danach um, wer die Tür öffnete. Sie
würde das Geschäft nicht noch einmal betreten,
sonst wäre ihr Zopf nicht mehr ihr Zopf, sondern
ein gestyltes Accessoire. Dann hätte sie sich verkauft, verkauft für nichts. Die Erinnerung an das
Gefühl, das sie hatte, als sie mit der Schere in der
Hand vor dem Spiegel stand, rollte durch ihren
Magen. Sie musste weitersuchen, bis sie jemanden fand, der das zumindest akzeptierte. Darauf,
dass es jemand verstand oder gar teilte, wagte
sie nicht zu hoffen. Wieder meldete sich die Erinnerung an Boston. Wieder drängte Nora sie weg.

Wenn Nora daran dachte, wie dringend ihre
Enkel sie bräuchten, bekam sie ein schlechtes
Gewissen, zwei Nachmittage in der Woche mit
der Nachbarstochter zu verbringen. Wenn sie be-

dachte, dass Nina vordergründig kam, um ihr den Zopf zu flechten, schlug ihr das schlechte Gewissen auf den Magen. Wenn Nina durch die Tür rannte, die Schultasche fallen ließ und sie umarmte, löschte ihre Freude das schlechte Gewissen aus und der Zopf wurde nebensächlich.

»Außer mir haben nur Sophie und zwei Jungs eine Oma, zu der sie nach der Schule gehen können. Bei allen anderen müssen die Omas arbeiten oder wohnen weit weg«, erzählte sie stolz.

»Aber deine beiden Omas wohnen auch ganz schön weit weg. Ich bin ja nur die Ersatzoma. Zählt denn das?«

»Na klar zählt das. Bei dir ist es viel schöner als im Hort. Aber in den Herbstferien fahre ich zu Oma Susanne nach Erfurt.«

»Das ist ja eine richtig große Reise. Bleibst du lange?«

»Ja, eine ganze Woche. Mama und Papa bringen mich hin und Opa bringt mich wieder zurück.« Inzwischen hatte Nina ihre Schulmappe im Wohnzimmer ausgeschüttet und zwei Hefte aus dem bunten Haufen gefischt. »Wir haben Deutsch und Mathe auf, richtig viel. Hilfst du mir? Ich mache Mathe und du machst Deutsch. Mama sagt, das kannst du gut.«

»Na, na, ein bisschen solltest du auch üben. Wir machen das zusammen, dann geht es ganz schnell.«

»Und danach kämme ich dich.« Nina nahm Noras Zopf in die Hand und begutachtete ihn mit Kennermiene. »Die Friseurin kann das gut, so ein Muster schaffe ich nicht. Und abgeschnitten hat sie auch nichts. Gehst zu ihr, wenn ich in Erfurt bin und dir nicht helfen kann?«

Nora schluckte. »Ich finde die Zöpfe, die du flichtst, schöner. Wenn meine Hand wieder funktioniert, zeige ich dir mal, wie dieses Muster geht. Aber ich brauche die Friseurin in den Ferien nicht. In der ersten Woche ist meine Enkeltochter hier und dann kommst du schon wieder.«

»Von Mama soll ich dir sagen, dass die Papiertiger Verstärkung brauchen. Hier ist die Adresse von dieser Kassandra-Prophetin.«

Sie zog aus dem Umschlag ihres Hausaufgabenheftes einen Zettel.

»Weist du denn, was Papiertiger sind?«

»Ja, ich habe Mama gefragt. Sie hat es mir erklärt und gesagt, dass du Professorin bist, eine Königin der Papiertiger. Vielleicht bist du ja eine Papierlöwin?«

Bewundernd sah Nina erst an der Bücherwand entlang und dann auf Nora.

»Vielleicht hast du deshalb so schöne Haare?«

Nora verkniff sich eine Bemerkung über die Haare von Löwen und Löwinnen und drückte Nina unbeholfen mit dem linken Arm.

Musste sie jetzt wirklich zum dritten Mal an diesem Vormittag die Stufen hoch? Nora sah auf die Treppe, die sich beginnend mit einer Vierteldrehung in die obere Etage schwang, und entschied sich, erst einmal auf dem Sideboard im Flur Zettel und Stift zu deponieren und aufzuschreiben, was sie von oben holen wollte. Eigentlich musste sie für Daniela und Marcus keine Handtücher bereitlegen. Die wussten, wo alles zu finden war. Aber Nora wollte ihnen zumindest ein bisschen das Gefühl geben, als Besuch zu kommen und nicht nur als Haushaltshelfer. Wie hätte sie ihr »Ich komme klar« besser illustrieren können als mit einem aufgeräumten Haus, in dem alles für die Gäste bereit war?

Auf der Straße klappte eine Autotür. Nora schlurfte zum Küchenfenster, obwohl die Familie frühestens in einer Stunde ankommen konnte. Geduld war nicht ihre starke Seite. Solange sie etwas zu erledigen hatte – und sie hatte immer etwas zu erledigen –, fiel ihr das kaum auf. Aber heute, wo sich ihre Hand dem verweigerte, was sie gern getan hätte, zog sich die Zeit endlos. Wieder fuhr ein Auto durch die Straße, es hielt nicht an. Ein Anruf von Marcus: Unfall auf der Autobahn, Verspätung noch nicht absehbar. Sie könnte noch einkaufen gehen. Aber was konnte sie schon transportieren, wenn sie zum Supermarkt humpelte? Für die drei Kartoffeln, die sie allein brauchte, genügte das, aber vier hungrige Gäste zu versorgen, hatte sie keine Chance. Also musste sie ausharren, bis die Kinder mit dem Auto da waren. Sie setzte sich an den Schreibtisch – Arbeit war die einzig mögliche Ablenkung.

Regen färbte den Nachmittag grau, als Nora erlöst wurde. Sie schreckte von der Türklingel auf, hatte das Auto nicht gehört, brauchte einen Augenblick, um aus der Welt ihres Buches in die Realität zu finden. Als sie die Haustür öffnete, drängte sich Jonas an seinen Eltern vorbei:

»Oma, Oma, Mama und Papa wollen alleine wegfahren, ohne uns! Können wir dann herkommen?«

»Na klar, ihr könnt immer herkommen, meine Goldstückchen. Wann soll das denn sein, habt ihr da Schulferien und könnt von zu Hause weg?«

Marcus lachte. »Es geht erst um den nächsten Sommer. Daniela und ich haben uns überlegt, dass wir in dem ganzen Schlamassel einen Lichtblick brauchen. Wir würden so gern zum Filmfestival nach Locarno fahren und dachten, wenn du als Pensionärin ein bisschen Zeit hast, könnten wir dir vielleicht die Kinder überhelfen?«

»Macht nur.« Nora lächelte Jonas und Miri an.

»Vielleicht fahren wir ja auch weg, wenn eure Eltern eine Reise machen? Wir könnten uns in Dänemark an der Ostsee ein Häuschen mieten ...«

»Oma macht gleich große Pläne.«

Das war kein Kompliment, Nora kannte ihren Sohn.

»Es ist alles noch vage. Falls Daniela einen neuen Job hat und das Festival in ihre Probezeit fällt, müssen wir die Reise um ein Jahr aufschieben. Lass uns erst einmal ankommen und später in Ruhe darüber reden.«

Die Kinder stürmten auf den Dachboden und Daniela warf ihnen lachend das Bettzeug hoch. Das Lächeln in Noras Gesicht verschwand, ohne dass sie es wollte. Das war eigentlich ihre Aufgabe. Eigentlich. Wird sie wieder so locker und verspielt sein, wenn ihre Hand geheilt ist? Oder war es nicht nur die Verletzung, sondern auch das Alter, das sie ausbremste? Der Gedanke verfestigte sich, je mehr sie ihn zu verdrängen versuchte. Sie musste sich auf die Zunge beißen, um ihn nicht auszusprechen. Er kroch ihr durch den Kopf, als sie bei Tee und Bäckerkuchen um den Tisch im Wohnzimmer saßen.

Obwohl Nora es ihnen – etwas halbherzig – auszureden versuchte, machten sich Marcus und Daniela am nächsten Tag über das Haus her.

»Das sieht ja hier gar nicht aus wie bei dir.« Marcus rückte den wuchtigen Schreibtisch im Arbeitszimmer leicht schräg. Die Abdrücke im Teppichboden zeigten, wie er platziert sein musste, damit seine Mutter den besten Blick aus dem Fenster hatte. »Alles steht im rechten Winkel und am Bücherregal sieht man Ränder, wo der Staublappen nicht hingereicht hat. Du musst deine Haushaltshilfe mal auf eine Tasse Tee einladen, damit die ein Gefühl dafür bekommt, wie deine gediegene Unordnung funktioniert.«

Recht hatte er, und doch wollte Nora den beiden den Urlaub nicht mit Möbelrücken und Staubwischen verderben.

»Lass man gut sein, jeder hat sein eigenes Raster im Kopf. Ich bin schon froh, wenn die Wollmäuse nicht auf dem Tisch tanzen. Wollt ihr Äpfel mitnehmen? Ein paar hängen noch am Baum und im Moment regnet es gerade nicht.«

Marcus und Daniela verstanden den Wink und machten sich über den Apfelbaum her, der seine restlichen Äste gut festhielt. Der Funke Neid, den Nora empfunden hatte, als Daniela den Kindern das Bettzeug hochwarf, meldete sich wieder. Gleich einem übergroßen Eichhörnchen kletterte die Schwiegertochter im Baum herum und warf Marcus die Äpfel zu. Trotzdem merkte Nora, dass Daniela manchmal einen Moment länger als nötig zögerte, um den nächsten Apfel zu werfen, oder einen warf, nachdem Marcus schon abgewunken hatte, um den Pflückkorb in die Horde zu entleeren.

Nora stellte Tee aufs Stövchen und unterstrich mit einer Kerze auf dem Tisch die eintretende Dämmerung mehr, als dass sie sie vertrieb.

»So, ihr fleißigen Bienchen, genug geschuftet für heute. Wollt ihr ein Glas Wein dazu? Dann haben die Kinder nachher beim Spielen wenigstens eine Chance zu gewinnen.«

»Danke, lass mal noch, so leicht wollen wir es ihnen doch nicht machen.« In Marcus Augen blitzte der Spieltrieb. Nora hoffte, dass sich dieser Trieb mit einer Runde Kniffel vor dem Abendbrot befriedigen ließ. Nach dem Essen musste sie dringend mit Daniela reden, nach Ilonas Antwort fragen, vorsichtig herausfinden, ob sie die Flughunde und Fledermäuse in der Familie überhaupt sah. Musste überlegen, ob sie sich nützlich machen konnte, nicht erst im nächsten Sommer. Wollte das Hilfe-Nehmen-und-Geben umkehren. Und hatte doch noch eine Bitte offen. Mit jedem Handgriff, den Daniela machte, hatte Nora das Gefühl, den Anspruch zu verlieren, diese Bitte auszusprechen. Die Bitte, die ihr viel wichtiger war als der Schreibtisch und die Äpfel. Oder sollte sie Miri fragen? Weder Mutter noch Tochter hatten bisher eine Bemerkung zu ihren ungepflegten Haaren gemacht.

Es tat Nora weh, Daniela zusammenfallen zu sehen, nachdem Marcus sich zurückgezogen hatte.

»Das wird nichts mit den Bewerbungen. Ich habe in zwei Wochen schon drei Absagen bekommen. Von Frau Holsten habe ich noch keine Antwort. Wenn ich so weitermache, ende ich wirklich als Kassiererin im Supermarkt.«

Nora legte ihr die Hand auf den Arm, aber Daniela schob mit Noras Hand jeden Widerspruch weg.

»Ich weiß nicht, was ich falsch mache. Alle sagen – na ja, die paar Leute, mit denen ich darüber gesprochen habe –, dass ich mit meiner Erfahrung etwas finden muss. Aber ich finde nichts.«

Die Panik in ihren Augen ließ Nora ahnen, welchen Eindruck die Bewerbungen hinterließen, die sie unter dieser Anspannung schrieb.

»Drei Bewerbungen in zwei Wochen sind ganz schön heftig. Wenn ich es richtig verstanden habe, mindestens vier.«

»Sieben habe ich inzwischen geschrieben.«

»Und das neben Vollzeitjob und Familie. Vielleicht ist dein betriebswirtschaftlicher Ansatz möglichst großer Zahlen hier nicht die einzige Variante. Ilona muss ja nicht recht damit haben, dass meine germanistischen Erfahrungen für deinen Bewerbungserfolg unwichtig sind. Lass uns mal zusammen ein Anschreiben basteln.«

Danielas schwache Gegenwehr schmolz vor der Selbstverständlichkeit, mit der Nora ihren

Rechner hochfuhr. Mit ein paar Nachfragen zu Danielas Qualifikation, die der Germanistin nicht auf den ersten Blick zu der von Kassandra geschickten Stellenausschreibung zu passen schien, kitzelte Nora an Danielas Berufsehre und entlockte ihr schnell die Schlagworte, mit denen Kassandra wohl etwas anzufangen wusste, nicht aber Nora. Sie versuchte, ein paar elegante Formulierungen beizusteuern, aber es kostete sie Überwindung, für eine betriebswirtschaftliche Tätigkeit die Begeisterung aufzubringen, die eine Bewerbung ansprechend machte. Trotzdem kamen sie voran. Während Nora sich quälte, fühlte Daniela sich angestachelt, ihren Beruf zu verteidigen, und als Marcus sich kurz vor Mitternacht zu ihnen gesellte, fand Nora das Ergebnis akzeptabel. Sie konnte sich nicht erinnern, schon einmal einen solchen Text mitverfasst zu haben, und ahnte, dass ein Personalsachbearbeiter ihn ganz anders lesen würde als sie. Als Nora Gläser und Wein holen ging, summte ihr Kopf eine Melodie zu » ... mit SAP, Excel und weiterer Software ...« Dieses Arbeitsgebiet hatte doch eine musische Dimension!

Nora hatte das Gefühl, dass sich eine Spannung gelöst hatte, nachdem sie am nächsten Vormittag die Bewerbungsunterlagen ausgedruckt und nach Bochum geschickt hatten. Jetzt fand sie auch Zeit, um mit Jonas zu reden.

»Bist du sicher, dass Nathan das böse gemeint hat?«

»Klar, er weiß doch, dass ich diese Riegel so gern esse. Ist doch böse, wenn er mir den letzten klaut.«

»Hast du ihm nicht früher immer mal einen mitgebracht?«

»Ja, hab ich. Aber er ist gemein zu mir, da will ich meine Riegel allein essen. Sonst konnte ich ja einfach welche aus dem Küchenschrank nehmen, aber jetzt vergisst Mama ganz oft, neue zu kaufen. Und das war mein letzter.«

»Das konnte Nathan doch nicht wissen.«

»Hab ich ihm aber gesagt!«

»Warst du eigentlich schon mal allein im Supermarkt einkaufen?«

»Im Supermarkt? Nein, aber beim Bäcker war ich schon ganz alleine.«

»Pass mal auf. Du kennst doch den Supermarkt vorn am Marktplatz. Ich gebe dir Geld und du kaufst ein Paket Riegel, die gibt es da bestimmt.«

»In dem großen Supermarkt? Alleine?«

»Na klar. Du bist doch mein Sternchenmann, das schaffst du.«

»Ja gut. Das schaffe ich.«

»Und wenn die Schule wieder anfängt, gibst du einen davon Nathan.«

»Dann habe ich noch fünf für mich.«

»Das ist doch fair, oder?«

Jonas nickte.

»Vielleicht ist Nathan dann nicht mehr doof und gibt dir auch mal etwas ab.«

»Vielleicht.«

»Versuch es mal.«

Hoffentlich war Daniela nicht böse, dass sie den Jungen allein losgeschickt hat. In der fremden Stadt. In den unübersichtlichen Supermarkt. Aber ihr Knöchel tat seit gestern wieder stärker weh, und die Begleitung der lahmen Oma war für Jonas sicher weniger attraktiv als das Abenteuer, allein einzukaufen. Er sollte lernen, selbstständig zu werden. Sie musste lernen, dass vieles ohne sie ging. Letzteres war härter.

Der Regen hatte aufgehört, die Tage waren noch überraschend warm geworden und die Sonne ließ die letzten Blätter, die an den Bäumen hingen, bunt leuchten. Nora konnte Daniela ausreden, aufwendig zu kochen, und lud die Familie am Tag vor der Rückfahrt in ein Restaurant ein, in dem man draußen sitzen und auf die Dahme schauen konnte. Noch immer gab es reichlich Verkehr auf dem Wasser: Kleine Motorjachten schipperten vorbei, deren Kapitäne sich mit breiter Brust den mitfahrenden Damen präsentierten, Ruderer trainierten unter Kommandorufen vom Trainerboot und zwei Segelschiffe machten eine Wettfahrt. Die Idylle und auch das Gespräch mit Marcus und Daniela kamen bei Nora nur gedämpft an. Mit jedem Bissen schluckte sie ihre letzte Bitte herunter, von der sie gehofft hatte, dass Daniela sie erraten würde, ohne dass sie sie aussprach. Hatte Daniela nicht mitbekommen, wie ihre Haare aussagen? Im Haus war ihr nichts entgangen, was gerückt oder gewischt werden musste. Jeden Morgen hatte Nora irgendwie einhändig Schlafknoten entwirrt und einen Zopf geflochten. Ninas Hilfe fehlte ihr, und von sich aus schienen weder Daniela noch Miri an dieser Stelle einspringen zu wollen. Nora gab Jonas Brot, um Enten zu füttern, und schickte ihn mit Miri zum Uferweg. Sie wollte sich nicht auch noch vor den Kindern bloßstellen, wenn es ihr schon vor Marcus und Daniela nicht erspart blieb. Dann gab sie sich einen Ruck.

»Meinst du, dass du mir morgen früh noch schnell die Haare waschen könntest?«

»Was genau meinst du mit schnell?«

»In einer halben Stunde sollte das geschafft sein. Wollt ihr sehr früh los?«

»Nein, wollen wir nicht. Nur die halbe Stunde finde ich sehr optimistisch.«

»Eigentlich schaffe ich es ja auch selbst, nur im Moment ...«

»Natürlich nehme ich mir Zeit für dich, wenn du das willst.«

»Du kriegst das schon hin. Ich setze mich vor die Badewanne und hänge die Haare hintüber rein.«

»Dann ist die Wanne voll.«

»Übertreib mal nicht, da passt außer den Haaren noch mein ganzer Körper rein, aber das brauchen wir dafür nicht. Wenn die Haare glatt runter hängen, knoten sie nicht. Du musst sie nur einmal mit und dann ohne Shampoo durchspülen.«

»Knoten nicht? Du bist ja optimistisch.«

»Das ist nicht schwierig, wenn man zwei Hände dafür hat. Sei dir meines Neids bewusst.«

»Ich weiß noch, wie ich mit Miris Zotteln gekämpft habe, die sind nicht einmal halb so lang wie deine und ich hatte zwei Hände. Zum Glück schafft sie das jetzt selbst.« Der Blick, den Daniela dabei in Richtung ihrer Tochter warf, war nicht liebevoll.

»Vielleicht sollte ich Miri fragen. Du hast recht, sie hat mehr Übung.«

»Nein«, Daniela klang gekränkt, »irgendwie werde ich das schaffen. Trotzdem – vielleicht solltest du lieber zum Friseur gehen?«

Nora vertrieb den fahlen Geschmack, der beim Wort ‚Friseur‘ in ihr hochkam, mit der Süße der Schokoladencreme, die gerade serviert worden war.

»Bist du sicher, dass ich nicht Miri fragen soll?« Sie hätte gleich die Enkeltochter ansprechen müssen. Jetzt war es zu spät.

»Quatsch, lass uns anfangen. Hast du alle Scheren weit genug weggeräumt?«

Sie kamen klar, aber Nora fühlte sich nicht wohler als bei der Friseurin. Auch Daniela tat nur, was sie musste.

»Uff, allein das Kämmen ist ein Tagwerk, auch ohne große Knoten.«

Die Kraft, mit der Daniela die Haare aus der Bürste riss, ließ Nora ahnen, wie es ihren Haaren ergangen wäre, wenn sich dort größere Knoten gebildet hätten.

»Wo hast du den Föhn?«

»Lass nur, die trocknen von allein, brauchen nur ein Weilchen.«

»Ein Weilchen ist gut. Du hast wohl bis übermorgen nichts anderes vor? Es ist schließlich nicht mehr Hochsommer.«

»Ja, leider. Nicht wegen der Haare, aber ein bisschen mehr Sonne würde mir schon guttun. Für den nächsten Winter sollte ich nach Australien auswandern. Kannst du bitte noch ein bisschen Öl in die Spitzen streichen?«

»Öl? In die Haare? Na, du musst es wissen.«

»Halt, bitte nicht aus der Flasche über die Haare gießen. Am besten tropfst du dir ein etwas in die Hand, verteilst es zwischen den Fingern und kämmst ein paar Mal mit den Fünfzinkigen, das reicht.«

»Mit den Fünfzinkigen? Ach so.«

Auch wenn sich Nora nicht sicher war, wie viel Öl bei dieser Prozedur wirklich in ihren Haaren landete, ließ sie es dabei bewenden und bat Daniela nur noch, ihr das große Handtuch mit der Fibel über die Schultern zu breiten. Ihr Lächeln entkrampfte sich.

»Meine Trocken-Toga« Sie strich Daniela über den Arm. »Vielen Dank für deine Hilfe.«

»Vielleicht solltest du doch weiter zu dieser Friseurin gehen. Das klang ja nicht so, als ob sie eine Kurzhaarverfechterin wäre und das Besondere deiner Haare nicht sehen kann. Du bist doch sonst experimentierfreudig, und wenn du es gar nicht magst, wachsen ein paar Zentimeter schnell wieder nach. Man muss Außenseitertum nicht kultivieren.«

Nora schloss kurz die Augen. Sie kannte den Text und wollte doch die Stimmung nicht verderben, indem sie Daniela über den Mund fuhr.

Jonas kam und griff nach Danielas Hand, um sie zum Auto zu ziehen, aber sie ließ sich nicht ablenken.

»Ich kann frühestens in drei Wochen noch einmal vorbeikommen, so lange kannst du doch nicht mit dem Haarewaschen warten.«

»Ist schon gut, du hast genug um die Ohren. Wir sehen uns zu Weihnachten wieder. Ich komme klar.«

Hatte sie das überzeugend genug gesagt, damit

Daniela es ihr abnahm? Sie selbst nahm es sich nicht ab. Es würde noch Wochen dauern, bis ihre Hand wieder einsatzfähig war. Wen sollte sie um Hilfe bitten?

Das Gefühl, mit dem Nora dem Auto nachwinkte, unterschied sich nur wenig von dem, mit dem sie den Friseursalon verlassen hatte. Fast war sie froh, dass sie Daniela nicht noch eine Reise nach Berlin zumuten konnte. Die musste schnell eine neue Stelle finden. Dann käme das Leben in Essen wieder ins Gleichgewicht. Nora müsste sich nicht mehr so um Jonas sorgen. Und um Miri. Und um Marcus. Vielleicht klappte es ja bei Kassandra. Dann hätte sie sich wenigstens ein bisschen für den Besuch in Berlin revanchiert.

Nora ging ins Haus und fand nichts, womit sie den Besuch ausklingen lassen konnte. Alle Teller und Tassen standen, wo sie hingehörten. Die Bettwäsche hing im Keller auf der Leine. Der Müll war in der Tonne. Marcus und Daniela hatten das Haus in einem angenehm aufgeräumten, aber nicht sterilen Zustand hinterlassen. Nur in Noras Kopf war Unfrieden geblieben, für den sie sich schämte und den sie doch nicht vertreiben konnte. Daniela hatte nicht nachfühlen können, wie verletzlich sie war, wenn es um ihre Haare ging. Sie hatte die Grenze ihrer Vertrautheit überschritten. Der Vertrautheit, die ihr die

Sicherheit gegeben hatte, ihren Sohn nicht an eine Frau verloren, sondern eine Schwiegertochter gewonnen zu haben. Ohne dass er etwas gesagt hatte, schien auch Marcus heute Morgen ein Stück von ihr weggerückt zu sein.

Ein Eichhörnchen huschte mit einer Nuss im Maul über die Terrasse. Die letzten Blätter des Apfelbaums schaukelten im Wind. Es war Zeit. Der November klopfte an die Tür. Nora nahm den Stock und machte einen Abschiedsspaziergang durch den Garten. Zwar konnte sie den verstauchten Knöchel noch nicht voll belasten, aber das Gehen fiel ihr wieder leichter. Sie konnte auch den Kopf wieder in den Nacken legen, um nach den beiden Tauben Ausschau zu halten, die intensiv diskutierten. Ging es wohl darum, wo sie das Winterquartier aufschlagen sollten? Nora war froh, ihr Haus zu haben, in dem die Heizung jetzt morgens für angenehme Temperaturen sorgte. Sie schloss die Terrassentür und legte die Winterrolle davor. Auch in diesem Jahr hatte sie es nicht geschafft, Handwerker zu suchen, die den Spalt am unteren Rand der Tür abdichteten, also musste es die Rolle noch einmal tun.

Es kostete Nora ungewohnt viel Überwindung, sich an den Computer zu setzen. Der Gartenspaziergang hatte das Gefühl der Fremdheit, das

sie seit Danielas Abschied umtrieb, nicht verdrängen können. Keine E-Mail, keine Tagung,
nicht einmal ihr Buchprojekt konnte so wichtig
sein wie die Familie, deren Abschied sich für
Nora so anfühlte, als hätte nicht sie, sondern Daniela einen weiteren Besuch vor Weihnachten
ausgeschlossen. Sie war pensioniert, es gab kein
Muss, sich mit den Nachwehen ihres Jobs zu beschäftigen, auch wenn es derer viele gab, und in
diesem Augenblick bedauerte Nora die fehlende
Verbindlichkeit. Sie saß eine Weile im Schaukelstuhl, ohne etwas zu tun, und ging dann doch –
war es Gewohnheit, Pflichtbewusstsein oder
Langeweile – zum Schreibtisch und schaltete
das Laptop an.

Ihre Mailbox war voll, aber all die Nachrichten
betrafen sie nicht wirklich, hätten genauso gut
andere Adressaten haben können. Schickte man
solche Mails aus Gewohnheit oder aus Verlegen-
heit an Pensionäre? Vermutlich interessierte die
Absender ihr Status nicht, solange sie bereit war,
zu antworten, an Tagungen teilzunehmen, ein
Gutachten zu schreiben. Sie sollte diese Bereit-
schaft herunterfahren, das Leben hatte sie jetzt in
eine andere Ecke gestellt. Die einzige, der sie die
persönliche Anrede abnahm, war ihre Doktoran-
din. Sie hatte den Entwurf für einen Konferenz-
beitrag geschickt, zu lang, das sah Nora sofort.
Hoffentlich war er inhaltlich stimmig. Sie be-

gann zu lesen. Zweimal zeigte ihr Mailtool, dass eine neue Nachricht eingegangen war. Zweimal nahm sie die zugehörigen Stichworte nur aus den Augenwinkeln wahr und las dort weiter, wo sie gerade war. Die dritte Benachrichtigung, die aufpoppte, griff nach ihr wie mit zwei riesigen Bärentatzen. »Lea« stand da. Und »Boston«.

Lea. An Lea hatte sie nicht denken wollen. Nicht an ihre Begegnung in Cambridge bei Boston. Nicht an Leas Laden. Nicht an den Ozean, der zwischen ihnen lag und den sie nicht überwinden konnte. Die Erinnerung an Lea und ihren Laden war es, die sie in den letzten Tagen immer wieder zu verdrängen versucht hatte. Nicht weil sie Lea nicht mochte. Im Gegenteil.

Sie wünschte, sie wäre bei Lea. Sie wünschte, sie wäre sofort zu Lea geflogen, gleich am ersten Tag nach ihrer Pensionierung. Sie wünschte, dass sie nicht erst versucht hätte, auf den Apfelbaum zu steigen.

Seitdem hatte Lea in ihrem Kopf gesessen, hatte ihre Gedanken gelesen, ihre Gespräche gehört, ihre Sorgen gespürt. Und wusste, dass sie hier erträumt und ersehnt wurde. Gab es so etwas? Nora las den Text mit angehaltenem Atem:

Dear Nora ... How do you feel as a pensionier? Do you have as much time as you hoped to have?

Do you remember your plans to see me? It is not the right season for Boston, but how about a trip to Florida in December, skipping the short days in Berlin and Cambridge?

»Yes, I have time but I can not come«, schrie es in Nora. »I am invalid.« Plötzlich sprang sie die Zweideutigkeit dieses Wortes an. War ein Invalide ungültig? War sie durch ihre kaputte Hand im Ganzen verfallen wie eine abgestempelte Fahrkarte? Entwertet, nicht mehr zu gebrauchen? Nicht mehr geeignet für die Freundschaft der Frau, die nach ihr rief, genau in dem Augenblick, in dem sie sie brauchte? Der Frau, nach der sie eine Sehnsucht verspürte, die sie sich nicht einzugestehen wagte?

Jetzt, wo die Erinnerung aus der Mail gesprungen war, das Zimmer füllte, Leas Laden erscheinen ließ, die geflochtenen Bastzöpfe an den Wänden, das Mucha-Plakat, den großen Spiegel und das vorsichtige Lächeln in Leas Gesicht, gab sich Nora keine Mühe mehr, sie zu verdrängen. Sie klappte das Laptop zu, lehnte sich zurück und erlebte die Szene noch einmal, als wären die vier Jahre, die dazwischen lagen, nur ein Feenhauch.

Es war ein trüber Tag Ende September, auf der anderen Seite des Atlantiks. Nora war aus der geschäftigen Bostoner Innenstadt nach Cambridge geflohen, mit der roten T-Line zum Harvard Square gezuckelt und spazierte durch die ruhigen Straßen hinter dem Campus. Feiner Nieselregen kroch ihr in die Knochen. Ein vorbeifahrendes Auto hatte ihre halboffenen Schuhe durchnässt, und der Schirm verhinderte nicht, dass ihre Hose durchweichte. Sie war auf der Durchreise nach Amherst, in das letzte Forschungssemester ihrer Uni-Zeit, und es war nicht das erste, das sie in der kleinen Hochschulstadt in Massachusetts verbrachte. Ihre Vorfreude machte den Himmel weniger grau und ihre Schuhe weniger nass und doch wäre es ihr lieb, wenn sie die verbleibende Zeit an einem trockenen Ort verbringen könnte. In dieser Gegend abseits der touristischen Wege hoffte sie, ein ruhiges Café zu finden, in dem sie etwas Warmes trinken, Leute beobachten und etwas lesen konnte, bis ihr Bus nach Amherst fuhr.

Zwischen den hölzernen Wohnhäusern, die mit buntem Anstrich und noch immer grünen Vorgärten die Nähe zur Großstadt vergessen ließen, gab es weder Läden noch Cafés. Vielleicht sollte sie umkehren, direkt am Harvard Square würde sich etwas finden, wenn auch nicht so idyllisch, wie sie es sich wünschte. Sie sah sich nach einer Bushaltestelle um und bog in die nächste große Straße ein. Hier war es lebhafter. Ein Optiker. Ein Blumenladen. Eine Bar, die erst abends öffnete. Eine Bank. Dann kam dieser Laden – das Schaufenster bunt, ein bisschen hippiemäßig. Den Stil mochte sie, aber sie konnte die Dekoration nicht einordnen. Es sah aus wie ein Friseur und doch nicht wie ein Friseur. Ein in Makramee geknotetes Netz verschattete den Durchblick in den Raum. Daran steckten aus Bast gezauberte, mit Blumen und Bändern verzierte Gebilde, die sie an Frisuren erinnerten. In einem steckte ein ähnlicher Haarstab wie der, der ihren Dutt hielt. Gab es hier jemanden, der Haarschmuck mochte wie ihren? Gab es jemanden, der Haare mochte wie ihre? Sie kämpfte gegen diese Hoffnung an, die sich am Ende zerschlagen musste. Es wäre ärgerlich, die Vorfreude auf ihre Zeit in Amherst mit solch fader Enttäuschung zu dämpfen. Und doch zog das Fenster sie wie mit einem magischen Faden, gewebt aus Träumen von langen Haaren und Freundschaft, in den Laden.

Im Inneren entfaltete sich die Dekoration des Fensters weiter. Flechtwerke aus Bast und Blumen schmückten die Wände. Auf der Tür zum Nebenraum tanzte lebensgroß eine langlockige Schönheit mit Blumen im Haar, gemalt von Alfons Mucha. Umrahmt war sie von hoch hängenden Pflanztöpfen, aus denen Philodendron und Efeu bis fast zum Boden wucherten. An einem Ständer waren Fächer aus Haarstäben und Haarforken ausgebreitet. Die Bastkörbe, die dort hingen, enthielten wohl Gummis und kleinere Haarklemmen.

Es gab auch einen Frisiertisch. Nora konnte sich noch gut an die Abneigung erinnern, die dieses Möbelstück in ihr auslöste. Es kennzeichnete den Laden als Friseursalon. Sie hatte hier nichts verloren, sie sollte gehen.

Wie froh war sie jetzt, dass sie nicht gegangen war. Sonst wäre heute keine Mail von Lea angekommen. Sonst hätte sie nicht gewusst, dass es möglich war, dass jemand gleich ihr von langen Haaren träumte. Sonst hätte sie keine Freundin jenseits des Atlantiks, nach der sie sich sehnte.

Die unguten Assoziationen, die Nora mit einem Frisiertisch verband, wurden vom Anblick der Haare der Frau verdrängt, die davorsaß. Kastanienbraun glänzend fiel ein Teil von ihnen weit über die Stuhllehne. Den anderen Teil steckte die Friseurin gerade zu einem geflochtenen Dutt fest. Schräg hinter dem Frisierstuhl stand auf dem Boden ein fast mannshoher, verschiebbarer Spiegel, sodass auch eine Kundin mit sehr langen Haaren der Friseurin bei jedem Handgriff zuschauen konnte.

Die Haare der Frau beeindruckten Nora, aber noch mehr faszinierte sie, wie die Friseurin mit ihnen umging. Sie gestaltete sie zu einer Frisur, die sehr gediegen wirkte und der man auf den ersten Blick die Länge der Haare nicht ansah. Dabei verflocht und verwob sie einzelne Zopfstränge miteinander, hob Muster hervor, versteckte andere Partien. Es war ein Kunstwerk! Sorgsam und sicher griff die Friseurin in die Haare, professionell und doch mit Zuneigung in jedem Handgriff. Geschickt löste sie schon Ansätze von Knoten auf, stich Schlaufen vorsichtig glatt und kam fast ohne Gummis und Klemmen aus. Ohne Hast und immer wieder den Blick der Kundin suchend, ließ sie die Frisur entstehen. Die beiden Glöckchen, die in ihrem Zopfschmuck hingen, gaben bei jeder Bewegung des Kopfes einen leisen Ton, der in Nora widerklang.

Nein, der Begriff »Friseurin« passte nicht, auch wenn sie ihn gedacht hatte. Wenn sich dieser Begriff in ihr festgesetzt hätte, wäre sie nicht geblieben. Sie wollte nicht in einem Friseursalon sein. Sie suchte nicht die Bekanntschaft einer Friseurin. Der Laden aber war eine Einladung, die ihrem Traum galt. Ihrem Traum von langen Haaren. Ihrem Traum von einer Freundschaft, die sich durch lange Haare band, die aber weiter reichte. Einer Freundschaft, bei der sie sich nicht zur Hälfte verstecken musste. Einer Freundschaft, die sie ganz meinte. War sie denn gemeint – hier in diesem Laden? Welch ein Glück wäre es, wenn sie endlich gemeint wäre! Aber wenn sie nicht gemeint war, hätte sie schleunigst verschwinden sollen.

Noch in der Erinnerung zog der Zweifel an Nora, wurde sie nur durch Hand und Knöchel daran gehindert, vom Stuhl aufzuspringen, das Laptop zu öffnen, um noch einmal auf Leas Mail zu schauen, um ganz sicher zu sein, dass sie sich nicht getäuscht hatte.

Aber dort im Laden, als sie Lea noch nicht gekannte hatte, versuchte sie zu verstehen, was sie sah. Alle Möglichkeiten, dass es sich hier um etwas anderes handeln könnte als eben um einen Friseur, vielleicht um die Maskenbildnerei eines studentischen Off-Theaters oder die Vorbereitung eines Kunstprojekts, waren unrealistisch. Zu selbstverständlich wirkte, was geschah, zu wenig Fragen hingen in der Luft für eine improvisierte, einmalige Aktion. Während die Kundin eine junge Frau war, war die Friseurin eher in Noras Alter – das von weißen Fäden durchzogene Rotblond ihres langen Zopfes und die Fältchen im Gesicht, die Nora im Spiegel sehen konnte, waren deutliche Zeichen.

Als die Friseurin ihre Arbeit kurz unterbrach und nach Noras Wünschen fragte, fürchtete sie den Punkt gekommen, an dem sie nicht mehr nur beobachten konnte. Sie stotterte etwas von

Regen und Überraschung. Wie hätte sie ihre Wünsche, ihre Fragen aussprechen können? Sie wollte in Ruhe gelassen werden, bis sie sich halbwegs zurechtgefunden hatte – hier in dieser verflochtenen Welt und in ihren Gedanken. Das konnte sie nicht sagen, aber Lea hatte es wohl in ihrem Gesicht gelesen. Lea, die vom ersten Augenblick an wusste, was gut für sie war. Sie bot Nora Tee an und bat sie, sich eine Viertelstunde zu gedulden, bis sie Zeit für sie haben würde. Nora konnte nicht Nein sagen. Sie schwebte zwischen Hoffnung und Zweifel, berührt von der Szene, die sie sah und – was selten bei ihr vorkam –, nicht in der Lage, ihre Reaktion rational zu steuern. Sie genoss den warmen Tee, der blumig schmeckte und ihr das Gefühl gab, in einem großen blühenden Garten zu sitzen.

Trotz der Zweifel, die vom Damals ins Heute reichten, und trotz ihrer immer wachen Skepsis gegenüber allem, was einen Faden zwischen Traum und Wirklichkeit spann, konnte Nora sich nicht losreißen. Sie hätte Lea gern stundenlang zugesehen und fürchtete den Augenblick, in dem die Kundin den Laden verlassen und sich Lea ihr zuwenden würde; den Augenblick, in dem ihr selbst gesponnener Traumfaden zerreißen würde. Dann würde sie Kundin sein, nicht nur Zuschauerin. Dann würde es um ihre

Haare gehen, das war ja wohl das Wesen dieses Ladens. Es hatte ihr gutgetan, zu sehen, was hier passierte, aber selbst dort auf dem Stuhl zu sitzen und ihre Haare einer fremden Frau zu überlassen ..., nein, das wollte sie nicht, auf gar keinen Fall!

Während die Kundin zahlte, bewunderte Nora noch einmal das unaufdringlich elegante Kunstwerk, das auf ihrem Kopf entstanden war. Lea setzt sich mit einer Tasse Tee zu ihr, als hätten sie ein Gespräch nur kurz unterbrochen.

»Wer weiß, wie oft sie noch kommt, ich habe so ein komisches Gefühl. Bald ist sie mit ihrem Studium fertig und wird dann wohl die Stadt verlassen. Sie hat wunderschöne und traumhaft lange Haare, aber sie wäre nicht die Erste, die ich kenne, die sich nach Studienende eine ‚business-taugliche‘ Frisur schneiden lässt. Es wäre so schade ... Heute hat sie ein Vorstellungsgespräch. Schon da hat sie Angst, wegen der Haare keinen guten Eindruck zu machen.«

Sie sah Nora entschuldigend an.

»Es tut mir leid, dass Sie warten mussten. Was kann ich für Sie tun? Ich habe noch eine Stunde Zeit bis zum nächsten Termin. Möchten Sie eine Haarkur oder eine neue Frisur ausprobieren?«

»Nein, danke.« Die Worte hatten sich Nora eingeprägt und auch das Gefühl der Ablehnung, die sie in ihr auslösten, war ihr gegenwärtig. Diese typische Friseur-Frage, die immer wieder auf Werbeplakaten in den Schaufenstern stand, hatte sich schon oft in ihre Tagträume geschlichen – als Fangfrage, Geringschätzung mit Versprechen getarnt. Auch in den letzten Jahren war sie ihr noch manchmal begegnet, und sie musste sich daran erinnern, dass sie in der ursprünglichen Art zu verstehen war, nicht so, wie Lea sie gestellt hatte.

Lea schien sich nicht an Noras harschem Tonfall zu stören:

»Verstehen Sie mich nicht falsch. Ich meine eine Frisur, keinen Haarschnitt. Den würden sie bei mir selbst dann nicht bekommen, wenn sie mich darum bitten.«

Dieser Satz und Leas vorsichtiges Lächeln spannen den Faden, der Wirklichkeit und Traum verband, aufs Neue. Nora spürte ihn wie einen leichten Wind, der dem Körper die Schwere nahm, ohne ihn aus dem Gleichgewicht zu bringen.

»Meinen Friseure damit nicht das Gleiche?«

»Die meisten Friseure wohl schon, aber ich bin keine Friseurin im engeren Sinne, eigentlich gar keine. Was ich hier mache, ist eher ein sehr aufwendiges Hobby. Ich möchte Menschen mit langen Haaren verwöhnen, die Menschen und die Haare gleichermaßen. Nur – wenn ich das so an den Laden schreiben würde, käme niemand.«

»Nein? Ich kann nicht verstehen, dass man mit seinen Haaren überhaupt etwas anders machen lassen kann, aber ich bin wohl hier genauso eine Exotin wie zu Hause. Wenn ich länger hier wäre, könnte ich mir vielleicht vorstellen, Ihr Angebot anzunehmen, obwohl ich um ‚richtige‘ Friseure einen riesigen Bogen mache. Schade, dass ich im Moment auf der Durchreise bin und nicht die Ruhe dafür habe.«

Damals hätte sie ihre Haare wohl nicht in fremde Hände gegeben, zu fremd war ihr dieser Gedanke, zu unwirklich schienen ihr Lea und ihr Laden. Aber jetzt, wenn Lea erreichbar wäre, müsste sie sich um ihre Haare nicht sorgen. Nicht um ihre Haare, nicht um ihre Seele. Den Laden gab es nicht mehr, aber Lea hatte ihr geschrieben. Hatte sie eingeladen. War unerreichbar hinter dem Ozean.

Wie die Stunde verflogen war, in der Lea und sie zusammensaßen, konnte Nora nicht mehr sagen. Was war das für eine verrückte Frau, die als Ingenieurin ihre Abfindung in ein solches Projekt steckte, das mehr Geld fressen als abwerfen würde, nur um ihren Traum von langen Haaren zu verwirklichen? Um Menschen zu suchen, die diesen Traum auch träumten. Um Nora zu suchen? Als sie den Laden verließ, traute sich Nora immer noch nicht zu glauben, dass sie mit Leas Laden gemeint war, und doch musste es wohl so sein. Hätte sich Lea sonst so von ihr verabschiedet?

»Ich gebe Ihnen meine private Adresse, falls der Laden nicht mehr existiert, wenn Sie das nächste Mal nach Cambridge kommen.« Sie blickte Nora plötzlich scheu an. »Wenn ich so neugierig sein darf, würde ich Ihre Haare gern einmal offen sehen. Ihr Dutt lässt ahnen, dass Sie zu den Menschen gehören, für die mein Laden eigentlich gedacht ist.«

Nun ging es wirklich um Noras Haare, es war der Augenblick, den Nora beim Warten gefürchtet hatte. Aber das Gespräch mit Lea hatte sich über ihre Angst gelegt. Nora lächelte, zog den Stab aus ihrem Dutt und ließ ihre Mähne über den Rücken fallen. Sie sah Leas strahlenden Blick, spürte kaum, wie sie ihr ganz sanft durch die Haare fuhr und spürte es doch mit jeder Faser ihres Körpers, mit jedem Hauch ihrer Seele. Der Blick und die Berührung ließen sie nicht mehr los – und das nun schon seit vier Jahren.

Langsam löste sich das Bild von Leas Laden wieder auf. Zuerst verschwand der Spiegel, dann die Wanddekoration und zum Schluss, auch wenn Nora sich daran festzuhalten versuchte, verschwanden Leas Lächeln und der über die Schulter gelegte rote Zopf. Die Sonne im kahlen Apfelbaum war nicht die, die in Cambridges Straßen den Regen weggelacht hatte, als Nora sich vom Laden auf den Weg zum Busbahnhof machte. Noras Haare waren zwar gewaschen, aber nicht liebevoll in eine Frisur geflochten, wie Lea es gekonnt hätte. Zwischen Lea und ihr lag der Atlantik.

Was blieb, war die Mail. Ein paar Zeilen, die Anrede stand im Betreff. Skeptisch hatte Nora die erste Nachricht in diesem Stil gelesen, die kurz nach der Begegnung in Cambridge ankam. Schrieb man so, wenn man einen Kontakt pflegen wollte, oder wäre Lea sie lieber losgeworden? Aber auf jede ihrer Nachrichten, auf Neujahrsgrüße und Urlaubskarten, die sie an Lea schickte, kam zuverlässig eine Antwort in eben dieser Form – kurz und die Anrede im Betreff.

Nora öffnete den Ordner, in dem sie die Mails von Lea gesammelt hatte.

»Dear Nora ... do you have a good time in Amherst?«

»Dear Nora ... thank you for the congratulations. I spent my birthday at the beach. It was a bright day.«

»Dear Nora ... I close my shop, but you are always welcome.«

Selten, wenn ein Thema sie sehr bewegte, schrieb Lea ein paar Zeilen mehr. Wie hatte Nora diese Form am Anfang irritiert – die Anrede im Betreff! Dagegen war ihr eigener E-Mail-Stil altmodisch. Trotzdem, viel stand auch in ihren Texten nicht. Es wäre ihr komisch vorgekommen, zwei Zeilen mit langen Ausführungen zu beantworten. Nach vier Jahren wusste Nora kaum etwas über Lea und Lea wusste wenig über sie und doch hatte Nora den Eindruck, dass Lea immer das ansprach, was gerade wichtig war. Wichtig war ein Zeichen, dass Lea Nora nicht vergaß, trotz der Entfernung, trotzt der vier Jahre, in der sie ihre Reise nach Boston immer wieder hatte aufschieben müssen. Die Zuneigung, die Hoffnung auf eine Seelenverwandtschaft, die Nora im Laden in Cambridge erfasst hatte, lebte bei jeder Mail von Lea neu auf. Zwei Zeilen von Lea, fünf Zeilen von Nora genügten, um einen Faden zu spinnen, auf dem die Feen tanzen konnten. Die Mail, die Lea heute geschickt hatte, war keine weitere Faser dieses Fadens. Sie war ein Tau, auf dem Nora selbst zu Lea balancieren sollte. Ein Tau, das ins Wasser fallen und den Feenfaden mit sich reißen würde, wenn sie es nicht aufnahm. Darauf konnte sie nicht nur fünf Zeilen in den Rechner tippen.

Nora schrieb die Anrede und löschte die begonnene Mail wieder. Für die passende Antwort brauchte sie mehr Zeit, als sie jetzt hatte. In der

Woche mit Marcus und Familie war ihre Mailbox vollgelaufen. Das Semester hatte begonnen, die Kollegen waren wieder in den Büros, die Deadlines des Jahresendes begannen zu drängen. Sie musste sich kümmern, wenn sie im Geschäft bleiben wollte. War ihr das so wichtig? War die Antwort an Lea nicht viel wichtiger? Etwas hielt sie davon ab, sich auf die Worte, die ihr gerade durch den Kopf gingen, festzulegen. War dieses Etwas das gleiche, das sie bisher von den Reisen abgehalten hatte? Lea würde ein paar Tage Antwortzeit nicht verübeln, aber Nora hatte das Gefühl, sie ohne Grund sitzen zu lassen. Was immer dieses Etwas war, dieser Nicht-Grund – er stand zwischen Lea und ihr. Sie würde die Mail nicht schreiben können, ehe sie dafür einen Namen gefunden hatten. Ehe sie dieses Etwas begreifen und beseitigen konnte. Es lag bei ihr, sie musste es nicht in dem Wenigen suchen, was sie über Lea wusste. Plötzlich zweifelte sie daran, Leas Freundschaft wert zu sein.

Abends im Bett lag Nora lange wach, obwohl sie erschöpft war und sich nach Schlaf sehnte. Ihr Rücken schmerzte wieder und sie fand keine Position, in der sie entspannt liegen konnte. Die Mail von Lea ließ sie nicht los. Mögliche Antworten schossen ihr durch den Kopf und fühlten sich falsch an. Manchmal war sie kurz davor aufzu-

stehen, um am Laptop nach einer passenden englischen Formulierung für etwas zu suchen, das
sie schon auf Deutsch kaum ausdrücken konnte –
sie, Nora Geßner, emeritierte Professorin für Ger-
manistik der Humboldt-Universität zu Berlin.
Nein, es war nicht die Sprache, die ihr fehlte, es
war die Klarheit. Das Etwas entzog sich ihr.

Jäh tauchte ein Bild aus ihrer Erinnerung auf. Ihr
Großvater saß in seiner Ecke am Küchentisch,
stützte sich mit einem Ellenbogen auf der ge-
blümten Wachstuchdecke ab, um sich gerade zu
halten. In seinem eingefallenen Gesicht, aus dem
die Brauen wie harte Bürsten hervorstoppelten,
bebten die Nasenflügel. Seine Augen, die sonst
immer lächelten, wenn er sie ansah, lagen wie
graue Steine in seinem Gesicht. Mit langem Arm
streckte er ihr ihre erste Geschichtsarbeit, ihren
Stolz, die einzige Eins in der Klasse, entgegen.
»So ein Quatsch. Das lernt man heute? Sind die
drei übrig gebliebenen Juden eure Lehrer geworden? Hör mal zu, wie das wirklich war.« Vom
Blick des Großvaters gewiesen setzte sich Nora an
die gegenüberliegende Tischseite und hörte die
Geschichte von einer Weltverschwörung, die man
gerade noch verhindert habe, von Menschen, die
nicht arbeiten wollten und in Umerziehungslager
mussten, um zu lernen, wie man sich sein Essen
selbst verdient. Sie graute sich, im Kopf die ganz

anderen Bilder, mitgebracht aus der Schule, von den Eltern bestätigt, bis ihre Mutter hereinkam und sie mit ins Wohnzimmer nahm. »Hör nicht zu. Das Gift ist nicht mehr aus seinem Kopf zu kriegen.«

Konnte sie sich sicher sein, dass von dem Gift aus dem Kopf des Großvaters nichts zusammen mit seiner Liebe in sie eingesickert war? Diese Frage hatte sie nie ganz abschütteln können. Nun sprang sie wieder aus Leas Mail, nicht ausgesprochen, sondern verborgen hinter dem Wissen, dass niemand aus Leas Familie wieder nach Deutschland reisen würde, aus der Einladung, die den Gegenbesuch ausschloss. Wie sollte sie Lea darauf eine Antwort geben?

Der Gedanke an Lea verfolgte Nora über die Nacht hinaus. Er mischte sich ein, als sie versuchte, sich auf die Durchsicht ihres Manuskripts zu konzentrieren. Er verdrehte die Buchstaben, als sie ein Konzept für ihren Vortrag bei Rick schrieb. Er trieb sie durchs Haus, obwohl sie einhändig kaum etwas richten konnte. Und wenn sie sich an den Rechner setzte, um Leas Mail zu beantworten, schien jede Formulierung falsch zu sein.

Es half ihr nicht, dass sie die Angst vor dem Gift ihres Großvaters als ein Gespenst benennen konnte, das ihr das von Lea geworfene Tau aus der Hand schlagen wollte. Dass sie es zur Seite drängen konnte, weil die Einladung von Lea so klar war, dass es in ihren Träumen von Lea keine Bitterkeit gab, die auf solch ein Gift verwiesen hätte. Sie fand keine Antwort an Lea. Lag es daran, dass alles nur gedacht war und nicht gelebt, dass vier Jahre eine Zeit waren, die die ehrlichste Sehnsucht ins Unwirkliche verschob? Wenn sie jetzt in Boston säße, vielleicht in Leas Wohnzimmer in Cambridge, vielleicht irgendwo, losgelöst von der Welt, und Lea würde ihr vorsichtig mit der Bürste durch die Haare streifen, hier eine Schlaufe glätten, dort noch eine Strähne richten, ehe sie begann einen Zopf zu flechten, ebenmäßig und ohne Hast – wäre dann alles gut? Nora sah Leas Blick, mit dem sie ihr Werk prüfte, mit dem sie fragte, ob Nora zufrieden wäre. Sie sah ihren glänzenden Zopf aus frisch gewaschenen Haaren und wusste nicht, wie sie Lea zeigen konnte, dass »zufrieden« ein viel zu gewöhnliches Wort war, um ihr für ihre Nähe zu danken. Eine Nähe, die weit über das Flechten eines Zopfes hinaus ging.

Nora war froh, als das Telefon klingelte und Ablenkung versprach.

»Mama, du bist toll.«

»Es ist schön, wenn du das so siehst. Wie habe ich mir das Kompliment verdient?«

»Daniela hat von dieser Kassandra eine Einladung zum Vorstellungsgespräch für übermorgen. Die scheinen ganz wild auf sie zu sein.«

»Klingt gut. Interessiert sie der Job dort?«

»Die Firma in Düsseldorf hätte sie spannender gefunden, aber die haben sich nicht mehr gemeldet. Es ist in Ordnung so.«

»Na dann ...«

»Was ist mit dir? Du klingst, als ob die Fledermäuse zu dir umgezogen sind?«

»Fledermäuse? Nein hier sind Gespenster eingefallen.«

»Wenn du Gespenster im Haus hast, sollte ich dich für zwei Wochen zu uns holen, damit die sich langweilen und gehen.«

»Nein, nein, die sind medizinisch. Ich muss die Hand noch einmal operieren lassen. Keine Fluchtmöglichkeit.«

Da hatte sie die Kurve gerade noch gekriegt. Die anderen Gespenster sollten für Marcus unsichtbar bleiben.

Für Nora waren diese Gespenster überall zu sehen. Gespenster, die mit Feen rangen. Die Feen spannen bunte Träume und die Gespenster überzogen sie mit farblosem Nichts. An konzentrierte Schreibtischarbeit war nicht zu denken. Nora räumte Geschirr weg, trug den Biomüll zum Kompost, goss die Pflanzen auf der Fensterbank ..., und bei jedem dieser Handgriffe fühlte sie den Wunsch, Lea dabei zu haben, hier in ihrem Haus und Garten, oder mit ihr anderswo zu sein, wo auch immer, aber mit ihr. Es ging ihr nicht um ihren schmerzenden Körper, sondern um die Gavotte in ihrer Seele, die endlich die passende Tanzpartnerin gefunden hatte. Konnte sie das schreiben? Meinte sie das wirklich, nachdem sie in vier Jahren nicht einmal geschafft hatte, Lea in Boston zu besuchen? Oder fühlte sie sich einfach nur verloren mit ihrer kaputten Hand, ihrem schmerzenden Körper und ihrem Haare-Problem, und Lea war die Einzige, bei der sie auf Verständnis hoffen konnte?

Da war er wieder – dieser Gedanke, dass sie sich nach Zweisamkeit mit einer Frau sehnen könnte, nach einer Frau mit langen Haaren, nach einer Zweisamkeit mit Lea. Sie hatte eine Familie gehabt, hatte mit einem Mann einen Sohn gezeugt und sich dabei nicht vergewaltigt gefühlt. Und doch fehlte ihr von ihrem Mann nur das Kameradschaftliche, nachdem er gegangen war. Die Hoffnung, dass er die Sehnsucht erfüllen könnte, die schon während ihrer Ehe spürbar und doch nicht greifbar in ihr gewachsen war, hatte sie nie gehabt. Sicher, eine Kameradschaft könnte auch mit einer Frau angenehm sein, aber offenbar hatte sie auch die nicht gefunden. Und wenn, was hätte das mit ihrer Sehnsucht zu tun? Was hätte es mit Lea zu tun? Woher kam der Traum, der sie manchmal heimsuchte und sie verängstigt aufwachen ließ? Der Traum, der sie heute an ihrem Schreibtisch einholte und das Manuskript vor ihr durchsichtig werden ließ?

Nora sah sich durch einen langen engen Gang laufen. Es war ein Stollen, der ihr endlos erschien und sich immer wieder verzweigte. Sie wusste nicht, wo sie entlang gehen musste, nahm irgendeinen Weg und hatte völlig die Orientierung verloren. Hinter sich hörte sie Schritte, die näher kamen. Sie lief schneller, stolperte, lief weiter, ohne sich umzusehen. Dann waren die Schritte ganz nah. Eine Stimme, die sie erkannte: »Nora, wo willst du denn hin?« Sie blieb stehen, lehnte sich an die Wand, um nicht das Gleichgewicht zu verlieren. Lea legte ihr den Arm um die Schulter und führte sie aus dem Labyrinth heraus, wusste den Weg, fragte nichts, erklärte nichts.

In den Nächten, in denen sie dieser Traum heimsuchte, war Nora aufgewacht, wenn Lea sie rief oder wenn sie sie berührte, noch ehe vorn am Gang ein Lichtschein sichtbar wurde. Was es für eine Welt war, in die Lea sie führte, sah sie nie. Wenn sie erwachte, blieb ein Gefühl von Unsicherheit und Verwirrung und ihre Beine zitterten, als wäre sie wirklich bis zum Ende ihrer Kräfte gerannt.

Heute war es anders, jetzt spürte sie das Ende körperlich: Leas Arm um ihre Schulter, der leichte Druck und die Sicherheit, mit der sie sie dem Ausgang des Labyrinths entgegenführte. Leas Umarmung, als sie dann im Tageslicht standen. Diese Umarmung war das Etwas, nach dem sie an den vergangenen Tagen gesucht hatte. Das Verlangen danach hatte sie seit der ersten Begegnung mit Lea zu verbergen versucht. Hatte die Unverbindlichkeit der Korrespondenz beibehalten, weil sie diese Vision nicht sich selbst und schon gar nicht Lea eingestehen konnte. Jetzt musste sie es tun. Leas Mail war die Einladung dazu, und wenn sie die ausschlug, würde es keine neue geben.

Ohne sich etwas zum Abendessen zu nehmen, setzte sich Nora an ihr Laptop und schrieb, als erzähle sie sich selbst. Sie schrieb von ihrem Unfall, von den Erfindungen, die sie gemacht hatte, um das einhändige Leben zu meistern. Sie schrieb von ihrem Friseurbesuch und vom Besuch der Familie. Sie schrieb davon, wie Leas Mail sie berührt hatte, ihr ihre Sehnsucht greifbar gemacht hatte, die sie seit Jahren mit sich herumtrug. Sie schrieb von ihrer Angst vor Leas Ablehnung, weil sie aus einer schuldig gewordenen deutschen Familie kommt. Sie wagte nicht, diese Ablehnung infrage zu stellen. Auch ihre Träume konnte sie nur andeuten – zu fremd war ihr selbst noch die Vorstellung, mit Lea mehr als eine Freundschaft auf Entfernung zu unterhalten. Die linke Hand, immer noch ungeübt darin, alle Tasten zu bedienen, ließ ihr genug Zeit, um die passenden Sätze zu finden.

Zum Schluss musste sie noch Leas eigentliche Frage beantworten.

» ... liebste Lea, ich bin feige. Ich sollte mich ins Flugzeug setzen und zu dir fliegen – nach Boston oder nach Florida, wo immer du auf mich wartest. Es gibt deutlich hilfsbedürftigere Menschen als mich, die sich auf eine weite Reise machen, aber ich bin mein Leben lang gewohnt, für mich selbst zu sorgen. Es wäre verrückt, wenn ich eine solche Reise gerade dann mache, wenn ich es körperlich nicht allein schaffe. Ich kann mich dir auch im Dezember noch nicht aufdrängen, in all der Unselbstständigkeit, die ich mir eingebrockt habe. Dabei ist der Gedanke so verlockend. Die Sonne von Florida wäre eine Dreingabe, aber auch die Wintertrübnis von Boston würde mich nicht schrecken. Langweilen würden wir uns gewiss nicht und ich habe keinen Zweifel, dass ich in deiner Nähe und mit deiner Hilfe gut aufgehoben wäre. Aber ich traue mich nicht, dir einen halben Pflegefall aufzubürden.

Ich könnte dich nicht einmal richtig umarmen. Vielleicht gehöre ich dann zu den Gästen, die wie die Fische nach drei Tagen stinken? Geht dann unsere Freundschaft kaputt, diese zarte Pflanze, die mir so viel bedeutet? Ich bin wirklich feige. Ich habe in den vergangenen Jahren schon durch viel dümmere Sachen Freunde verloren. Das war traurig, aber zu überstehen. Ich weiß nicht, wie ich es überstehen sollte, deine Freundschaft zu verlieren, wenn ich wieder eine Dummheit begehe. Vielleicht kannst du die Tür zu deiner Seele einen Spalt breit für mich offenhalten? Ich würde alles versuchen, um dich nicht zu enttäuschen.

Bitte, Lea, sei nicht böse. Bitte warte auf mich. Sobald ich wieder reisen kann, komme ich zu dir. Wenn der Schnee geschmolzen ist, machen wir eine wunderbare Tour durch Amerika, träumen und reden miteinander. Ich koche für dich und du löst dein Versprechen ein, mir eine Frisur zu machen. Ich versuche alles, dass ich dann noch die Haare dafür habe.«

Würde Lea das verstehen? Oder würde sie gerade nach dieser Antwort die Tür zu ihrer Seele schließen? Nora las die Mail noch einmal und noch einmal, korrigierte einzelne Formulierungen und rang ihre Zweifel nieder, ob sie den Text so abschicken konnte. Den Text, den sie vor sich selbst kaum zugeben konnte. Der ihr Angst machte vor einer Antwort, die sie zurückwies. Der eine Antwort brauchte. Dringend.

»Sei umarmt und bleib gesund, deine Nora«

In Berlin war es kurz nach Mitternacht, als Nora auf den »Senden«-Knopf drückte. In Boston war es erst früher Abend. Es war möglich, dass Lea um diese Zeit am Rechner saß. Dass sie die Mail gleich las. Dass sie sie gleich beantwortete, wagte Nora nicht zu denken. Trotzdem fiel es ihr schwer, sich vom Rechner loszureißen und ins Bett zu gehen.

Am Morgen fiel ihr das Aufstehen schwer. Sei es, dass sie am Abend zu lange am Rechner gesessen hatte, ohne sich zu bewegen, sei es, dass sie schief gelegen hatte, weil die bandagierte Hand sie störte – der Rücken tat ihr weh, als wäre sie gerade vom Baum gestürzt, und in ihrem Kopf hämmerte etwas, das eher an schlechte Zwölftonmusik denken ließ als an eine Gavotte. Das Klingeln des Telefons mischte sich unstimmig mit diesem Hämmern. Es war Ilona.

»Entschuldige, dass ich mich erst heute melde. Da sind ein paar Sachen durcheinandergegangen. Daniela Geßner ist doch deine Schwiegertochter?«

»Ja. Sie hatte vor einiger Zeit eine Bewerbung an dich geschickt.«

»Genau. War ein bisschen ungeschickt formuliert, aber die Frau scheint ja echt was drauf zu haben.«

»Ich habe ja nicht behauptet, dass sie Germanistin wäre ...«

»Nein, schon gut, war nur eine blöde Bemerkung. Aber ich bin in der Klemme. Für die Stelle, auf die sie perfekt passen würde, gibt es auch eine interne Bewerbung. Unter uns, die Frau ist eine Nervensäge, wenn die die Stelle im Einkauf übernimmt, laufen uns die Lieferanten weg.«

Nora hörte kaum hin. Für Ilona konnte sie nicht auch noch das Sorgenpüppchen sein. Wenn es mit der Stelle für Daniela nicht klappte, war das schade, aber die blumige Entschuldigung von Ilona musste nicht sein.

»Aber das kann ich natürlich nicht laut sagen. Rein formal hat sie Daniela ein TOEFL-Zertifikat voraus. Da kann ich schlecht begründen, dass ich eine externe Bewerberin vorziehe. Kann Daniela halbwegs gut Englisch? Im Lebenslauf steht, dass sie mal in Irland war.«

»Ja, sie spricht fließend Englisch. Sie hatte nur noch keinen Grund, so ein Zertifikat abzulegen. Wenn du ihr ein paar Tage Zeit gibst, kann sie das nachreichen.«

»Ein paar Tage sind kein Problem. Nur, ich kann das nicht offiziell anfordern, klingt sonst nach Benachteiligung der internen Bewerberin. Wenn du ihr das sagst und sie es einschickt mit einem Brief à la: ‚Ach, was ich noch vergessen hatte …‘ Das würde helfen. Bis nächste Woche Donnerstag wäre gut.«

»Und wenn sie jemanden findet, der das Zertifikat noch etwas vordatiert, wäre es noch besser.«

»Das hast du jetzt gesagt.«

»Ich rede mit ihr. Zumindest die legale Variante sollte kein Problem sein.«

Bis zum nächsten Donnerstag war noch eine Woche Zeit. Marcus würde am Abend ohnehin anrufen, da musste Nora Daniela nicht im Büro stören. Jetzt sollte sie endlich zu arbeiten anfangen. Sollte versuchen, diesem Tag einen Rhythmus zu geben, der nicht nur darin bestand, alle Viertelstunde im Mailtool nachzusehen, ob eine Antwort von Lea da war. In Cambridge war noch tiefste Nacht. Aber nicht einmal das Manuskript ihres Buches, ihres wissenschaftlichen Credos, konnte Nora so fesseln, dass ihre Gedanken in Berlin blieben und nicht über den Atlantik flogen. Kein Zweifel, dass Lea eine solche Mail beantworten würde. Sie schnell beantworten würde. Lea musste spüren, wie dringend die Mail war, wie sehr Nora auf ein Echo wartete. Oder befremdete sie der lange Text? Nora versuchte, sich wieder ihrem

Manuskript zuzuwenden. Sie war an Disziplin gewöhnt, wenn es um die Arbeit ging. Aber es gelang ihr immer nur für ein paar Absätze, sich zu konzentrieren.

Von Lea kam keine Antwort, weder am nächsten noch am übernächsten Tag. Nora aktualisierte ihr Mailtool ständig von Hand in der Hoffnung, dass die ausbleibende Antwort auf einen Fehler im automatischen System zurückzuführen wäre, aber außer einigen dienstlichen Nachrichten und Werbung kam nichts an. Es war, als hätte sie ihr Plädoyer vorgebracht und wartete nun auf den Richterspruch. Wann würde er kommen? Wann muss sie das Ausbleiben einer Antwort als Ablehnung verstehen? Wann wurde weiteres Warten überflüssig? Normalerweise war es bei Lea und ihr üblich, dass zwischen den Mails Tage, manchmal Wochen vergingen. Aber diese Mail war nicht normal. Nora hatte Leas letzte Mail nach einem Tag beantwortet. Sie hatte sie schneller und anders beantwortet als frühere Mails, das musste Lea gemerkt haben. War sie verreist? Davon hätte sie Nora geschrieben. Außerdem konnte man heutzutage fast überall Mails lesen und schreiben. War das Internet unterbrochen? In Neu-England hatte es Unwetter gegeben, Nora dachte an die wirr herumhängenden Kabel in den Nebenstraßen von Cambridge, aber von einem größeren Stromausfall in Boston hätte sie gehört. Hoffentlich war Lea nichts zugestoßen!

Der erste Physiotherapie-Termin war ein guter Grund, den Rechnet herunterzufahren. Eine Art Vorfreude erfasste Nora. Endlich hatte sie das Gefühl, selbst etwas beitragen zu können, dass ihre Knochen wieder besser in Bewegung kamen. Die Praxis im Ärztehaus war sachlich eingerichtet. Neben der Bitte um Geduld, sollte sich eine Behandlung verzögern, hing da die Preisliste für private Angebote von einem Pilates-Kurs über manuelle Therapien bis zur Akupunktur. Nora war nicht sicher, ob der skeptische Blick der Therapeutin mehr dem silbernen Knauf an ihrem Stock oder ihrer Überweisung galt.

»Verstauchter Fuß und Prellungen am Rücken? Da kann ich gar nicht viel machen, ein bisschen Muskellockerung. Ihre Hand sieht mir schlimmer aus.«

»Ja, aber die sollte bis zur nächsten OP ruhen. Es würde mir schon sehr helfen, wenn ich wieder besser laufen kann.«

»Ich versuche mein Bestes. Legen Sie sich mal in Zimmer 3 auf die Liege.«

Zimmer 3 war klein, eher eine umbaute Therapieliege als ein richtiges Zimmer. An der Wand hingen anatomische Schaubilder –

Muskeln und Knochen des Menschen. Der Streifenvorhang vor dem Fenster ließ nur in Ausschnitten erkennen, wie wild der Wind die letzten Blätter von der Linde vor dem Haus riss. Nora setzte sich auf die Liege und versuchte auf die Tafel mit den Muskeln zu ergründen, wie die Bewegung eines Fußes gesteuert wird.

Die Therapeutin half ihr aus dem Pullover und tastete den Rücken ab.

»Da hilft nur Ruhe. Ich habe den Eindruck, dass sie schon zu viel unternehmen. Sie sind ja ganz verkrampft.«

Was sollte Nora dazu sagen? Die junge Frau machte nicht den Eindruck, als könnte sie nachvollziehen, wie sehr Nora ihre Hilflosigkeit quälte.

»Wollen Sie noch eine Akupunktur? Sie sind ja Privatpatientin, da kann ich das abrechnen.«

Es fühlte sich falsch an. Nora wollte keine Therapie, nur weil sie sie abrechnen konnte. Sie wollte nicht zur Ruhe gemahnt werden. Sie wollte sich endlich wieder bewegen können, laufen ohne Großvaters Stock, sitzen ohne Rückenschmerzen, wenn sie schon bis zur nächsten Operation nichts für ihre Hand tun konnte. Vielleicht konnte sie mit verbundener Hand zu Lea fliegen, aber nicht, solange sie nicht fest auf den Füßen stand. Sie verabredete trotzdem einen zweiten Termin, es würde nicht schaden.

Als sie in ihre Straße einbog, kam Nina aus der Schule geschlendert. Fast hatte Nora vergessen, dass dienstags ihr Einsatz als Ersatzoma anstand. Gut, dass es Nina nicht aufgefallen war. Nina schwenkte ein Heft mit einem Bienchen.

»Guck mal, das habe ich für die Schreibübung bekommen. Frau Zerznik meinte, dass es nach dem krakeligen ersten Buchstaben sehr schön aussieht.«

Nina kicherte und Nora stimmte ein in der vagen Hoffnung, dass ihre rechte, in Schönschrift geübte Hand wieder einsatzfähig war, solange sie noch den ersten Buchstaben von Ninas Hausaufgaben schreiben durfte.

»Aber heute habe ich keine Lust. Zwei Reihen m und n abwechselnd immer mit gleich hohen Bögen.«

»Das ist doch nicht schlimm. Das n kennst du schon groß und klein aus deinem Namen. Schreib nach der ersten Reihe mit m und n eine Reihe Nina, das findet Frau Zerznik sicher auch in Ordnung.«

Nina guckte skeptisch, setzte sich dann aber doch an ihr Heft. Als Nora ihr über die Schulter sah, stand in der zweiten Reihe »Nina Mima Nina«.

Vielleicht war die Zeit mit Nina die einzige in diesen Tagen, in der Nora nicht an Lea dachte. Bis Nina ihr den Zopf neu flocht. Bis sie sie fragte, von wem sie sich beim nächsten Mal die Haare waschen lassen würde. Nora genoss die vorsichtige Art, mit der sich Nina ihrer Haare annahm, und doch konnte das eine Antwort von Lea nicht ersetzen.

Eine Woche war vergangen – keine Antwort. Gab es etwas in der Mail, das Lea verletzt oder verärgert haben könnte? War sie zu aufdringlich? Nora las ihre Mail wieder und wieder, prüfte, ob ihr im Englischen ein Fauxpas unterlaufen war, konnte aber nichts Anstößiges finden. Sie wusste, dass eine ähnliche Mail von Lea keinen Tag unbeantwortet bei ihr gelegen hätte. Aber vielleicht war es viel einfacher: Lea kamen Noras Sorgen übertrieben und albern vor. Der Unterschied zwischen den Träumen und der Realität war größer, als Nora gehofft hatte. Lea war von Noras Mail peinlich berührt und wusste nicht, was sie darauf antworten sollte. Zweifel drängten sich wie Mücken in Noras Gedanken, surrten, stachen und hinterließen juckende Flecken. Die Mail war ein Ruf, aber konnte sie sicher sein, dass es ein Echo darauf geben würde?

Papiere. Computer. Früher Abend hinter dem Fenster. Nora hatte Sehnsucht nach Menschen, nach Menschen, die sie brauchten, nicht nach solchen, die ihr helfen wollten oder mussten.

Als sie noch an der Uni arbeitete, hatte sie sich oft darüber geärgert, dass ständig jemand zu ihr kam, anrief, dass die Mailbox überlief. Auch wenn die Sekretärin versucht hatte, ihr den Rücken freizuhalten, so war doch eine Stunde, in der sie zusammenhängend arbeiten konnte, ein seltenes Geschenk. Jetzt würde sie sich darüber freuen, wenn das Telefon klingeln oder eine persönliche Mail kommen würde, sodass sie in das Leben anderer Menschen eingebunden wäre. Aber die trüb-feuchte Dunkelheit des beginnenden Novembers schien sich auch auf ihre Drähte zur Außenwelt gelegt zu haben. Mit der Arbeit hatte sie verdrängen können, dass sie keine Freunde hatte, dass Kollegen, zu denen sie ein freundschaftliches Verhältnis gefunden hatte, keine Vertrauten waren. Jetzt fehlte ihr jemand, mit dem sie reden konnte, ohne sich zu schämen. Jemand, der nicht über Hausarbeit und Medizin mit ihr sprach, sondern über einen neu erschienenen Roman, über den Artikel im Feuilleton der letzten »Zeit«, der sie so geärgert hatte. Jemand, der Reisepläne mit ihr machte, auch wenn sie erst im Frühling umsetzbar waren. Jetzt fehlte ihr Lea.

Die praktischen Dinge, die Nora so gern verdrängt hätte, ließen sie nicht in Ruhe. Auch wenn ihr Fuß inzwischen kaum noch schmerzte, blieb der Stock außer Haus ihr ständiger Begleiter, blockierte die gesunde Hand, behinderte sie beim Einkaufen, beim Einsteigen in den Bus. Die Haushalthilfe hatte den Schreibtisch wieder geradegerückt, Nora mochte sie nicht darauf ansprechen. Ihr Alltag wurde ihr immer fremder. Sie schämte sich, dass sie mit ihrem Manuskript nicht vorankam, und konnte sich doch kaum darauf konzentrieren. Es wurde dringend, dass sie sich die Haare waschen ließ. Drei oder vier Mal brauchte sie mindestens noch Hilfe, ehe sie wieder allein klarkam. Nora erinnerte sich an ihren Abschied von Daniela. Wie würde sie dastehen, wenn sie schon nach einer Woche scheiterte?

Durch die Terrassentür schien das Schwarz des frühen Abends. Kein Vogel, kein Eichhörnchen war mehr unterwegs. Selbst die Gnome schienen sich in ihre Höhlen zurückgezogen zu haben. Statt ihr den Blick auf den Apfelbaum freizugeben, spiegelte die Glastür Noras eigenes Bild. Etwas schief stand sie da, die bandagierte Hand auf dem Türgriff abgestützt. Nora gab sich einen Ruck, versuchte, beide Füße gleichmäßig zu belasten, straffte den Rücken. Sie war nicht bereit zu scheitern. Mit der gesunden Hand legte sie sich den Zopf über die Schulter und fuhr mit den Fingern das Muster nach. Nina hatte ihn heute neu geflochten, hatte mit Noras Hilfe im Internet eine Anleitung zum Flechten mit vier Strängen gesucht und ausprobiert. Faszinierend – sie konnte noch nicht einmal alle Buchstaben und fand sich im Netz zurecht! Aber sie hatte auch gefragt, wann Nora sich die Haare wieder waschen ließ. Wenn am nächsten Dienstag ihr Ersatzoma-Tag war, musste etwas passiert sein. Wäre sie in Essen, könnte sie Miri um Hilfe bitten. Hier in Berlin musste sie sich nach einem Friseur umsehen, einem anderen. Sie konnte nicht wieder zu der Friseurin gehen, bei der sie vor drei Wochen war, sie musste ein neues erstes Mal verabreden, einen Termin zum Angewöhnen, wie die Friseurin es genannt hatte. Nora klappte das Laptop auf. Einen Laden wie den von Lea würde sie nicht finden. Wie ein Feenschatten strich der Gedanke an die Freundin vorbei. Nora schüttelte ihn ab. Die Webseite eines Friseurs in Spandau schien ihr freundlicher als andere, zeigte auch ein paar Flechtfrisuren neben den Haarschnitten. Es war ein weiter Weg, aber sie hatte Zeit. Für den kommenden Montag konnte sie einen Termin verabreden. Wieder bekam sie die Zusage, alles selbst entscheiden zu können. Wieder war absehbar, dass sie ihre Auffassung nur verbal würde verteidigen müssen und dass man das Beste für sie wollte. Sie müsse keine Bedenken haben. Keine Bedenken, aber der Friseur würde ihre Wünsche gegen seine eigene Überzeugung erfüllen. Er würde, wenn er Noras

Haare in der Hand hielt, eine andere Vorstellung davon haben, was mit ihnen geschehen sollte, als sie. Eine andere, als Lea hatte, als sie ihr durch die Haare strich. Nora würde ihn nötigen, diese Ideen zurückzustellen, aber er würde ihre Umsetzung nur als aufgeschoben, nicht als abgelehnt betrachten. Die leichte Verachtung, die er dabei für Nora empfand, würde ihm nicht bewusst werden. Alles kein Problem für ihn. Aber für sie war es eins. Nur – was sollte sie sonst tun?

Zäh verging der Freitag. Zäh verging der Samstag. Die Lampe schaffte nicht, die Dunkelheit von Abend und Morgen zu vertreiben. Das Radio kam nicht gegen die Stille im Haus an. Das Manuskript konnte Noras Gedanken nicht von der Hoffnung auf Leas Antwort ablenken. Erst die Sonne, die den Sonntag mit einem unwirklichen Glitzern überzog, belebte Nora. Jetzt spiegelte das Türglas nicht ihre verkrampfte Gestalt, sondern zeigte den Garten in klaren Farben. Die kahlen Zweige des Apfelbaums zeichneten sich dunkel vor dem blassblauen Himmel ab und der Wind spielte mit dem gefallenen Laub wie ein Kind. Aus der Berberitzen-Hecke leuchteten rote Früchte, die letzten Astern bildeten violette und pinke Inseln im von braunen Blättern bedeckten Beet. Nora überlegte, ob sie dort draußen noch ein paar Handgriffe machen sollte, aber sie hatte sich schon verabschiedet. Die Winterrolle lag vor der Tür, der Garten gehörte bis zum Frühling den Feen und Gnomen. Mochten sie das Laub harken und in Säcke füllen, wenn sie es für nötig befanden. Sie nahm den Stock ihres Großvaters und spazierte durch die Siedlung. Vielleicht konnte sie morgen, wenn sie zum Friseur fuhr, den Stock zu Hause lassen. Wenn sich doch die Hand genauso gut entwickeln würde wie ihr Fuß. In zwei Tagen musste sie ins Krankenhaus zur zweiten Operation. Würde es dieses Mal gut gehen? Oder würde sie ein Krüppel bleiben, angewiesen auf fremde Hilfe?

Als sie wieder zu Hause war, lief sie jede halbe Stunde zum Rechner, um die Mails zu prüfen. Aber es kam nichts, keine Zeile von Lea. Um halb fünf war es dunkel. Eine Verlorenheit erfasste sie, die endgültiger wirkte, als die Trostlosigkeit der letzten Tage, als wäre der Abschied von diesem sonnigen Novembertag auch der endgültige Abschied vom Licht und der Wärme der Sonne, von einem Stück ihres Lebens. Sie hatte sich für Lea kein Ultimatum setzen wollen, es gab schließlich so viele mögliche Gründe dafür, dass sie auch mehr als eine Woche lang keine Gelegenheit zum Antworten hatte. Dennoch merkte Nora, dass etwas in ihr zu zerfallen begann, dass dieser Friseurtermin morgen etwas mit ihr machen würde, das sie veränderte. Ihr Kopf produzierte Gesprächsfetzen, freundliche, mitleidige, ermunternde, suchte nach Antworten, wertschätzenden, die trotzdem keine Zugeständnisse waren. Nach Antworten, die ihre Selbstachtung schützten. Je mehr solcher Gespräche ihr Kopf führte, umso weniger blieb von dieser Selbstachtung übrig.

Marcus und Daniela riefen an. Wie lieb sie an sie dachten. Sie kümmerten sich, plötzlich war es nötig. Vor sechs Wochen hätte Nora noch über den Gedanken gelacht, dass die beiden regelmäßig anrufen würden, um ihr zu zeigen, dass sie für sie da waren. Nur weil sie nicht mehr jeden Tag in die Uni ging, weil nicht mehr von ihr erwartet wurde, dass sie selbst hunderte Sachen im Griff hatte. Und doch war es jetzt so, auch wenn Danielas Worte anders klangen.

»Noch einmal ganz lieben Dank, dass du dich so um die Stelle für mich bemüht hast. Morgen fahre ich nach Bochum und unterschreibe meinen Arbeitsvertrag.«

»Glückwunsch! Das liegt doch nicht an mir, den hast du bekommen, weil du was zu bieten hast. War dir das lieber als Dortmund?«

»Dortmund? Von denen habe ich nie wieder etwas gehört. Schade, aber Bochum ist auch in Ordnung.«

Nora wurde schwarz vor den Augen. Sie hatte den Anruf von Ilona vergessen. Einfach vergessen. Hatte Daniela nicht gesagt, dass sie den TOEFL-Test nachschicken soll. Hatte ihr die Stelle vermasselt, die interessanter und auch besser bezahlt gewesen wäre als die in Bochum. War so in ihren eigenen Gedanken und Sorgen, dass ihr diese eine wichtige Sache, mit der sie sich bei Daniela hätte revanchieren können, aus dem Kopf gefallen war. Weg. Vergessen. Wie bei einer alten Frau.

Ihr Selbstbewusstsein verflog wie die letzten Blätter, die der Wind vom Apfelbaum fortblies. Ein kahles Gerippe blieb zurück. Nora fühlte sich wie eine hilflose Greisin. Zu den Mücken des Zweifels kamen die Wespen der Angst. Die Folgen des Sturzes würden verheilen, aber sie war pensioniert, die Zeit ihrer großen Leistungsfähigkeit war vorbei. Das Bild, das sie über kurz oder lang unumkehrbar pflegebedürftig zeichnete, war überdeutlich. Es schien aus feinem grauen Staub an die Wände gemalt, greifbar und nicht auszulöschen. Der Sturz war ein Zeichen, die vergessene Nachricht für Daniela ein weiteres. Zeichen, dass es notwendig werden könnte, dauerhaft fremde Hilfe anzunehmen. Darauf sollte sie sich vorbereiten, sollte dafür sorgen, dass sie dann so wenig Ansprüche wie möglich haben wird, um sich nicht noch mehr ausgeliefert zu fühlen, als sie ohnehin wäre. Dazu gehörte dann wohl auch, sich in allem, was die Körperpflege betraf, in den Rahmen zu begeben, der als normal angesehen und gegebenenfalls unterstützt wurde. Also auch, dass sie sich ihre Haare schneiden ließ, sicher nicht zwingend kurz, aber doch auf eine Länge, die in die gängige Norm passte. Dann bräuchte sie keine spezielle Aufmerksamkeit mehr, müsste nicht immer und immer wieder Sonderwünsche durchsetzen, gut gemeinte Angebote ablehnen. Wenn sie sich jetzt, morgen, aus eigener Entscheidung die Haare schneiden ließ, würde sie es nicht irgendwann aus Kraftmangel und Hilflosigkeit zulassen müssen. Wenn sie dem Friseur morgen sagte, sie wolle einen Spitzenschnitt, und dann auf sich zukommen ließe, wie er das interpretierte, hätte sie den ersten Schritt getan, den wichtigsten, den schmerzhaftesten. Der Gedanke durchfuhr sie eiskalt. Sie musste die Finger bewegen, um sich zu vergewissern, dass sie nicht steif gefroren waren. Langsam ließ sie den langen, von Nina schön geflochtenen Zopf durch die gesunde Hand gleiten. Wenn da nun ein abruptes Ende wäre? Sie würde sich amputiert fühlen. Würde sie sich daran gewöhnen? Sie würde bestätigende Sätze hören, die sie im Kreis der Normalen begrüßten. Man würde es als Anfang sehen, sie zu weiteren Schritten ermutigen. Aber sie wäre deshalb noch lange nicht normal, und dass ihr mit dem Schnitt etwas fehlte, das zu ihr gehörte, würde man noch schlechter verstehen, als dass sie bleiben wollte, wie sie war.

Wenn sich doch nur Lea melden würde. Ein Satz von ihr, und Nora hätte alle Kraft, um sich durchzusetzen, hätte einen nachsichtigen Blick auf die, die sie zurechtstutzen wollten. Wüsste, dass die Hilflosigkeit vorübergehend ist. Dass etwas auf sie wartete, das nicht »Alter« hieß. Dass jemand auf sie wartete. Dass sie für Lea wichtig war und deshalb für sich selbst wichtig sein durfte. Sie hätte nicht allein in ihrer Nische gestanden und gefroren, ausgeliefert den Mücken und Wespen. Aber so, ohne diesen Satz? Was half es ihr, dass es eventuell irgendwo jemanden geben könnte, der sie verstand, der sie mochte. Vielleicht gab es niemanden. Vielleicht war Lea nicht verhindert zu schreiben, sondern hatte einfach keine Lust dazu. Fand Nora nicht interessant genug. Fand sie schrullig. Wollte sich nicht mit einer Frau aus Deutschland einlassen. Wich vor der Nähe zurück, die in Noras Mail steckte. Warum sollte sie ihr schreiben, wenn es in der Mail nicht nur um die langen Haare ging, die sie verbanden, sondern um die Zuneigung zum ganzen Menschen, um eine unerfüllte Sehnsucht? Wenn sie die Nähe nicht wollte, das Maß der Zuneigung nicht teilte? Nein, es war kein technischer Defekt, keine ungeplante Abwesenheit. Lea schrieb deshalb nicht, weil sie nicht schreiben wollte, weil es für sie nichts zu schreiben gab.

Also gab es keinen, nicht den winzigsten, äußeren Grund durchzuhalten. Nora war nur eine einsame Spinnerin, und sie sollte klug genug sein, sich davon zu befreien. Es schien ihr so klar, wenn sie sich von ihren Gefühlen löste und die Sache rational betrachtete, und doch konnte sie sich nicht zu einem endgültigen Entschluss durchringen. Irgendwo in ihr gab es noch den Hauch einer Hoffnung. Sie wusste nicht, worauf sie eigentlich hoffte, und konnte sich dem trotzdem nicht entziehen.

Erst nach Mitternacht schlief sie ein. Es war kein erholsamer Schlaf. Albträume verfolgten sie, in denen sie durch unbekannte, bizarre Landschaften gejagt wurde. Menschen jagten sie, keine Dämonen oder Monster. Sie kannte diese Menschen nicht, sie wusste nicht, was sie getan hatte, sie wusste nicht, was sie erwartete. Sie hatte nur Angst; Angst, dass man ihr Gewalt antat; Angst, verloren zu gehen; Angst in allen Gliedern ... Mehrfach wachte sie auf und schlief wieder ein, aber der Traum ließ sie nicht los.

Als sie gegen Morgen endlich etwas ruhiger wurde, klingelte es an der Tür, einmal, zweimal, sehr nachdrücklich. Nora fuhr aus dem Bett, nahm sich den Bademantel und ging nachsehen, wer so früh etwas von ihr wollte.

Lea

Draußen sah Lea die ersten Halloween-Hexen durch die nur schwach beleuchtete Straße laufen. Sie fror. Sie fror beim Anblick der letzten regennassen Herbstblätter, die von den Bäumen fielen. Sie fror wegen der Aussicht auf lange, finstere Abende, an denen der Wind von der See durch die Straßen pfiff und Regen brachte – Regen, Regen und wieder Regen. Sie fror, weil sie niemanden kannte, dem sie von ihrer Zerrissenheit, ihrer Hoffnungslosigkeit, der mit Händen greifbaren und doch unerreichbaren Erfüllung ihrer Sehnsucht erzählen konnte, niemanden, der vielleicht mit Abstand und Zuneigung einen Rat für sie wüsste. Ihr Zimmer war geheizt, aber sie fror vor Einsamkeit und Verzweiflung.

Sie griff nach dem blauen Baumwolltuch, das über der Stuhllehne lag, und schlang es sich um den Hals. Vorsichtig glitten ihre Finger über die schon dünn gewordenen Kanten, so vorsichtig, als wären es die Hände ihrer Mutter, die ihr das Tuch einst als Geschenk um den Hals gewunden hatte. Wenn ihre Mutter noch leben würde, hätte sie jemanden, mit dem sie reden könnte. Hätte sie das? Könnte sie mit ihrer Mutter über die

Mail von Nora reden? Über alles andere ja, aber über diese Mail? Sie zog das Tuch erst enger und legte es dann doch wieder ab. Es schien sie zu würgen, statt zu wärmen. Während sie Teller und Glas vom Abendessen abgespült hatte, war Zeit vergangen, aber ihre Gedanken waren nicht vorangekommen. Das Wasser kochte und sie goss den grünen Tee viel zu heiß auf. Er würde bitter schmecken, wie alles um sie herum bitter schmeckte. Vielleicht konnte die eine Bitterkeit die andere vertreiben. Im Arbeitszimmer warteten die Unterlagen des fast fertigen Projekts auf sie. Lea balancierte die Schale mit dem heißen Tee hinüber, zog den Stuhl vom Computertisch zum Schreibtisch und setzte sich dann doch nicht darauf. Heute würde sie das Projekt eher verschlimmbessern als es voranzubringen.

Der Computer-Bildschirm leuchtete auf, als sie versehentlich gegen den Tisch stieß.

»Liebste Nora,

au weh, da hast du dir das Pech von fünf Jahren auf einen Tag geladen. Es tut mir so leid für dich. Lass dich nicht von den Leuten ärgern. Sie wissen es nicht anders. Es können doch nicht alle so seltsam geflochten sein wie wir. Lass sie denken, was sie wollen, und komm her. Boston ist im November grau und kalt, aber bei mir ist geheizt. Ich habe genug Platz für dich. Wenn du willst, kannst du dich zurückziehen und musst keine Angst haben, dass du mich störst. Vor allem: Ich möchte mit dir zusammen sein, ich will dir gar nicht aus dem Weg gehen. Ich möchte meine Tage mit dir teilen. Wir müssen doch keine große Reise machen, um beieinander zu sein – um uns zu erlauben, beieinander zu sein.

Ich warte auf dich, seit du vor vier Jahren weggefahren bist. Ich wusste nur nicht, wie ich es dir schreiben kann ...«

Lea hatte die Mail an Nora mindestens fünf Mal umformuliert. Sie war nicht begabt dafür, Liebesbriefe zu schreiben, und ein Liebesbrief hatte es werden sollen. Ein Liebesbrief mussten nicht perfekt sein, nicht deshalb quälte sie sich so damit. Aber es war falsch, an Nora zu schreiben. Es war nicht deshalb falsch, weil sie es nicht ernst gemeint hätte, nein, ganz im Gegenteil. Sie sah das Bild vor sich, wie Nora in der Tür stehen würde, eine Hand im Verband, in der andern einen Koffer, und ihr wurde ganz schwindlig vor Glück. Es war falsch, weil sie reisen müsste und nicht Nora. Dass sie das nicht tun konnte, war ihre Sache, ihre Last, die sie nicht damit aufheben konnte, Nora einen halbherzigen Vorschlag zu machen. Sicher, im Moment würde es Nora guttun, zu kommen, sehr gut sogar, so

verzweifelt wie ihre Mail klang. Und wahrschein-
lich würde Nora gern kommen. Auch ihre Mail
war auf besondere Art ein Liebesbrief, vorsichtig
und unsicher, aber ohne Zweifel ein Liebesbrief.
Für Lea war es ein Brief, der nach einer sanften
Umarmung rief. Es war ein Brief, der fragte, ob
Nora so sein durfte, wie sie war, ob sie so in die
Welt passte. Für Lea durfte, sollte sie so sein,
genauso. Es war der Brief, auf den Lea vier Jahre
lang gewartet hatte.

Die Begegnung mit Nora war wie ein würziger
Seewind in Leas Leben gefahren. Wie salzige
Luft, die die Weite des Atlantiks atmete und
Europa dahinter ahnen ließ. Ihre Träume, die
ruhelos durch die Welt geirrt waren, sich immer
wieder im Leeren verliefen, bis sie selbst ganz
durchscheinend und unfassbar wurden, hatten
durch Nora wieder Kraft und Farbe bekommen.
Wenn Lea in der Ökostation einen Nagel in die
Wand schlug, brauchte sie vier Schläge: No-ra
No-ra. Solange sie im Laden gearbeitet hatte, saß
Nora hinter ihr am Tisch und sah ihr zu, begutachtete die Frisuren, die sie schuf, lächelte
bei besonders gelungenen Einfällen. Manchmal
war Lea kurz davor, ihr Tee zu bringen. Wenn
die Abende lang wurden, die Ökostation im
Winterschlaf lag, kein Jazz-Konzert sie aus der
Wohnung lockte und kein Projekt sie an den

Schreibtisch fesselte, schlichen ihre Gedanken zu Nora. Ihre Phantasie zeichnete aus Noras kurzen Mails ein Bild von ihrem Leben in Berlin, vom Büro mit Blick auf die S-Bahn-Gleise, vom Sohn und den Enkeln, vom Apfelbaum im Garten. Lea las dann Nachrichten und Berichte aus Deutschland und versuchte sich vorzustellen, wie es sich anfühlte, in diesem verfluchten Land zu leben – ohne die Vergangenheit, mit der Vergangenheit, mit dem, was die Vergangenheit für die Gegenwart brachte. Es gelang ihr nicht, trotz allen Wissens.

Wenn ihre Sehnsucht groß wurde und das Bild dennoch verschwommen blieb, setzte sie sich ans Laptop, um Nora einen Liebesbrief zu schreiben. Immer wieder scheiterte sie am gleichen Hindernis. Bisher hatte sie das als Scheitern auf Zeit empfunden, es gab keine Dringlichkeit. Nora hatte ihr einen Besuch versprochen, da hoffte Lea sagen zu können, was zu schreiben ihr nicht gelang.

Jetzt war es dringend, sie durfte nicht scheitern. Es war dringend, dass sie den Brief an Nora zu schreiben schaffte. Nein, es war dringend, dass sie für Nora da war, dass sie bei Nora war. Lea hätte sie liebend gern in den Arm genommen und ihre Sorgen weggeblasen. Sie wusste, dass sie das könnte, wenn sie bei Nora wäre. Einen solchen Brief beantwortete man nicht mit einer

Einladung, nach einem solchen Brief stand man selbst bei der anderen vor der Tür. Das war die einzige Option – als gute Freundin, als Liebende – und doch konnte sie es nicht. Ein Schatten des Fluchs, der über Deutschland lag, fiel auf ihre Liebe zu Nora. Deshalb war ihr Brief falsch und deshalb hatte sie die Mail nicht abgeschickt.

Das Telefon riss sie aus ihren Gedanken.

»Hi Lea, hier ist Jenny. Wie geht's dir?«

»Jenny! Schön, dass du anrufst. Was gibt es Neues?«

»Will ist in Boston. Ich habe ihn für morgen zum Abendessen eingeladen. Magst du auch kommen? Hast du Zeit?«

»Ja, mit Vergnügen! Schöne Überraschung – liebe Menschen gegen graue Tage. Soll ich was mitbringen?«

»Wenn du Zeit hast ... Du machst doch immer diesen leckeren Kartoffelsalat.«

»Gut, bringe ich mit. Sonst noch was?«

»Nein, den Rest mache ich schon. Hauptsache, du kommst. Ist sieben Uhr in Ordnung?«

»Ja, perfekt.«

Jenny, Will und Kartoffelsalat. Ein Lichtblick für morgen Abend. Bis dahin würde sie Noras Mail beantwortet haben, musste sie sie beantwortet haben. Bis dahin musste ihr eine Antwort eingefallen sein. Morgen. Sie hatte den Tag lang Zeit dafür. Heute sollte sie sich sputen, um zum Vorstandstreffen des Ökovereins zu kommen. Wenn Nora da wäre, würde sie das Treffen absagen. Nora wäre wichtiger, obwohl der Ökoverein Leas zweite Heimat war. Wobei – vielleicht würde sich Nora für das Windrad-Projekt interessieren? Lea stellte sich vor, dass sie zwischen Elton, Perry und ihr am Tisch saß und aufmerksam zuhörte, ahnte, dass sie selbst sich dann gar nicht auf die Windrad-Diskussion konzentrieren könnte, sah die fragenden Augen von Elton und Perry. Nein, wenn Nora hier wäre, hätte sie mit ihr zusammen Abendessen gekocht, Tee und eine Flasche Wein auf den Tisch gestellt und die Inbetriebnahme des Windrades verschoben. Noras Mail brummte in ihrem Kopf und ließ den Klimawandel nebensächlich erscheinen.

Der Berufsverkehr verstopfte die Straßen, als sich Lea auf den Weg machte. Eltons Haus lag in Beachmont, nordöstlich von Boston, fast am Meer. Der Weg war nicht weit, aber sie hatte den Berufsverkehr nicht eingeplant, der die Mystic Bridge regelmäßig verstopfte. Noch ehe sie darüber nachdenken konnte, den Umweg über die Alford Street zu nehmen, steckte sie im Stau fest. Es regnete ununterbrochen und der Rhythmus der Scheibenwischer wurde ihr zu einer Melo-

die, die sie lieber auf dem Bass gespielt hätte.
So aber klopfte ihr Kopf auf den Zweiertakt Nora – No-ra. Lea versuchte, sich einen anderen
Text auszudenken, Blue-Hills oder El-ton da-
gegenzuhalten, aber immer, wenn der Verkehr
sie ablenkte, summte der Kopf No-ra. Boston im
Regen würde für sie wohl ewig mit Nora verbunden bleiben.

Endlich schien der Giebel von Eltons Haus
durch die Bäume. Das Weiß der Balken glänzte
regennass im Licht einer Straßenlaterne. Auf
dem Platz neben dem Haus gab es eine un-
geschriebene Ordnung, wer wo parkte, damit
alle auf der kleinen Fläche unterkamen. Als
Lea schwungvoll in ihre Lücke fahren wollte,
krachte es. Majas Auto. Ihr erstes. Stand in Leas
Lücke. Elton kam aus dem Haus, ehe Lea sich
zusammengerafft hatte und ausgestiegen war.

»Scheiße!«

»Es tut mir so leid. Ich war ...«

»Nein, ich bin schuld. Ich habe dir erst vor
einer halben Stunde geschrieben, dass Majas
Auto jetzt dort steht. Das war zu spät, da warst
du schon unterwegs.«

»Ich sollte doch selbst Augen im Kopf haben.
Ist Maja ...«

Sie musste die Frage nicht beenden. Eltons
Tochter kam schon aus der Tür und besah sich
den Schaden.

»Maja, es tut mir so leid. Ich kümmere mich um die Reparatur. Ich ...«

»Na ja, ist nicht ganz so schlimm, wie es klang. Trotzdem.« Liebevoll strich Maja über den Kotflügel des roten Volt, dessen Ende mit den Leuchten eingedrückt war. Elton legte ihr den Arm um die Schulter.

»Jetzt musst du keine Angst mehr vor dem ersten Unfall haben. Er ist vorbei, ohne Personenschaden und mit einer reparablen Schramme.«

»Schöner Trost.«

Lea hätte gern einen besseren gefunden, aber ihr fiel nichts ein. Schweigend folgte sie den beiden ins Haus.

Vor Eltons Arbeitszimmer blieb sie kurz stehen und fuhr sich mit der Hand über das Gesicht. Sie wollte nicht auch noch Perry mit einer unfreundlichen Begrüßung verärgern. Aber er erwartete sie mit einem ungeduldigen Lächeln statt der üblichen Umarmung.

»Habt ihr gelesen, dass Meir Junior Insolvenz angemeldet hat? Da müssen wir wieder anderswo betteln gehen.« Er hatte sein Laptop aufgeklappt und scrollte durch das Haushaltsbuch.

»Ja. Der Arme.« Der Themenwechsel entspannte Lea etwas, obwohl ihr klar war, dass sich hier die nächste große Baustelle für den Verein auftat. »Sein Vater wird ihm noch aus dem Grab Vorwürfe machen, dass er den Laden runtergewirtschaftet hat. Gut, dass er nicht weiß, für wie viele Projekte Meir Junior gespendet hat, das hätte ihn zur Weißglut gebracht.«

»Kanntest du den Alten auch?« Perrys Stimme war einen Schein wärmer geworden.

»Kennen ist übertrieben. Meir Senior gehörte mal zu unserer Gemeinde. Als ich Kind war, hat er zu den ‚Schönen und Reichen‘ gewechselt. Es wurde so manches geredet, hat mich nicht interessiert. Meir Junior war das offenbar nicht egal und er hat regelmäßig Spenden überwiesen, nachdem er den Laden übernommen hatte. Zurückgekommen ist er aber nicht. Damals war ich ab und an mit ihm einen Kaffee trinken.«

»Ah, Kaffee trinken wart ihr.«

Mit einem abweisenden Blick auf Perry wechselte Lea das Thema.

»Er hat uns das Windrad finanziert. Habt ihr das in letzter Zeit mal angesehen? Der Mast ist toll geworden! Sieht aus wie der Eiffelturm in Paris, ist aber von unseren Teenies selbst geschraubt.«

Elton lachte. »Ich hoffe, dass deine Technik nicht hundert Jahre alt ist.«

»Der Eiffelturm hat schon mehr als hundert Jahre auf dem Buckel und steht immer noch. Unsere Schrauberei ist sicher nicht Hightech.

Stört das? Mareen, Alaja und Brian waren selten so konzentriert bei der Sache wie beim Turmbau.«

»Schon gut. Hauptsache, er steht fest.«

»Sicher. Robert, dieser deutsche Bauingenieur aus unserer Firma, hat noch einmal die ganze Statik durchgerechnet. Das Ding sollte stehen wie eine deutsche« Lea hustete »Eiche, meinte er.«

»Wird sich zwischen den amerikanischen Eichen drum herum wohlfühlen. Wir diskriminieren nicht wegen der Herkunft.« Elton lachte.

Lea winkte ab. »Ich hoffe, dass wir am Wochenende fertig werden. Mit Ella zusammen sollte das machbar sein. Und dann suchen wir uns einen schönen windigen Tag für die Jungfernfahrt aus.«

»Na ja.« Perry wirkte, als hätte gerade ein Herbststurm ins Zimmer geblasen. »Aber einen, an dem es nicht regnet.«

Lea hörte draußen die Tropfen von der Regenrinne auf ein Blech prallen: No-ra No-ra. Ja, hoffentlich regnete es dann nicht.

»Hat Ella dir auch geschrieben?«, fragte Elton und sah Lea an, bis sie aus ihren Gedanken aufschreckte.

»Nein. Kann sie nicht kommen?«

»Doch, aber sie möchte Ken mitbringen. Vermutlich weiß sie, dass du nicht so gut auf ihn zu sprechen bist.«

»Was heißt, ‚nicht so gut auf ihn zu sprechen‘? Du kennst ihn doch. Ich weiß nicht, wie ich ihn bändigen kann. Ella kriegt das faszinierend gut hin, aber dann ist sie mit Ken beschäftigt und nicht wirklich eine Hilfe auf der Station. Was gibt es denn, dass sie ihn bei diesem Gruselwetter mit in den Wald bringen will – Halloween nachfeiern?«

»Er müsste sonst allein bei ihrem Vater bleiben, du weißt ja ...«

»Na gut. Ich schreibe ihr, dass sie ihn mitbringen kann. Beide Tage?«

»Ja.«

»Egal.«

»Sag mal ...« – als Elton sie ansah, konnte Lea das »bitte nicht noch etwas« in ihrem Gesicht nicht verhindern – » ... wollen wir die Dienste tauschen? Ich habe an diesem Wochenende noch nichts vor und vielleicht kann ich sogar Maja überreden, an einem der Tage mitzukommen. Das Windrad kann auch eine Woche später fertig werden, denkst du nicht? Du wirkst, als ob du ein bisschen Pause brauchst, nicht nur wegen Ken.«

»Nein, lass mal, das ist noch der Schreck vom Unfall. Ich brauche noch ein bisschen, bis ich das verdaut habe. Das mit Ella geht klar – ist ein tolles Mädchen, wie sie sich in dieser Familie behauptet und auch noch für ihren Bruder da ist. Ich bin gern mit ihr zusammen. Alles in Ordnung, ich schreibe ihr.«

Sie merkte, dass Elton nicht überzeugt war, und war es selbst nicht, aber sie wollte Ella nicht enttäuschen. Wie auch immer sie den Tausch begründen würden, Ella war klug genug, um zu wissen, dass Ken der Anlass war. Das hatte das Mädchen nicht verdient. Lea gab sich einen Ruck und wandte sich wieder dem Gespräch zu.

Die Erinnerung an den Abend schien Lea beim Aufwachen unwirklich. Aber als sie den Schlaf abgeschüttelt hatte und die Kaffeemaschine ihr Morgenlied schnarrte, wusste sie, dass Majas Fahrzeugpapiere und die Visitenkarte von Eltons Werkstatt, die auf dem Esstisch lagen, real waren. Sie musste ihre Pläne für den Tag umwerfen und sich darum kümmern. Konnte sich nicht in Ruhe an den Rechner setzen, um die Mail an Nora zu schreiben, um den Satz, das Wort zu finden, das Nora brauchte. Was bedeutete schon ein zerkratztes Auto, wenn Nora ihr endlich, endlich geschrieben hatte, dass sie ihr wichtig war? Wenn die Zuneigung, die sie in ihre eigene Mail gelegt hatte, nicht im Sumpf des verfluchten Deutschlands versunken waren, sondern bei Nora ein

Echo ausgelöst hatten, das viel stärker war, als sie zu hoffen gewagt hatte? Wenn unter diesem Echo ein Hilferuf lag, auf den sie noch immer keine Antwort wusste? Alles was ihr einfiel, lief hinaus auf: »Ich möchte dir so gern helfen, aber ich weiß nicht wie. Bitte warte noch eine Weile.« Sie lachte bitter auf. Da konnte sie ja gleich schreiben »Lass mich doch mit deinen deutschen Sorgen in Ruhe.« War es nicht so? Stand nicht dieser Satz hinter ihrer Unfähigkeit zu antworten? Er griff zu kurz, wurde dem Fluch über Deutschland nicht gerecht, der durch Millionen Tode zementiert war. Das würde für Nora nicht zählen. Für sie würde der kurze Satz zählen, würde zählen, dass Lea nicht für sie da war, als Nora sie brauchte. Dafür gab es keine Entschuldigung.

»Gucken Sie doch nicht wie sieben Tage Regenwetter, das haben wir ohnehin gratis.« Herr Oliani, der Chef ihrer Autowerkstatt, hatte Lea am Tor erwartet und empfing sie mit einer kleinen Verbeugung.

»Seit über dreißig Jahren hatten Sie noch nie auch nur die Andeutung eines Unfalls. Das war beängstigend, aber jetzt bin ich beruhigt. Gut, dass Sie es dafür bei einer kleinen Schramme belassen haben. Das habe ich bis morgen Mittag blitzblank erledigt. Niemand wird ahnen, dass der Wagen nicht mehr ganz jungfräulich ist.«

Die Bezeichnung »jungfräulich« für ihren acht Jahre alten Ford entlockte Lea das erste Lächeln des Tages. Erleichtert, dass zumindest eins ihrer Probleme unkritisch zu sein schien, hangelte sie sich durch den öffentlichen Verkehr zu Elton.

Die Begrüßung in Eltons Werkstatt holte sie wieder von dem kleinen Wölkchen herunter, auf das Herr Oliani sie gesetzt hatte. Hier war sie die Trantute, die das neue Auto der Tochter eines Stammkunden lädiert hatte.

»Das Sie mit dem kaputten Rücklicht nicht hätten fahren dürfen, wissen Sie? Oder ist ihr Führerschein so neu wie das Auto von Herrn Asheys Tochter?«

»Ich bin wohl nicht die Einzige, die ein Auto mit kaputtem Kotflügel selbst in die Werkstatt fährt und nicht abschleppen lässt.«

»Das macht es nicht besser.« Er fingerte an den Anschlüssen herum und hätte wohl den Schaden gern größer gesehen.

»Wird auf sechshundert Dollar kommen, einschließlich Lackreparatur. In zwei Wochen können Sie es abholen.«

»In zwei Wochen?« Am übernächsten Wochenende wollte Maja mit ihrem Freund nach Philadelphia – die erste große Reise mit dem knallroten Schmuckstück. Sollte Lea eine andere Werkstatt suchen? Warum hatte Elton keinen freundlicheren Garagisten? Der Typ schien auf Streit gebürstet zu sein. Am Ende zeigte er sie noch wegen der Fahrt mit dem kaputten Rücklicht an.

»Würden Sie es für einen Zuschlag schneller schaffen?« Das war das richtige Stichwort. Lea konnte in seinem Gesicht mitlesen, wie er mögliche Positionen prüfte, die er ihr auf die Rechnung setzen könnte.

»Ich müsste einen anderen Kunden vertrösten, das muss ich mit einem Nachlass kompensieren. Außerdem muss ich mit der Lackiererei verhandeln – Sie verstehen schon.« Er rieb die Finger zum Zeichen des Geldzählens. »Wenn Sie vierhundert Dollar drauflegen, können Sie es morgen in einer Woche abholen.«

»Vierhundert? Sie haben heftige Gefälligkeitspreise.«

»Machen Sie es oder lassen Sie es.« Er grinste ihr frech ins Gesicht. »Wenn Ihr Geld nicht reicht, können Sie ja ihre Haare verkaufen, die bringen sicher eine Stange ein.«

Lea konnte nicht verhindern, dass sie rot wurde. Warum hatte sie gerade heute ihre Haare nicht hochgesteckt? Und warum hatte dieses Aas sofort gesehen, wo er sie treffen konnte? Was würde Nora sagen, wenn man ihr beim nächsten Friseurbesuch auch noch Geld für den abgeschnittenen Zopf anbieten würde?

»Wenn es ihre Handwerkerehre befriedigt, hole ich das Auto für tausend Dollar nächsten

Freitag ab.« Mit einem kurzen »Bye« verließ sie den Werkstatthof.

Inzwischen hatte der nachmittägliche Berufsverkehr begonnen. Auto um Auto fuhr an Lea vorbei. Jedes hinterließ einen Laut. NoRrra NoRrra. Lea stieg in den Bus, in dem die Leute dicht gedrängt standen. Die automatischen Ansagen der Stationen waren zerhackt und unverständlich. Vereinzelt klangen Silben aus dem Krächzen: No Ra No Ra. Der Geruch nach nasser Kleidung und muffigen Gedanken füllte die warme Luft. Die Fenster waren beschlagen. Ein Paar stritt darüber, wer am Abend noch einkaufen fahren sollte. Die anderen Leute standen in sich gekehrt und schwiegen. Um die Spitzen eines Stockschirms bildete sich eine Wasserlache. Lea sah gedankenlos den Tropfen zu, die sich auf ihrem Regenmantel sammelten und dann hinabrutschten: NoooRa NoooRa. Mit Unmut dachte sie daran, dass sie am Abend auch zu Jenny mit T-Line und Bus fahren musste. Dass Nora dabei weiter durch ihren Kopf spuken würde, wenn sie nicht eine erlösende Idee hätte, wie sie ihr antworten könnte. Und wohl selbst dann noch. Auf den Wegen des Vormittags war ihre Vorfreude auf das Treffen verloren gegangen, aber für eine Absage hatte sie keinen Grund.

Ihr Versprechen, am Abend Kartoffelsalat mitzubringen, ließ Lea keine Zeit, am Rechner eine Antwort auf Noras Mail zu versuchen, die sie doch wieder löschen würde. Kartoffeln und Gurken hatte sie im Haus, aber Eier und Äpfel musste sie kaufen. Ihr Magen signalisierte ernsten Hunger und der Kühlschrank bot nichts für ein spätes Mittagessen. Wieder ging sie hinaus in den Nieselregen, aber der Weg war angenehmer als der zu den Autowerkstätten. In den Straßen ihres Viertels war Lea zu Hause. Sie kannte jedes Geschäft – die CVS/Pharmacy, den Blumenladen, den Liquor-Store an der Ecke. Im kleinen Supermarkt hinter dem Krankenhaus wechselte sie manchmal ein paar Worte mit der Kassiererin. Heute war sie froh, dass der Andrang so groß war, dass sie es bei einem freundlichen Lächeln belassen konnte. Neben dem Supermarkt gab es eine Pizzeria, die an studentischen Ansprüchen orientiert war und passable Sandwiches anbot. Die wenigen Tische waren besetzt und Lea musste zwei junge Frauen bitten, bei ihnen Platz nehmen zu dürfen.

»Sag mal Helen, ist dein Kleid schon fertig?«

»Ja, guck mal, das passt doch jetzt perfekt. Hoffentlich regnet es nächsten Freitag nicht mehr. Stell dir vor, wie das aussieht, wenn der Saum nass wird.« Die angesprochene Frau zeigte der Freundin Bilder auf ihrem Handy.

»Wird schon nicht, an deinem großen Tag. Da werden doch alle Englein singen. Hast du einen Hut oder einen Schleier?«

»Einen Schleier natürlich – zu dem Kleid! Ich weiß nur noch nicht, was ich mit meinen Haaren machen soll. Wenn die drunter vorgucken, sieht das blöd aus.«

»Lass sie doch ein Stück abschneiden. Meinst du nicht, dass das ohnehin mal dran ist? Die Hochzeit wäre doch ein toller Anlass!«

Lea sah entgeistert auf den Zopf der Frau, der unter der Tischkante verschwand.

»Nein, tun sie das nicht. Ich könnte Ihnen bei einer passenden Frisur helfen.«

Im Blick der angehenden Braut mischte sich Verwirrung mit einem Schimmer Erleichterung.

»Sie? Sind sie Friseurin?«

»Nein, aber ich habe ein paar Jahre lang professionell Frisuren für lange Haare angeboten. Meinen Laden in der Oak Street habe ich vor drei Jahren geschlossen, aber so etwas kann man ja auch im Wohnzimmer machen.«

»Sie hatten den Laden mit den Strohzöpfen im Fenster?«

Lea versuchte, den abschätzigen Tonfall von Helens Freundin zu ignorieren. »Mit Bastzöpfen, ja. Wenn man keine Haare schneiden will, kann man auch keine abgeschnittenen Haare als Dekoration nutzen.«

»Na ja, Konsequenz ist vielleicht nicht immer das beste Geschäftsmodell.« Die Freundin schob mit krauser Nase eine Peperonischeibe an den Rand ihres Tellers. Die Antwort, die Lea auf der Zunge hatte, war nicht weniger scharf. Sie schluckte sie herunter und wandte sich wieder der zukünftigen Braut zu.

»Ich könnte Ihnen etwas zeigen, und wenn es Ihnen nicht gefällt, suchen Sie eine andere Lösung.«

»Ich weiß nicht. Sie meinen, dass Sie eine Frisur hinbekommen, ohne die Haare zu schneiden? Ich dachte ja immer, dass ich mit meinen Haaren allein klarkomme, aber die Hochzeitsfrisur ist schon eine Herausforderung.«

»Wollen Sie einfach morgen bei mir vorbeikommen? Dann können wir Verschiedenes ausprobieren, und wenn Ihnen etwas gefällt, mache ich Ihnen das am nächsten Freitag vor der Trauung. Glauben Sie mir, ich bin die Letzte, die Ihre Haare schneiden würde.«

Sie musste wahnsinnig sein, sich für morgen noch einen zusätzlichen Termin aufzuladen, der Stunden dauern konnte, aber Lea konnte Helen nicht dem Rat der Freundin überlassen. Sie gab ihr ihre Adresse und hoffte, dass sie wirklich kommen würde.

In der Küche dachte Lea über Brautfrisuren nach, während sie den Salat zubereitete. Auch wenn sie sich die Haare ihrer zukünftigen Kundin noch nicht genau angesehen hatte, hatte sie ein vages Bild mitgenommen. Ein Bild, das sich immer wieder mit dem von Noras Haaren mischte, mit dem des schön gewickelten Dutts, den Nora im Laden getragen hatte und mit dem eines struppigen Zopfes, den ein Nachbarmädchen geflochten hatte. Helens Zopf war kastanienbraun, mäßig dick und mindestens taillenlang. Ob die Spitzen so gut gepflegt waren wie bei Nora, hatte Lea nicht sehen können. Sie sollte sich lieber eine Frisur ausdenken, bei der sie versteckt wurden. Wäre Noras Mail nicht gewesen, hätte sie Spaß an der Gelegenheit gehabt, eine kunstvolle Frisur für wirklich lange Haare entwerfen zu können. Wie damals in ihrem Laden. Heute verschwand jeder Gedanke an fein geflochtene und aufgesteckte Zöpfe vor der Welle offener Haare, die sich über Noras Rücken ergossen hatte, als sie den Stab aus ihrem Dutt zog. Damals, in Leas Laden. Fast hätte Lea die Hand ausgestreckt, um sanft darüber zu streichen. Aber das Traumbild verschwand, ließ sie allein mit ihrer Sehnsucht, ihrer Hilflosigkeit, mit der Mail, deren Worte wieder in ihrem Schädel zu dröhnen begannen und an die eiserne Wand hämmerten, die ihr den Zutritt ins verfluchte Land verwehrte. Das Pochen weckte Geschichten und Erinnerungen, rief Großeltern und Eltern auf den Plan und wirbelte alles durch ihren Kopf, sodass sie kein klares Bild sehen, keinen klaren Gedanken denken konnte. Sie war froh, als sie den Salat fertig hatte, den sie liebte, der bei ihr aber nie so gut schmecken würde wie bei ihrer Mutter.

Der Wirbel hielt an, als sie sich auf den Weg zur T-Station machte, um zu Jenny zu fahren. Die Mail von Nora passte nicht zu diesem Besuch, war wie ein dunkles Tuch, das sich über das Schillern der Vorfreude auf Jenny und Will gelegt hatte. Wie gern hätte sie Nora in einen hinteren Winkel ihres Kopfes gedrängt. Aber sie ließ sich nicht verdrängen. NoooRa NoooRa wisperten zwei verliebte Teenies, die ihr in der Bahn gegenübersaßen. NoRrra, NoRrra schrie eine Krähe, die von einem Amberbaum am Straßenrand aufflog. No Ra No Ra tickte das Blindensignal der Ampel. Hoffentlich würden die Freunde nicht merken, dass sie den Boden unter den Füßen zu verlieren begann. Oder sollte sie die Chance nutzen, Jenny und Will ihre Sorgen zu erzählen? Vielleicht konnten sie ihr einen Anstoß geben. Vielleicht half gerade ihre Distanz. Lea stellte sich vor, wie sie mit den beiden zusammensaß, und ahnte, dass sie dieses Tor zu ihrer Seele nicht öffnen würde. »How was your day?« Die Frage erwartete keine Antwort.

Überrascht zwängte Lea ihren Kartoffelsalat zwischen eine Platte mit geräuchertem Fisch, die Will aus Rhode Island mitgebracht hatte, gefüllte Teigtaschen, einen Suppentopf, der nach Hammelfleisch duftete, und ein Brett mit zwei runden Broten. Sie hob den Holzstempel auf, der daneben lag, und sah Jenny fragend an.

»Damit werden in Kirgistan die Brote dekoriert. Früher hatte jede Familie ihr eigenes Muster, aber heute kann man die Stempel kaufen.«

Nachdem Lea ihr den Anstoß gegeben hatte, sprudelten die Erlebnisse ihrer Mittelasienreise aus Jenny heraus. Die Erzählungen von Pferdeherden, die über die Wiesen getrieben wurden, Wanderungen im Hochgebirge, die in einer Jurte endeten, und Verständigungsabenteuern, die ohne gemeinsame Sprache doch gelangen, entführten Lea in eine andere Welt – bis sie einen Löffel Kartoffelsalat nahm, über dem in nur für sie erkennbarer Schrift »Berlin« stand und der die Mail von Nora in ihrem Kopf wieder aufpoppen ließ.

»Du hast es ja mal wieder gut mit uns gemeint, Jenny« sagte Will und goss sich einen Whiskey »zur Verdauung« ein. »Was trinkt man eigentlich in der Steppe bei solchen Gelegenheiten? Auch Wodka wie in Russland?« Will spielte mit den roten Fransen des Tischläufers, den Jenny vom Markt in Taschkent mitgebracht hatte.

»Meistens schon, das ist wohl eins der Relikte aus der Sowjetzeit. Aber die Kirgisen sind stolz auf ihren Kognak und die Usbeken haben einen Kräuterschnaps, der jeden Magen zur Turbo-Verdauung bringt. Du kannst den mal probieren.«

Jenny holte eine Flasche aus der Bar, auf deren buntem Etikett Enzian vor verschneiten Bergen abgebildet war. Kyrillische Buchstaben. Sehnsucht nach einem Ort, an dem alles fremd war, keine Erinnerung, kein Fluch ihre Neugierde bremste, stieg in Lea auf. Und doch glitten ihre Gedanken ab, kostete es sie Mühe, Jennys Bericht zu folgen. Warum musste es sie unbedingt nach Berlin ziehen, in dieses kleine mitteleuropäische Deutschland? Warum konnte sie nicht eine Freundin im großen Kasachstan haben oder in China? Sicher hatten diese Länder auch ihre Probleme, aber sie lagen nicht unter dem Fluch von Leas Familie, der dichter gewebt war als der Läufer mit den roten Fransen. Und Frauen mit wunderschönen langen Haaren gab es dort auf jeden Fall.

»Spielst du eigentlich noch Bass?« Wills Frage holte Lea aus ihren Gedanken zurück in die Runde.

»Kaum noch. Im Sommer habe ich angefangen, einer jungen Frau Unterricht zu geben. Aber noch übe ich mit Ella Kinderlieder.«

»Vielleicht sollte ich auch bei dir Unterricht nehmen«, meinte Will. »Aber ich toure ja immer durch die Gegend und bin auch schon ein alter Kerl. Könntest du uns vielleicht etwas vorspielen?«

Diese Frage hatte Lea erwartet, als Will das Thema angerissen hatte. Er stellte sie bei jedem Treffen. Heute, wo sich in ihrem Kopf alles drehte, hätte sie gern abgelehnt.

»Ich kann etwas versuchen, aber sagt Bescheid, wenn es nervt.«

»Deine Musik und nerven? Da wärst du wohl selbst die Erste, die das merkt.«

»Na gut, wenn ihr unbedingt wollt.«

Wills Charme rührte sie. Sie griff nach dem Bass, der in Jennys Wohnzimmer in der Fensternische stand und von dem sie nicht wusste, ob Jenny ihn immer als Dekoration dort stehen hatte, wie sie behauptete, oder ob sie ihn nur hinstellte, wenn sie Lea erwartete. Vielleicht konnte sie etwas für Ella tun. Jennys Bass hatte einen guten Klang. Eigentlich war es schade, wenn er höchstens einmal im Jahr gespielt wurde.

Lea strich und zupfte den Bass, vergaß Ort und Zeit, ließ sich vom Instrument aus bekannten Anfängen zu Melodien führen, die sie selbst zuvor nicht gekannt hatte. Der letzte Ton, scharf wie der Schrei einer Möwe, hinterließ die Freunde schweigend. Lea fühlte sich leer und suchte vergebens nach einem Satz, um das Gespräch wieder in Gang zu bringen. Endlich durchbrach Will die Stille.

»Du hast heute ganz anders gespielt, als ich es in Erinnerung hatte. Brauchst du das als Gegengewicht zu den Anfängerstücken? Oder gibt es etwas, das dich so – melancholisch und wütend zugleich macht?«

So gut hatte er zugehört? So sehr hatte sich ihre Zerrissenheit in der Musik niedergeschlagen?

»Nein, ich wollte nur etwas anderes ausprobieren. Klang das seltsam?«

»Seltsam ist nicht das richtige Wort. Es war melodramatisch, als ob du von Dingen erzählen willst, die so verstörend sind, dass es dafür keine Worte gibt.«

»Manchmal ist die Welt, in der wir leben, doch sehr verstörend. Wenn ich mir vorstelle, was für Schicksale sich hinter Jennys Erzählung verbergen, kann mir schon schwindlig werden. Die Menschen dort sind gastfreundlich, aber was mache ich, wenn ich sehe, dass die Familie beim Abendbrot nicht satt wird? Oder nur die Männer satt werden und sich die Frauen mit einem Anstandsbissen begnügen müssen?« Will und Jenny folgten ihrer konstruierten Erklärung, ohne Zweifel zu zeigen. »Dabei muss ich gar nicht so weit gucken. Meine Schülerin hat kein Instrument, und selbst wenn der Vater mal ein bisschen mehr Geld nach Hause bringt, verflüssigt er es.«

»Und bist du sicher, dass er nach der Geldverflüssigung nicht Kleinholz aus einem Instrument machen würde, das bei deiner Schülerin steht?«

Jenny strich liebevoll über den Bass, ehe sie ihn wieder in die Fensternische stellte.

»Ja, das bin ich. Nicht weil ich für den Vater meine Hand ins Feuer legen würde, aber für Ella tue ich das auf jeden Fall. Natürlich weiß ich, dass du sehr an ihm hängst, aber als Leihgabe, vielleicht für ein Jahr?«

»Nimm ihn mit, was soll er hier rumstehen. Du musst ihn aber mitbringen, wenn wir uns das nächste Mal sehen. Wie wäre denn ein Treffen, ohne dass du etwas spielst?«

Lea bedankte sich und entschuldigte sich im Stillen bei Jenny, dass sie so wenig auf die Unterstützung der Freunde baute.

Am Morgen hingen dichte Wolken am Himmel, der noch nicht von der Dämmerung geweckt war. Der Regen hatte aufgehört. Eine Pfütze spiegelte das gelbe Licht der Straßenlaterne, ehe sie ein Lieferwagen spritzend zerriss. Lea schob das Fenster zu, stellte die italienische Espresso-Maschine auf den Herd und fuhr den Computer hoch. Sie klickte das Mailtool weg. Es war schon Freitag und am Dienstag musste sie Lili ihre Projektzuarbeit bringen. Was würde Professor Zarov von ihr halten, wenn sie das nicht schaffte? Sie erinnerte sich an das Gesicht ihres

Doktorvaters, als er sie gebeten hatte, sich dieses Start-ups anzunehmen, an seinen Satz »Sie haben genug verdient, jetzt helfen Sie den Jungen, auf die Füße zu kommen!«

»Gebeten« war das falsche Wort, er hatte sie angewiesen, mehr als dreißig Jahre, nachdem sie ihre Promotion abgeschlossen hatte. Er hatte ihr diese Brücke gebaut, wieder in ihrem Beruf zu arbeiten, nachdem sie den Job verloren hatte. Sie hatte sie gern betreten. Zarov. Zarov hätte sie fragen können, wie man einer Freundin im verfluchten Land hilft. Zarovs Eltern waren vor der russischen Revolution geflohen, er wusste, wie sich die Herkunft aus einem Land voller Gewalt anfühlt. Sicher, eine Revolution ist kein Völkermord, aber viel besser muss es bei Lenin und Trotzki auch nicht gewesen sein. Zarov hätte Lea fragen können. Zarov, der nie einfach abwiegelte, nie sagte: »Lass das«, sondern sie immer anhielt, etwas zu tun. »Rechne das durch.« »Geh ins Labor und probier das aus.« Hätte er auch gesagt »Fahr nach Berlin«? Sie würde es nicht herausfinden, Zarov war im vergangenen Jahr gestorben.

Auf keinen Fall hätte Zarov toleriert, wenn Lea einen Termin nicht hielt, schon gar nicht bei einer Zuarbeit für das Start-up, mit der sie für die »jungen Wilden« Vorbild sein sollte. Lea machte sich an die Arbeit und schreckte erst auf, als die Klingel anschlug und Helen vor der Tür stand.

Als sie wieder allein war, lief Lea unruhig durch die Wohnung, ohne etwas von dem, was sie anfasste, zu Ende zu bringen. Sie spürte noch Helens Haare in den Händen und wünschte, es wären Noras gewesen. Noras Haare, die die jugendliche Farbe abgelegt hatten und trotzdem glänzend und weich waren. Noras Haare. Noras Mail. Die Sätze der Mail wogten durch Leas Kopf wie das vom Herbstwind zerzauste Gras einer ungemähten Wiese, ließen sich nicht verdrängen, nicht bändigen zu einem schön geflochtenen Zopf. Zwei Tage waren vergangen, und sie hatte Nora keine Antwort geschickt, gar keine. Kein Wort des Trostes, keine Einladung und schon gar keine Ankündigung eines Besuchs. Musste Lea wirklich nach Deutschland fahren, um ihr zu helfen? Gab es in dieser großen Stadt Berlin keinen Menschen, der sich so behutsam um Noras Haare kümmern konnte, wie sie es mit Helens Haaren getan hatte? Sicher, auch hier in Boston waren wirklich lange Haare sehr selten, aber es gab sie, auch nachdem Leas Laden geschlossen war. Lea war sich sicher, hier einen Friseur zu finden, der ihr weiterhelfen würde, wenn sie in einer ähnlichen Situation wie Nora war, nicht an jeder Ecke, aber irgendwo in erreichbarer Ferne.

In diesem Land, in dem Individualität so groß geschrieben wurde, waren lange Haare kein relevantes Thema – weder im positiven noch im negativen Sinne. Würde es helfen, einen amerikanischen Friseur in Berlin zu suchen? Sie tippte Begriffe in die Suchmaschine ein und erhielt eine Reihe von Antworten, denen sie sofort ansah, dass sie unpassend waren. Nein, eine Hilfe in Berlin würde Nora leichter finden als sie, die sie die Stadt nicht kannte. Es wäre eine Anmaßung, Nora so zu antworten, als hätte sie etwas übersehen, was Lea von Amerika aus finden konnte. Wieder war sie am gleichen Punkt.

In dieser endlosen Gedankenschleife hätte Lea fast die Zeit versäumt, ihr Auto von der Werkstatt zu holen. Schnell nahm sie ein Stück Käse und einen Apfel aus dem Kühlschrank, ging zum Bus und aß unterwegs wie in Studententagen, wenn ihr eine Erledigung zwischen den Vorlesungen wichtiger war als die Mensa. Die Werkstatt schloss um fünf Uhr und sie musste den Berufsverkehr einplanen. Wie sollte sie morgen ohne Auto in die Blue Hills kommen? Wieder fing es an zu nieseln, der Bus quälte sich von Haltestelle zu Haltestelle und doch konnte sie mit ihrem »jungfräulich« aussehenden Auto die Werkstatt früher verlassen, als sie gedacht hatte.

Sie machte einen Abstecher zum Piers Park, von dem aus sie den inneren Hafen überblicken konnte. Er war Bostons Tor zum Meer mit seiner scheinbaren Unendlichkeit. Vielleicht würde der Wind mit dem Regen die passende Antwort an Nora über den Atlantik blasen. Träge stand das Wasser zwischen den alten Piers. Jeder Regentropfen hinterließ kleine Wellenkreise, die sich ausbreiteten und ineinander schwammen. Lea sah zum Kreuzfahrtterminal hinüber. Jetzt im November war es verwaist. Die Geschäftigkeit, mit der das riesige Containerschiff am Kai gegenüber entladen wurde, ließ die Leere am Terminal gespenstisch wirken. Ab Ostern würde auch dort wieder Leben einziehen, würden Touristen in bunten Kleidern morgens in die Stadt ausschwärmen und am Abend erlebnissatt und mit vollen Taschen zu den Schiffen zurückkehren. Lea schüttelte der Gedanke, mit solch einem schwimmenden Hotel von Stadt zu Stadt zu reisen und vorgegebene Programme zu absolvieren. Aber einmal wollte sie eine Schiffsreise machen – mit einem Frachtschiff oder mit einem Linienschiff, das im Sommer die Küste von Neuengland befuhr. Wenn sie dann hier ausstieg, konnte sie vielleicht ein Gefühl dafür bekommen, wie ihre Familie diesen Kontinent erreicht hatte, wie das feste Land Hoffnung bedeutete, Sicherheit, Rettung. Eine Vergnügungsfahrt im einundzwanzigsten Jahrhundert – es war illusorisch, damit die Mischung aus Angst und Erwartung nachempfinden zu können, von der Alma im ersten Brief an Lea Bloch schrieb. Wie jetzt war es November, als das Flüchtlingsschiff in den Hafen einlief. Die erschöpften, neugierigen Menschen drängten sich an der Reling, wollten sehen, was für ein Land sie erwartete. Das Land erwartete sie nicht, akzeptierte sie bestenfalls. Ihre Fremdheit würde Lea, wenn sie mit amerikanischem Pass durch das Terminal ging, nicht empfinden können.

Die Fremden, die damals gekommen waren, waren nicht so einsam, wie Lea sich jetzt fühlte. Sie konnte den Gedanken nicht abschütteln, so ungerecht er war. Alle hatten sie geliebte Menschen im verfluchten Land zurücklassen müssen. Aber sie konnten darüber reden, weil es einer der Fäden war, die sie verbanden. Es verband sie auch die Neugier auf das große unbekannte Land, das nun zum Greifen nah war. Es verband sie die Unsicherheit, wie sie dort leben würden. In Leas Kopf klang das Surren von Befürchtungen und Hoffnungen auf dem Flüchtlingsschiff, das Alma in ihren Briefen eingefangen hatte. Die Flucht aus Deutschland schuf eine Schicksalsgemeinschaft, in der sich Freunde fanden. Auch die Liebe, wie bei Alma und Karl. Die erste Generation der Immigranten war ein Kreis, der sich durch seine Erlebnisse, Erinnerungen und Ängste von anderen abgrenzte – ungewollt und doch scharf. Dieser Kreis bot Geborgenheit über die Familie hinaus, er verband die alte mit der neuen Heimat. Von New York aus verteilten sich die Immigranten im Land, die meisten blieben aber in Neu-England. Lea war froh, dass ihre Familie in Boston hatte Fuß fassen können, sie mochte sich nicht vorstellen, anderswo zu Hause zu sein. Sie wollte die Zeit nicht missen, die sie in der Migrantengemeinde hier verbracht hatte, deren Synagoge ein »Bet haKnesset«, ein Haus der Versammlung, mehr denn ein Bethaus war. Es war ein Haus, das für Lea nach Staub und alten Leuten roch. Ein Haus, das sie nur noch selten betrat und das doch zu ihrem Leben gehörte.

Die Sonne war hinter der Stadt versunken und hatte die Farbe des Wassers mitgenommen. Lea wandte sich ab vom Grau des Hafenbeckens, von den dunklen Schemen von Kai, Schiffen und Containern. Heute war der zehnte Todestag ihrer Mutter und sie würde in die Synagoge fahren, um Kaddisch zu sagen: für die Mutter und für Lea Bloch. Kaddisch für die Patentante, die von Deutschland gefressen worden war, deren Tod ihr verbot, das Land zu betreten. Andererseits konnte am ehesten jemand aus diesem Kreis nachvollziehen, was sie zerriss. Dafür, wie man mit einer Liebe aus dem verfluchten Land umging, war es nicht wichtig, wie man diese Liebe gefunden hatte. Sie musste nicht über Nora reden. Es ging um die Qualen der Ermordeten, um das Vermächtnis der Eltern und Großeltern, um das Land der Mörder, wie es heute war. Vielleicht fand sie jemanden, der ihre Gedanken, die sich immer nur im Kreis drehten, auf neue Bahnen brachte.

Der Verkehr war noch immer zäh und trotzdem kam Lea sehr zeitig in das ruhige Viertel im Norden Newtons, in dem ein Wohnhaus zur Synagoge »Bet Or« umgebaut worden war. Von der hellblauen Fassade grüßten vergilbte Flecken wie alte Bekannte. Der große Kronleuchter im Vorraum zeichnete schillernde Muster auf die Wände und versuchte, dem Namen »Haus des Lichts« Rechnung zu tragen, obwohl zwei der Glühbirnen ausgefallen waren. Für einen Augenblick gab Lea sich der Mischung aus Ehrfurcht und Geborgenheit hin, die die tanzenden Lichtpunkte und das gedrechselte Geländer der breiten Treppe in ihr auslösten, seit sie Kind war und der wachsende Wohlstand der Gemeinde sich auch in der Gestaltung des Hauses niedergeschlagen hatte.

Herr Lewinson, der die Gemeindekasse führte, begrüßte Lea, kaum dass sie durch die Tür getreten war, und nahm ihr die Jacke ab. Bei jedem anderen hätte sie sich das verbeten, aber dem charmanten alten Herrn, der so selten Gelegenheit hatte, seine gepflegten Manieren zur Geltung zu bringen, wollte sie diese Freude nicht ausschlagen. Im Gegenzug übergab sie ihm ihre Spende, die sie wie in jedem Jahr zur Jahrzeit ihrer Mutter an die Gemeinte machte. Trotz aller Höflichkeit konnte Lewinson nicht verbergen, dass er das Geld erwartet und auch schon für Reparaturarbeiten am Vorlesepult verplant hatte. Er wusste am besten, dass die Zeiten von Stolz und Großzügigkeit in der Gemeinde vorbei waren.

Er hatte es schon gewusst, als Leas Mutter noch lebte. Mit einem lachenden und einem weinenden Auge hatte sie gesehen, wie der damals noch rüstige ältere Herr ihre Mutter untergehakt hatte und mit ihr langsam, Stufe für Stufe, die Treppe hinaufgeschritten war, Würde ausstrahlend, die auch die Mutter aufzubauen schien. Schon damals hatte er darüber nachgedacht, den alten Betern mit einem Fahrstuhl den Zugang zum Synagogenraum zu erleichtern. Schon damals war es am Geld gescheitert, auch wenn die Mutter betonte, dass dieses Heraufschreiten zum Betraum ein Ritual war, dass sie in die richtige

Stimmung für den Gottesdienst brachte. Lewinson hatte auf Meir Junior gehofft, hatte auch schon mit ihm über den Fahrstuhl gesprochen. Jetzt hatte er keine Idee mehr, wie er das Projekt finanzieren könnte. Lewinson, der inzwischen wohl selbst gern einen Fahrstuhl benutzen würde, tat Lea leid. Sie müsste versuchen, eine Geldquelle zu finden, am besten eine große, die sowohl für die Gemeinde als auch für das Windrad reichte. Eine wie Meir Junior, nur nicht insolvent. Ihr fiel nichts ein, aber das traute sie sich Lewinson nicht zu sagen.

Vertieft in Gedanken über fehlendes Geld wäre Lea auf der Treppe fast über Inge gestolpert. Sie hatte die Freundin ihrer Mutter lange nicht mehr gesehen und musste den Schrecken darüber verbergen, wie mühsam sie sich die Stufen hinauf quälte. Die Frau, die früher größer war als Lea, zog sich am Geländer nach oben, als müsse sie gegen eine Last angehen, die sie niederdrückte. Die gekrümmten Schultern machten es ihr schwer, den Kopf aufzurichten. Trotzdem lächelte sie Lea an und versuchte eine Umarmung.

Lea hätte Inge besuchen sollen, sie wusste, dass die alte Frau keine Kinder hatte. Sie wusste auch, dass es eine Herausforderung war, Inges langen Monologen zuzuhören. Wenn sie Inge in der Synagoge begegnete, schämte sie sich und schaffte dann doch nicht, sich die Zeit für einen Besuch zu nehmen. Heute war Inge extra wegen Almas Jahrzeit in die Synagoge gekommen und Lea war ihr dankbar.

Nach dem Gottesdienst bot Lea Inge den Arm, half ihr die Treppe hinunter und begleitete sie in den Kidduschraum. Sie war seit Jahren nicht mehr hier gewesen – bei ihren letzten Besuchen war sie nach dem Gottesdienst nach Hause gegangen, hatte ihre Pflicht gegenüber Alma und Lea erfüllt und wenig Lust auf die Geschichten der alten Leute. Heute hätte sie sich gern eingeredet, dass sie blieb, um sich endlich ein bisschen Zeit für Inge zu nehmen. Aber das war nicht der Grund. Der Grund war Nora, die wie ein Schatten neben ihr ging, sich mit ihren Augen umsah. Der letzte Anstrich lag schon lange zurück, das Weiß der Wände war grau geworden. An einer Stelle zwischen den Fenstern, an der einmal ein Bild gehangen hatte, war ein helles Rechteck geblieben, in dem ein Nagel steckte. Über der Tür zur Küche baumelte eine Kette aus verblichenen Papier-Granatäpfeln – wohl ein Überbleibsel von Sukkot, aber nicht aus diesem Jahr. Die regelmäßigen Beter schienen sich über das Aussehen ihrer Räume wenig Gedanken zu machen. Sie waren zusammen mit der Farbe an den Wänden alt geworden. Würde Nora sich an der Schäbigkeit stören, wenn sie Lea in die Synagoge begleiten würde? Lea nahm sich vor, im nächsten Jahr statt der üblichen Spende einen Mahler zu bezahlen, der dem Raum ein freundlicheres Gesicht gab.

An einem der langen Tische, die mit Schabbatbrot, Wein und ein paar Häppchen gedeckt waren, fand Inge einen Platz, an dem sie die Beine ausstrecken konnte. Lea setzte sich ihr gegenüber. Kutzki, der Vorbeter, sprach den Segen. Er war nicht viel jünger als Inge, psalmodierte in einem aschkenasischen Dialekt, den außerhalb dieser Synagoge wohl niemand verstand, und war doch der Kern, um den sich die Gemeinde sammelte. Was würde werden, wenn ihn die Kraft verließ?

Inge bestritt die Unterhaltung bei Tisch fast allein, gerade mal ein »Hm« oder »Ja« konnte Lea einstreuen. Sie wusste nicht, wie sie Inges Redefluss von den Erinnerungen an Alma ablenken sollte, wagte aber einen letzten Anlauf.

»Hast du jemals darüber nachgedacht, Deutschland zu besuchen, um die Häuser und Straßen noch einmal zu sehen, in denen du als Kind gespielt hast? Bei meiner Mutter hatte ich manchmal das Gefühl, dass sie sich danach zurücksehnte.«

Lea sah zu dem leeren Nagel an der Wand und glaubte nicht, was sie da gesagt hatte.

»Meinst du? Das kann ich mir bei ihr nicht vorstellen. Und ich hätte mir das nie angetan.

Die Häuser und Straßen, von denen du redest, kann man nicht mehr finden. Sie sind verseucht, vergiftet, zerstört. Wenn ich sie mir noch einmal ansehen müsste, würde ich blind werden. Die meisten sind aber zerbombt und abgerissen. Es wurde etwas Neues hingebaut. Mit mir hat das nichts mehr zu tun. Es ist mir unheimlich und es interessiert mich nicht.«

Inge fuhr sich mit den Händen über die Augen, als wollte sie die Bilder wegwischen, die aus der Erinnerung kamen und sie bedrängten. War es eine Zumutung, dass Lea sie danach gefragt hatte? War das die Antwort, die sie gesucht hatte?

»Ich frage mich, wie Leute dort leben können, in den Straßen, in denen das Blut geflossen ist. Wie sie dort Kinder zeugen und großziehen können, was das für Erwachsene sind, die in diesen Straßen gezeugt und großgezogen wurden. Ich kenne sie nicht, aber ich habe Angst vor ihnen.«

Angst. Dieses Wort passte gar nicht zu Inge, so wenig, wie es zu ihrer Mutter gepasst hatte. Aber das Reden über Deutschland schien Inge noch mehr zusammenzudrücken. Vielleicht musste man ein anderes Wort finden, das diese Last beschrieb.

»Manchmal sehe ich mir deutsches Fernsehen an. Alles normal, Erfolge, manchmal scheint sogar Vernunft durch. Wenn ich die alten Bil-

191

der wegschieben könnte, würde mir manches dort gefallen. Vielleicht. Aber ich kann die Bilder nicht loswerden, und ich komme gut ohne dieses Land aus. Es ist eben verflucht, hat sich selbst verflucht.«

Die alte Frau schien ihre ganze Kraft in diesen letzten Satz gesteckt zu haben. Eine Müdigkeit, die über den Tag hinaus wies, machte sich auf ihrem Gesicht breit. Aber Lea hatte auch die Sätze davor gehört. Die Sätze, die von diesem letzten Satz verdeckt werden sollten. Sie wollte noch nicht aufgeben.

»Der Fluch hat einen langen Atem. Der Spuk ist seit über siebzig Jahren vorbei, aber der Fluch wirkt noch immer – auf die Geflohenen, ihre Kinder und Kindeskinder. Kennst du jemanden, der noch einmal hingefahren ist?«

»Der Spuk ist nicht vorbei.« Inge versuchte, sich aufrechter hinzusetzen. »Ich sage ja, manchmal gucke ich deutsches Fernsehen, jetzt nur noch selten, aber nach dem Krieg habe ich das fast jeden Tag gemacht. Ich habe gesehen, wie viele der Richter, Lehrer und Beamte, die vorher in diesem Land gespukt haben, im sogenannten »neuen« Deutschland gleich wieder Arbeit gefunden haben. Da war der Stuhl, auf den sie sich gesetzt haben, noch warm von ihrem eigenen Hintern. Irgendwann sind sie in Ehren pensioniert worden und ihre Nachkommen sind nicht besser.«

War das so? Musste sich Lea mit dem Nachkriegsdeutschland beschäftigen, um das Deutschland von heute zu verstehen? Mit den spukenden Beamten von damals, um zu erkennen, wie Nora dachte? Inge hatte keinen Zweifel.

»Erst letzte Woche war da wieder ein Bericht, wie die Juden in Berlin leben: Polizei vor Synagogen und Schulen und trotzdem werden immer wieder welche verprügelt. Nein, bis diese braune Brühe weggewaschen ist, muss noch viel Wasser die Spree runterfließen.«

»Aber niemand, den du kennst, ist wieder hingefahren?«

»Am Anfang gab es einige Familien, die zurückgegangen sind. Sie hatten sich hier nicht einfinden können und hatten gehofft, mit den versprochenen Renten dort glücklicher leben zu können als hier. Ich weiß nicht, ob sie es geschafft haben. Bei mir hat sich niemand von ihnen gemeldet, kein Brief, kein Anruf. Deine Eltern haben sich hier gut eingelebt. Sie hatten es nicht nötig zurückzugehen. Ich hatte es auch nicht nötig. Aus Neugierde sind nur Amerikaner gereist, solche, die nicht dort geboren sind. Sie haben das Gefühl für den Fluch nicht in den Knochen. Ich weiß nicht, was ich von dem, was sie erzählen, halten soll. Es ähnelt dem, was man im Fernsehen sieht.«

Lea war eine »nicht dort geborene Amerikanerin«. Auch sie hatte den Fluch nicht in den

Knochen gehabt – bis sie die Briefe ihrer Mutter gelesen hatte, bis sie das Vermächtnis übernommen hatte, das Andenken an Lea Bloch zu bewahren. Mit dem Fluch in den Knochen konnte man nicht nach Deutschland fahren. War das das letzte Wort? Die Runde löste sich langsam auf und Lea bot Inge an, sie nach Hause zu bringen.

Als sie wieder in ihrem Wohnzimmer saß, fühlte sie sich hoffnungsloser als zuvor. Es war, als hätte sie aus einem Lostopf fünf Lose gezogen und die dritte Niete geöffnet: Die Erwartung eines Glücksgriffs wich langsam der Erkenntnis, dass es kaum eine Chance auf einen Gewinn gab.

Am nächsten Morgen, als Lea zu den Blue Hills aufbrach, dämmerte es gerade erst. Der Verkehr war kaum geringer als in der Woche. Alle schienen etwas zu tun zu haben, wer nicht arbeiten musste, fuhr zum Einkaufen. LKWs belieferten Geschäfte, Regenflüchtige machten sich für das Wochenende in den trockenen Süden auf. Lea nahm den Umweg über den Highway in Kauf, der sich wie ein Ring um die äußeren Ortschaften der Bostoner Agglomeration legte und sie im Süden genau in die Blue Hills brachte.

Sie fror, obwohl die Autoheizung lief. Die Kälte, die sich in ihr festgesetzt hatte, seit sie um eine

Antwort an Nora kämpfte, ließ sich davon nicht vertreiben. Auch das blaue Baumwolltuch von ihrer Mutter, dass sie sich wieder um den Hals geschlungen hatte, kam dagegen nicht an. Das Tuch, in dem Lea noch immer den Duft des indischen Ladens zu riechen meinte, in den die Mutter so dringend mit ihr hatte gehen wollen. Das Tuch, das Lea dort sofort aufgefallen war – blau wie das Meer mit einem Batik-Muster, das an Wellen erinnerte, und einer Reihe kleiner Elefanten, die es in einer endlosen Karawane umrundeten. Die Mutter hatte es ihr umgelegt mit ihren altersfleckigen Händen, die nur noch aus Haut und Knochen bestanden, und lächelnd gesagt »Damit du nie mehr frieren musst.« Wann immer sie sich nach der Wärme ihrer Mutter gesehnt hatte, hatte sie sich das Tuch umgeschlungen, sodass es inzwischen ausgeblichen und mürbe war. Immer hatte es sie gewärmt. Nur jetzt, wo das Andenken an die Mutter ihr den Weg zu Nora versperrte, half auch das Tuch nicht.

Der große Parkplatz neben der Bushaltestelle war leer. Mühsam kroch das Tageslicht durch die Wolkenberge, die sich auf dem Wald gelagert hatten, als wollten sie dort Winterschlaf halten. Lea ging ein paar Schritte – vielleicht waren Enten auf dem Teich, die ihr beim Warten Gesellschaft leisteten? Aber die Vögel schienen noch zu schlafen, Eichen und Pinien verbanden sich zu einem großen Versteck, dessen Geheimnisse Lea in all den Jahren noch nicht ganz ergründet hatte. Nach ein paar Schritten griffen wilde Rosen nach ihrer Jacke und der feuchte Boden schmatze unter ihren Schritten. Sie wandte sich zurück zur Straße.

Würde es Nora gefallen, durch den Wald zu laufen, nach Streifenhörnchen Ausschau zu halten und Geländer zu reparieren? Könnte sie sich für das kleine Windrad begeistern, die Mischung aus Miniatur und Improvisation, das die neue Technik greifbar machen würde? Oder war sie wie Leas Mutter so tief in ihrer literarischen Parallelwelt versunken, dass sie die Natur nur als Objekt von außen betrachtete, ohne sich mit ihr verbunden zu fühlen? Zumindest schrieb sie so liebevoll über ihren kleinen Garten mit dem Apfelbaum, dass der nahende Klimakollaps ihr nicht ganz egal sein konnte. Sie würde sich von den Blue Hills, von Leas Projekt begeistern lassen, wenn sie kommt. Wenn sie kommt. Also nicht jetzt. Nicht jetzt, wo sie Hilfe brauchte. Wo Lea zu ihr kommen müsste.

»Hi Lea!« Erschrocken fuhr Lea herum. Ken hatte gleich mit der Begrüßung nach dem Tuchzipfel gegriffen, der ihr über den Rücken hing und erwürgte sie fast. Als sie gegenhielt, hörte sie den Ratsch und Ken fiel mit einem kleinen Zipfel blauen Stoffs in der Hand fast hintüber. Lea steckte das ausgerissene Ende des Tuchs vorsichtig unter ihre Jacke.

»Entschuldige bitte, Lea, das tut mir so leid.« Ella hatte Ken an der Kapuze gegriffen und sah hilflos zu Lea. »Er ist gleich losgestürmt, als er dich gesehen hat.«

»Schon gut. Schön, dass ihr da seid. Ich hatte den Bus gar nicht kommen gehört.«

»Dabei hat er den Berg hoch geschnauft wie ein Nashorn. Schnauft dein Auto auch so?«

Lea musste lachen. »Hast du kleiner Kerl denn schon einmal ein Nashorn schnaufen gehört?«

»Ja, im Sommer war Ella mit mir im Zoo. Sie hat extra länger gearbeitet, um das Geld dafür zusammenzukriegen.« Stolz schaute er seine große Schwester an, die ihn inzwischen losgelassen hatte und beschämt auf den blauen Tuchzipfel sah, den sie ihm abgenommen hatte.

»Kann man den wieder annähen?«

»Das vielleicht nicht, aber ich säume das Tuch neu und dann fällt die abgerissene Ecke nicht auf. Ich habe es doch immer wild um den Hals gewuschelt. Steigt mal ein, ihr zwei beiden, damit wir rechtzeitig vor den ersten Besuchern an der Station sind.«

Wenn denn Besucher kamen. Lea sah noch einmal nach den Wolken, die über Boston offenbar schon feuchte Last abwarfen. Ab Oktober war die Ökostation nur noch samstags und sonntags geöffnet und Anfang November kamen höchstens einzelne Besucher vorbei. Eigentlich war Lea nicht böse, wenn sie bei den Reparaturarbeiten nicht von Besuchern gestört wurden. Aber für Perry zählten Besucherzahlen. Elton und sie würden nicht mehr lange durchsetzen können, dass die Station außerhalb der Saison betrieben wurde. Wie sollten Sie dann Projekte wie das Demonstrationswindrad fertig bekommen? Sie sah zu Ella, die mit Ken Fingerhakeln machte. Vielleicht, wenn Ella ihre Finger zwischendurch frei bekam, konnten sie heute die letzten Teile der Steuerung einbauen und einen Probelauf machen. Der Wind war günstig – kräftig, aber nicht zu stark.

Kaum dass Lea das Auto auf dem Parkplatz vor der Station abgestellt hatte, sprang Ken heraus, wirbelte um die Ecke des Ausstellungsgebäudes – und war gleich wieder bei ihr.

»Lea!« Er blinzelte nervös »Jemand hat das Windrad umgeschmissen.«

»Was, das Windrad umgeschmissen? Das kann nicht sein, das ist doch in der Erde verankert. Steht wie eine deutsche Eiche, hat Robert gesagt.«

»Doch, komm mit! Ich war es nicht!«

»Nein du kleiner Wirbelwind, das würdest du nicht schaffen.«

Als sie die Ecke des Gebäudes erreicht hatten, sah Lea die Katastrophe. Ihr Windrad-Modell, nur drei Meter hoch, aber voll funktionstüchtig, in wochenlanger Handarbeit von ihr und den Jugendlichen gebaut, hing schräg über dem Boden wie Schilf im Dezembersturm. Offenbar war jemand mit einem größeren Fahrzeug auf das Gelände gefahren und hatte das Windrad angefahren. Ein Unfall konnte das nicht sein. Wenn der Fahrer sein Fahrzeug nicht beherrscht hätte, wäre er an der Hausecke gescheitert und hätte auf der Hangseite nicht genau das freistehende Windrad getroffen.

»Schweine die!« Lea musste mit den Tränen kämpfen, die sie beim Zerreißen des Tuches gerade noch hatte unterdrücken können. Sie legte Ella, die konsterniert das Windrad ansah, ohne etwas zu sagen, die Hand auf die Schulter.

»Vielleicht dreht es sich ja noch.« Ken rannte los.

»Halt, fass nichts an, ehe sich Lea das angesehen hat!«

Lea bewunderte die Geschicklichkeit, mit der Ella ihn wieder zu fassen bekam. Hoffentlich schafft sie es, ihn an Dummheiten zu hindern. Lea hatte das Gefühl, dass ihr alles über den Kopf wuchs: der kalte Regen, der wirblige Ken und nun auch noch der Anschlag auf das Windrad. Wer konnte wissen, wie die Gondel, das Herzstück der Anlage, aussah. Warum hatte sie das Angebot von Elton, ihren Dienst heute zu übernehmen, nicht akzeptiert? Sie wünschte sich, auf der Couch zu sitzen und Bass zu spielen.

Ella und Ken standen schon an der Gondel, als Lea sich wieder beherrscht hatte und dazutrat, um den Schaden zu untersuchen. Ihre schlimmsten Befürchtungen bestätigten sich. Jemand hatte mit einem Hammer oder einer Stange das Gehäuse zerschlagen. Die Leitungen waren zerrissen. Vielleicht, wenn sie sehr viel Glück hatten, funktionierte der Generator noch. Die Randalierer schienen von der Technik wenig Ahnung gehabt und nur draufgehauen zu haben. Schlimm genug war das Ergebnis. Auch eins der Rotorblätter war angebrochen.

»Meinst du, dass das Absicht war?« Ella hatte Ken die Kletterspinne schmackhaft machen können und war wieder zu Lea gekommen. »Wer macht denn so was? Wen stört, dass wir hier ein Windrad bauen?«

»Wen wohl. Du kennst doch die Briefe der Leute aus Greenholm, die uns dafür verantwortlich machen, dass ihr Blick über die Felder mit Windrädern verschandelt worden ist, wie sie sich ausdrücken. Nur weil wir mal eine Info-

Veranstaltung gemacht haben, um ihnen zu erklären, dass das keine Monster sind, sondern eine Art Lebensversicherung für ihre Kinder. Dass der Highway ausgebaut wurde, stört sie nicht, aber die Aussicht auf Windräder.«

»Und du meinst, dass die mit ihren dicken Autos herkommen, um unser Windrad zu zerhauen?«

»Oder sie bezahlen jemanden dafür, dass er die Drecksarbeit macht, und wenn der doch auffliegt, haben sie nichts damit zu tun. Ich werde trotzdem die Polizei rufen. Vielleicht kann Elton ja mit seinen Zeitungs-Kontakten dafür sorgen, dass jemand darüber schreibt.«

»Wer liest denn Zeitung? Ich poste das mal in Twitter und stelle ein Foto in Insta.« Zum ersten Mal an diesem Morgen lächelte Lea. Wie gut, dass sie die Jugendlichen in ihrer Gruppe hatten.

»Perfekt, aber erwähne nicht Greenholm.«

»Warum nicht?«

»Das ist ein unbewiesener Verdacht. Wenn wir den verbreiten, drehen sie uns daraus einen Strick und nicht umgekehrt.«

Ein Schrei zerriss den letzten Satz. Ella stürzte zur Kletterspinne, an der sich eine Verankerung gelöst hatte, sodass Ken oben im schwankenden Netz hing. Lea atmete auf, ihm war nichts passiert und mit Ellas Hilfe kletterte er wohlbehalten herunter. Kaum hatte er wieder festen Boden unter den Füßen, rannte er wieder zum Windrad.

»Nicht anfassen, bitte!« Lea sah Ella hinter ihm her hechten. Wenn es so weiterging, würde noch ein Unglück geschehen, bei dem am Ende nicht nur die Ökostation, sondern auch der Junge Schaden nahm. Sie musste in Ruhe herausfinden, warum sich die Verankerung der Spinne gelöst hatte. Sie musste kontrollieren, ob es noch weitere Schäden in der Station gab. Sie musste die Polizei rufen.

»Ella!« Lea ging zu den Geschwistern, die gerade begonnen hatten, ihre Picknicktasche zu plündern. »Gibt es irgendetwas, das du mit Ken in der Stadt unternehmen könntest? Wollt ihr zum Hafen fahren und ins Aquarium gehen?«

»Ins Aquarium?« Kens Augen leuchteten. »Gibt es da auch Haie?«

»Warum? Wir wollten hier arbeiten.« Ella ignorierte Kens Begeisterung. »Und nach diesem Vandalismus ist mehr zu tun, als wir dachten. Wir bauen doch das Windrad wieder auf, oder?« Der Nachdruck, mit dem Ella das mehr sagte als fragte, tat Lea gut.

»Natürlich bauen wir es wieder auf, aber nicht heute. Ich fürchte, dass heute vor allem langweilige Sachen anstehen, die man allein genauso gut machen kann wie zu dritt. Auf die Polizei zu warten, ohne die Sachen anzufassen, an die man wieder in Ordnung bringen möchte, kann ganz schön nervig sein.«

»Ella, ich war noch nie im Aquarium. Da soll es riesige Rochen geben und irgendwas mit Öko auch.« Der kleine Mann war nicht dumm. Wenn man es schaffen könnte, dass er seine Pfiffigkeit einsetzen kann, um etwas aus seinem Leben zu machen und nicht nur seine Schwester zu manipulieren, wäre das toll. Lea verkniff sich ein Seufzen.

»Du kleine Nervensäge«, bremste Ella ihn. »willst du von hier aus dahin laufen? Außerdem kostet das Aquarium Eintritt und deine Sparbüchse ist meines Wissens leer.«

»Lass mal, ich lade euch ein und bringe euch nach Quinchy zur T. Die braucht zwar ihre Zeit, aber der Tag ist ja noch lang.«

»Ich kann dich doch hier nicht allein lassen. Ich habe Dienst, und da einfach abzuhauen, ist echt unfair. Wir finden schon eine andere Gelegenheit, um ins Aquarium zu gehen. Das könnte ich dir doch zu Weihnachten schenken.« Ken schien zu wissen, dass der Blick, den Ella ihm dabei zuwarf, keinen Widerspruch duldete, und wandte sich wieder der Picknicktasche zu.

»Ella, es ist so lieb, dass du mich nicht allein lassen willst. Aber du siehst ja, wie wenig man hier gerade tun kann. Und du hattest Ken versprochen, einen tollen Tag mit ihm zu verbringen, also mach das auch. Ich komme klar.« Lea legte Ella die Hand auf die Schulter und schob sie sanft in Richtung Auto. Diesmal musste sie sich nicht sorgen, dass Ken ihnen folgte.

Die erleuchteten Fenster der Häuser, an denen Lea auf dem Rückweg vorbeifuhr, schienen Geborgenheit zu versprechen. Geborgenheit, die nicht für sie bestimmt war. Was für eine traurige Bilanz hatte sie vorzuweisen: das kaputte Windrad, mehrere mit einem Stemmeisen gelöste Verankerungen auf dem Kinderspielplatz, eine Polizeistreife, die zwar die Anzeige aufgenommen hatte, aber nicht so wirkte, als wäre sie daran interessiert, die Verantwortlichen zu finden, ein verregneter Tag ohne Besucher. Ella war enttäuscht, dass sie sie weggeschickt hatte, sie hatte keine Nachricht geschickt, obwohl Lea sie darum gebeten hatte. Lea hielt an und schrieb eine WhatsApp. Nicht auszudenken, wenn ihr Vorschlag mit dem Aquarium danebengegangen und den beiden etwas passiert war. Sie hatte sich vor der Verantwortung gedrückt, hatte versucht, sich mit Geld auszulösen.

Zu Hause sah die Bilanz nicht besser aus. Sie war länger unterwegs gewesen, als geplant, Perry war am Telefon aufgebracht, als ob sie Schuld am kaputten Windrad hätte, und Elton ließ sich nur schwer überreden, sich am Dienstagnachmittag Zeit für eine Krisensitzung freizumachen. Um am Projekt für Lili weiterzuarbeiten, würde sie auch nach einer kräftigen Tasse Kaffee nicht mehr die nötige Konzentration finden.

Und sie hatte keine Idee, was sie an Nora schreiben sollte. Dabei war es, als ob eine Zeitbombe tickte. Drei Tage ohne Antwort. Was machte Nora inzwischen? Hatte sie doch noch Unterstützung gefunden, oder hatte sie ihre langen Haare aufgegeben? Wartete sie noch auf eine Antwort, oder hatte sie Lea aufgegeben? Lea musste antworten. Irgendwie. Durfte nicht den Eindruck erwecken, als hätte sie Nora aufgegeben.

Sie sollte Nora einfach einladen. Sollte der Einladung Nachdruck verleihen, indem sie das Flugticket mitschickte. Würde nicht der Unterschied zwischen Berlin, Boston und Florida verschwinden, wenn sie zusammen waren, wenn sie merkten, dass sie sich wirklich brauchten? Dass sie sich liebten? Dass sie sich liebten.

Vielleicht sollte sie sich Nora so erklären, wie Nora sich ihr erklärt hatte, sollte schreiben, was sie mit Nora verband und auch, was ihr im Wege stand. Sie würde schreiben, dass sie lange nicht auf die Idee gekommen war, dass sie eine Frau lieben könnte. Wie ihre beiden Versuche, eine Beziehung zu einem Mann aufzubauen, gescheitert waren. Dass sie nicht sagen konnte, was sie von Matthew weggetrieben hatte, als sie merkte, dass sie es nicht länger bei ihm aushielt. Dass sie bei Stephe froh war, als er ihr gestand, sich in eine andere Frau verliebt zu haben. Sie könnte schreiben, dass sie sich mit der Ladeneröffnung endlich eingestanden hatte, dass sie eine Partnerin suchte und keinen Partner. Hatte Nora das aus ihren Sätzen herausgehört, damals vor vier Jahren? Was hatte sie ihr in dieser Stunde eigentlich erzählt? Lea konnte sich kaum erinnern. Ihr war das Gefühl geblieben, dass sie ihr Innerstes nach außen gekehrt hatte, aber hatte sie das dieser unbekannten Frau gegenüber wirklich so klar getan? Schaden würde es nicht, wenn sie in diesem Brief etwas schrieb, was Nora schon wusste. Für all das würde sie Worte finden. Aber sie musste auch schreiben, wie es ihr danach erging. Dass sie den Laden nach Noras Besuch nicht geschlossen hatte, weil ihr die Arbeit im Verein und die Unterstützung des Start-ups nicht mehr genug Zeit ließen, sondern weil er seine Aufgabe erfüllt hatte. Er hatte sie auf eine Art erfüllt, die sie an das Märchen von der Fischerstochter erinnerte, das ihre Mutter ihr erzählt hatte: nicht bekleidet und nicht unbekleidet, nicht mit Geschenk und nicht ohne Geschenk ... Der Laden hatte ihr Nora beschert, eine Frau, die zu ihr passte, zu der sie sich hingezogen fühlte und deren Zuneigung sie spürte. Eine unerreichbare Frau, die aus dem verfluchten Land kam. Das konnte sie Nora nicht schreiben. Sie wusste nicht, wie. Sie war zu feige, Nora gegenüber auszusprechen, dass auf Deutschland ein Fluch lag, für sie selbst, nicht nur für ihre Familie. Dass sie sich fürchtete, dieses Land zu betreten. Aber ohne diesen Schluss wäre die Erklärung keine Erklärung.

Die Feigheit brannte sie, Feigheit auf Noras Kosten. Endlich war die Liebe da, auf die sie so lange gewartet hatte, und sie – ließ Nora hängen. Nicht nur, dass sie nicht zu ihr fuhr, sie antwortete nicht einmal auf ihre Mail.

Auch der Bass konnte Lea an diesem Tag nicht helfen. Sie spielte lange, ohne sich dabei entspannen zu können. Die Schlinge, in der sie gefangen war, legte sich auf ihre Musik. Alle Versuche, klaren Melodien zu folgen, bekannte Stücke oder Lieder aufzunehmen, schlugen fehl. Es blieben traurige, manchmal schrill verzweifelte Klänge, die sich im Kreise drehten.

Am nächsten Morgen hatte sich Lea vorgenommen, Ken auf keinen Fall wieder wegzuschicken, sich irgendetwas einfallen zu lassen, wie sie ihn in die Arbeit einbinden konnte. Aber Ella stieg allein aus dem Bus.

»Wo ist Ken?«

»Er will zu einem Schulfreund. Wenn es dessen Mutter erlaubt.«

Und wenn nicht? Lea wagte die Frage nicht auszusprechen. Sie kannte die Antwort. Und sie wusste, was es für Ken bedeutete, den Tag allein mit seinem Vater zu verbringen, ohne dass Ella einschreiten konnte, wenn der Vater die Kontrolle verlor. Schweigend fuhr sie mit Ella zur Station.

Die Demontage der Gondel ging ihnen zügig von der Hand, obwohl die Finger klamm waren. Es hatte aufgehört zu regnen, die Sonne fand ein paar Wolkenlöcher, wärmte ihnen den Rücken. Wie geschickt Ella es schaffte, kleine Schräubchen und Lötstellen zu lösen! Lea sortierte die elektronischen Einzelteile, die wiederverwendbar waren. Der Schaden blieb enorm, obwohl Ella vieles rettete.

»Meinst du, dass wir Alaja und Brian überzeugen können, einen neuen Mast zusammenzuschrauben?«

»Vielleicht.«

»Du hast doch einen guten Draht zu den beiden. Wir zwei haben schon genug mit der Elektrik zu tun. Im Frühling soll Probelauf sein. Das können wir uns doch nicht von solchen Idioten versauen lassen.«

»Wird schon gehen.«

Lea hatte den Eindruck, dass Ken Ellas Kopf füllte und für nichts anderes Platz ließ. Sie traute sich nicht, nach ihm zu fragen.

»Was macht deine Arbeit?«

Ella schwieg. Der Himmel hatte sich wieder zugezogen und feine Regentröpfchen schienen eine Wand zu bilden, durch die Leas Frage nicht zu dem Mädchen drang.

»Ella?«

»Ja.«

»Was macht deine Arbeit?«

»Ich habe keine Arbeit.«

»Warum? Ich dachte, dass du zufrieden warst bei diesem Goldschmied.«

»War ich auch.«

»Und was ist passiert?«

»Miller hat mir unterstellt, einen ziselierten Ring geklaut zu haben. Er war weg. Wir haben die ganze Werkstatt auf den Kopf gestellt. Miller hat mich verdächtigt. Ich würde ihn brauchen, um den Schnaps für meinen Vater zu bezahlen. Ich hätte ihn eingeschmolzen, um ihn zum Goldwert zu verkaufen. Als ob ich eine Barbarin wäre, die die Arbeit nicht zu schätzen weiß, die da drinsteckte. Als ob ich ein Mensch wäre, der klaut!«

Lea sah, dass ihr Tränen in die Augen getreten waren.

»Wie kam er denn auf dich? Du warst doch sicher nicht die Einzige in der Werkstatt?«

»Ich bin die Ärmste. Mir traut er das zu. Mario, der das Studium, das seine Eltern ihm finanziert hatten, geschmissen hat, weil er zu blöd dazu war – dem ist so was natürlich nicht zuzutrauen. Wenn mir jemand ein Studium finanzieren würde, würde ich das ganz sicher nicht schmeißen. Aber ich muss nichts schmeißen, ich werde geschmissen.«

In Leas Hals hatte sich ein Kloß gebildet, der sie fast am Sprechen hinderte.

»Und der Ring war wirklich nirgendwo zu finden?«

»Doch. Eine Woche, nachdem ich weg war, hat ihn die Putzfrau unter einer Scheuerleiste hinter der Werkbank gefunden. Die hätte den problemlos mitgehen lassen können, ohne dass jemand etwas gemerkt hätte. Aber die ist auch arm und klaut nicht. Ich weiß nicht, wer das Ding da hat hinrollen lassen. Ich war es sicher nicht. Ich habe meine Finger unter Kontrolle.«

Lea sah, wie sorgfältig Ella Kabel, Schräubchen, Muttern und andere Kleinteile sortierte. Ja, sie hatte ihre Finger unter Kontrolle, auch an diesem nasskühlen Novembertag. Es würde nichts verloren gehen.

»Komm, lass uns die Sachen reintragen und einen Tee kochen.«

Schweigend tranken sie den Tee und räumten dann die geborgenen Teile weg, um wenigstens den Ausstellungsraum in einen für Besucher präsentablen Zustand zu bringen. Lea sah den Generator genauer an. Eine mechanische Beschädigung war nicht erkennbar, sie würde ihn reparieren können. Wenn Ella Zeit hätte, würde sie es mit ihr zusammen machen – die Finger des Mädchens waren bei filigranen Dingen geschickter als ihre eigenen, und Ella konnte etwas dabei lernen. Aber kein Geld verdienen. Kannte sie niemanden, der dieses Mädchen einstellen und ausbilden würde? Goldschmiede kannte sie nicht, aber wie war es mit der Elektrowerkstatt, die beim letzten Projekt mit Lilis Firma zusammengearbeitet hatte? Ein zuverlässiges Mädchen mit feinmechanischen Fähigkeiten sollte doch eine Stelle finden. Sie würde sich morgen darum kümmern. Jetzt wollte sie hier weg. Wollte den Anblick der Windrad-Ruine loswerden, den Schatten des Randalierers, der immer noch die Station einhüllte. Sie wollte, dass Ella zu Ken fahren konnte, ehe im schwindenden Tageslicht der Alkohol dem Vater jede Kontrolle entzog.

»Hallo?«

Lea drehte sich erschrocken um und riss dabei eine Kiste um, aus der Schrauben und Muttern über den Fußboden rollten. Sie war so vertieft in ihre Überlegungen, dass sie nicht mitbekommen hatte, dass die Tür aufgegangen war.

»Entschuldigung, ist die Ausstellung geöffnet?« Ein Mann kam mit langen Schritten auf sie zu, ihm folgte eine schlanke Frau. Ihre Gesichter waren erhitzt, obwohl ihre Funktionskleidung regennass glänzte.

»Ja, bitte kommen Sie herein. Ich bin Lea. Sind Sie durch den Regen hier hochgeradelt? Sie sind ja echte Enthusiasten! Dort drüben können Sie die nassen Sachen über die Stühle hängen. Möchten Sie einen Tee, um sich aufzuwärmen?«

»Danke, danke, wir wollten Sie nicht stören. Aber wir hatten im Internet nach Windkraftprojekten in der Gegend hier gesucht und waren auf Ihre Webseite gestoßen. Da wollten wir mal vorbeischauen.«

Lea schluckte. Der Akzent des Mannes klang nach Deutschland, klang nach Berlin, klang nach Nora. Deutsche Touristen kamen hier immer wieder mal vorbei, meistens in der Hauptsaison, nicht jetzt im November. Aber zurzeit stieß alles sie auf Nora. Selbst hier in den Blue Hills schien aus der Stimme des Touristen die Frage zu klingen: Warum kümmerst du dich nicht um deine Freundin? Lea versuchte, das professionelle Lächeln auf ihrem Gesicht festzuhalten.

»Ja, gern. Haben Sie beruflich damit zu tun oder interessiert es Sie so?«

»Ich bin Sales Manager in einem Unternehmen, das Windkraftanlagen baut und weltweit verkauft. Und meine Freundin«, er legte den Arm um seine Begleiterin, »ist Ökofreak und möchte auch die Technik verstehen, obwohl sie Bankkauffrau ist.«

Lea versuchte in den Augen der Freundin zu lesen, ob sie diese Darstellung teilte, und sah die Sanftheit, mit der diese den Geschäftsmann ansah. Bitte, dachte Lea, lass dich doch nicht von diesem Kerl einwickeln.

»Leider sind Sie zu früh. Wir sind dabei, eine Projektanlage aufzubauen, mit der wir die Technik anschaulich demonstrieren können. Es wird aber noch bis zum Frühjahr dauern, ehe wir sie in Betrieb nehmen können.«

»Weil in der letzten Woche jemand alles in Klump gehauen hat.« Ella schnaufte. »Sonst wären Sie genau richtig zum Probelauf gekommen.« Dass sie die Chance verpasst hatten, ihr Schmuckstück kompetenten ausländischen Gästen zu zeigen, schien ihre Wut noch anzuheizen.

»In Klump gehauen? Heißt das, dass jemand unberechtigt auf das Gelände kommen konnte und das Gerät beschädigen? Können wir es vielleicht trotzdem einmal sehen?«

»Leider nicht. Der Schaden war so groß, dass wir alles demontieren mussten. Vielleicht haben

Sie draußen noch den Betonanker gesehen.«
Wenn sie doch nur wüsste, wie Perry solche
Gespräche führte. Dieses Paar war das, was er
eine Kuh nannte, die man nur noch zu melken
brauchte – sachverständig und gleichzeitig am
Geldhahn.

»Haben Sie denn keine Sicherheitsmaß-
nahmen? Stacheldraht, Kamera, vielleicht auch
einen Elektrozaun? Man kann doch solche Sachen hier abseits der Zivilisation nicht sich selbst
überlassen!«

»Wir sind froh, wenn das Geld für die Anlage selbst reicht. Als gemeinnütziger Verein
sind wir unseren Spendern verpflichtet, die Zu-
wendungen in die ökologische und technische
Bildung zu stecken. Aber natürlich haben Sie
recht. Wir werden uns in Zukunft mehr Gedanken um die Sicherheit machen müssen.«

»Tun Sie das. Bei uns in Deutschland würde
man solche Werte nicht ungeschützt herum-
stehen lassen.«

Inzwischen hatte Lea Tassen geholt und reichte
den beiden heißen Tee. Er schien die Frau etwas
zu beleben.

»Könnten Sie vielleicht etwas zu Ihrer Arbeit
mit benachteiligten Jugendlichen erzählen? Ich
hatte gelesen, dass auch das ein Teil Ihres Kon-
zepts ist. Ich bin in unserer Bank für Förderent-

scheidungen bei derartigen Projekten zuständig, da ist es immer interessant, mal über die Landesgrenze zu schauen.«

»Hier gibt es keine benachteiligten Jugendlichen.« Ella ließ sich durch Leas besorgten Blick nicht bremsen. »Hier gibt es Jugendliche, die etwas bewegen wollen, die nicht wollen, dass ihre Welt verheizt wird von denen, die das fette Geld haben. Hier gibt es keine Almosen für Kinder, deren Papi nicht so viel im Portemonnaie hat. Hier wird etwas getan. Keiner ist benachteiligt.«

»Toll. Ich sehe, dass Sie wirklich etwas bewegen können.« Die Frau stellte ihre leere Teetasse ab.

»Lass uns zurückfahren, Schatz, ich brauche trockene Sachen. Können wir etwas für Ihren Verein spenden?«

»Sehr gern. Dort drüben steht eine Box. Dort finden Sie auch Flyer mit ein paar Informationen zum Verein. Vielleicht sind Sie einmal bei freundlicherem Wetter hier und gucken sich etwas weiter um.«

Der Mann zog sein Portemonnaie heraus. Später fand Lea in der Box zehn Dollar. Das hätte er wohl unten in der Stadt für zwei Tassen Tee bezahlt.

»Arrogante Arschlöcher!« Als die Tür wieder zu war, konnte sich Ella nicht mehr beherrschen. »Ich hoffe, du bist nicht böse, dass ich mich nicht als die bedauernswerte benachteiligte Jugendliche präsentiert habe.«

»Quatsch, hast du ganz richtig gemacht. Diese Deutschen brauchen das.« Lea fing an, die Schrauben und Muttern auf der Erde zusammenzusuchen.

»Seit wann bist du rassistisch?«

»Rassistisch?«

»Na ja, ‚diese Deutschen‘.«

»Vergiss es. Solche Besucher habe ich heute einfach nicht gebraucht.« Die Schrauben waren eingesammelt und Lea wollte die Schachtel in den Schrank stellen, als Ella noch zwei Muttern aus einer Ritze klaubte.

»Was machen wir noch?«

»Wir sollten auch mal sehen, dass wir in trockene Sachen kommen. Lass uns nach Hause fahren.«

»Der Morgen ist klüger als der Abend.« Mit diesem Spruch, mit dem ihre Mutter sie manchmal bremste, wenn sie unbedingt noch ein Problem lösen wollte, zu dem sie keinen Zugang finden konnte, hatte sich Lea gestern Abend selbst vertröstet und hoffte nun inständig, dass er stimmte. Morgen musste sie Lili die Projektzuarbeit bringen. Wie lange Noras Mail schon wartete, wagte sie nicht mehr nachzuzählen, und sie war einer Antwort am Wochenende keinen Schritt nähergekommen. Sie fuhr den Rechner hoch und öffnete erst einmal das Projekt-Dokument.

Was war das? Das Dokument war leer – komplett leer! Sie probierte verschiedene Einstellungen, aber nichts passierte. Was hatte sie für einen Wahnsinn angestellt, als Helen am Freitag klingelte? Sie konnte sich nicht erinnern. Verzweifelt suchte sie in temporären Verzeichnissen, ob es von der automatischen Speicherung noch Zwischenversionen gab, aber die Software löschte so etwas, wenn sie ordnungsgemäß beendet wurde, um den Speicherplatz freizugeben. Lea musste auf die Sicherungsversion von vor einer Woche zurückgreifen, sechs Stunden Arbeitszeit waren verloren. Ihren Anspruch, eine umfangreich dokumentierte Auslegung abzugeben, konnte sie nicht halten, und um wenigstens einen soliden Stand zu erreichen, hatte sie einen langen Arbeitstag vor sich.

Es war, als würde ein Gummiband ihre Gedanken immer wieder zu Nora ziehen. Vielleicht konnte sie konzentrierter arbeiten, wenn sie zuerst versuchte, doch noch passende Sätze für eine Mail zu finden. Vielleicht war auch da der Morgen klüger als der Abend. Die Erinnerung an das Paar vom Vortag schoss in ihren Kopf. Hätte Nora auch so stillos gefragt, noch dazu in Ellas Anwesenheit? Nein, so kam sie nicht weiter. Sie schloss das Mailprogramm wieder und setzte sich an die Projektunterlagen.

Nach und nach schaffte sie es, sich so in die Arbeit zu vertiefen, dass sie alles andere aus ihrem Bewusstsein drängen konnte. Als der Hunger sie störte, bestellte sie eine Pizza, die sie am Computer aß. Das Abendessen fiel aus. Sie brachte die Uhr ins Schlafzimmer, um durch das Ticken nicht daran erinnert zu werden, wie die Zeit verging. Irgendwann hatte sie es geschafft. Sie hatte die Unterlagen soweit fertig, dass Lili sie in das Gesamtprojekt einbinden konnte. Sie würde zufrieden sein. Lea war nicht zufrieden, aber konnte nicht mehr machen. Die Augen fielen ihr zu. Draußen war es so dunkel wie am Morgen, als sie aufgestanden war. Hatte es den Tag überhaupt gegeben? Immerhin, sie hatte geschafft, was sie schaffen musste, und das war ein größerer Erfolg, als sie an den vergangenen Tagen hatte verbuchen können. Trotzdem musste sie Lili um eine gründliche Kontrolle bitten. Sie wagte nicht mehr, sich auf sich allein zu verlassen.

Nein, sie hatte nicht alles geschafft, was nötig war. Die Antwort an Nora fehlte. Wieder öffnete Lea ihr Mailprogramm. Es konnte doch nicht sein, dass sie ein Konzept für die Energieversorgung eines Hauses auf über sechstausend Fuß Höhe mit extremen Witterungsbedingungen erstellen konnte, aber nicht in der Lage war, ihrer Freundin zu helfen! Natürlich war es nur eine Notlösung, aber wenn dieses verfluchte Land für sie nicht zu bereisen war, musste Nora eben herkommen. Vielleicht gab es einen Direktflug, der auch mit gebrochener Hand zumutbar war? Sie begann, nach Flügen zu suchen. Eine Direktverbindung von Berlin nach Boston gab es nicht, aber zum JFK Airport in New York kam man direkt von Schönefeld, was wohl ein Stadtrandflughafen von Berlin war. Der Neubau des Großflughafens daneben war zum Running Gag verkommen, weil sich die Eröffnung immer wieder verzögerte. Selbst amerikanische Kolumnen hatten ihren Spaß daran. So viel zu beeindruckenden deutschen Ingenieurleistungen ... Offenbar wohnte Nora gar nicht weit entfernt von diesem Flughafen und würde es schaffen, dorthin zu kommen. Von New York konnte Lea sie abholen, das war machbar. So konnte es erst einmal gehen. Wenn Nora hier war, könnten sie weitersehen.

Waren die Deutschen noch immer auf der Flucht? Es wäre kein Problem, einen Platz von New York nach Schönefeld zu bekommen, aber umgekehrt war alles ausgebucht. First Class war in drei Tagen noch zu haben, aber das war schon ordentlich teuer. Sollte sie doch lieber einen Flug über Amsterdam buchen? Von dort kam man dann sogar direkt nach Boston. Es kostete nur ein Viertel des Direktflugs, aber konnte sie das Nora zumuten? War das nicht eher eine Bevormundung als eine Einladung? Es war ohnehin eine Bevormundung, Nora ohne Rückfrage ein Flugticket zu schicken, aber bei einem Direktflug in der First Class war sie von so viel Annehmlichkeit umgeben, dass es eigentlich gehen sollte. Oder arrogant wirkte – die amerikanische Freundin, die es sich leisten konnte, ein First Class-Ticket zu kaufen. Aber Nora konnte die Einladung ausschlagen, Lea musste nicht für sie entscheiden. Es passte nicht. Flugtickets schickte man an Freunde, die reisen wollten, aber sich das Ticket nicht leisten konnten. Das war Nora nicht. Die Idee war falsch, so offensichtlich, dass Nora nur den Kopf schütteln würde. Wieder kamen Leas Gedanken in die gleichen Bahnen. Sie sollte sich auf keine Notlösung einlassen, die sie selbst nicht überzeugte, so erschöpft, wie sie von diesem Arbeitsmarathon war. Morgen würde ihr Kopf klarer sein. Hoffentlich. Sie würde sich der Sache annehmen, wenn sie die Projektunterlagen abgegeben hatte, spätestens nach dem Gespräch mit Elton und Perry. Vielleicht fand sie dann andere Flüge.

Im Büro empfingen Lea zusammengeschobene Tische mit Bergen von Skizzen und Überschlagsrechnungen. Lili stand an der Spüle und wusch

Kaffeetassen ab. Offenbar hatten die Kollegen gestern wieder eines jener Treffen gehabt, bei denen sie bis in die Nacht ein neues Projekt diskutierten. Nach einer solchen Nacht kamen die meisten Kollegen erst mittags wieder ins Büro, und ohne ihre Verabredung wäre wohl auch Lili noch nicht hier. Lea übergab ihr die Unterlagen.

»Es sollte alles in Ordnung sein, aber schau es bitte gründlich durch. Ich habe die Toleranzen etwas großzügiger eingerechnet, damit ihr nicht gleich alles neu machen müsst, wenn den Ökos auffällt, dass sie ja auch bei minus zehn Grad Fahrenheit in ihrer Hütte einschneien könnten ...«

»Warum ‚ihr‘? Wir wissen doch, an wen wir uns dann wenden können.« Lili lächelte Lea verschwörerisch zu.

»Tut mir leid, aber ich weiß noch nicht, ob ich euch in nächster Zeit unterstützen kann. Ich werde vermutlich Besuch bekommen, um den ich mich gut kümmern muss.« Lea wollte ihre Jacke holen, blieb aber stehen, als sie Lilis verwundertes Gesicht sah.

»Das klingt ja sehr rätselhaft. Hast du eine alte Tante aus Kalifornien eingeladen, um ihr das verregnete Boston zu zeigen? Oder einen jungen Liebhaber aus Afrika?«

»Eine kranke Freundin aus Berlin, die sich gerade nicht gut selbst behelfen kann.« Die Formulierung kam ihr künstlich vor, aber sie wollte Lili gegenüber weder die Art der Freundschaft genauer benennen, noch die langen Haare ansprechen. Sie sah, wie Lili den Kopf schüttelte, und hätte gern weitere Kommentare vermieden. Aber es war nicht Lilis Art, Dinge einfach stehen zu lassen.

»Das ist ja auch eine Art von Freundschaft, lässt die Kranke um die halbe Welt fliegen! Wenn du schon nicht arbeiten willst – nein, nein, kein Problem, ich kenne dich doch, da ist nichts zu überarbeiten – warum fliegst du dann nicht zu ihr? Wenn sie krank ist, wäre das doch der einfachere Weg? Das Wetter kann in Berlin auch nicht schlimmer sein als hier, und du siehst mal was anderes. Du sprichst doch auch ganz passabel Deutsch, wenn ich das richtig verstanden habe?«

»Schon richtig, aber nach Berlin kann ich nicht. Wenn sie irgendwo anders wohnen würde, wäre ich hingefahren, du hast ganz recht, aber nach Deutschland – das geht einfach nicht.«

Mit einem Seufzer ließ sich Lea darauf ein, das Gespräch auf diesen Punkt zu bringen, auch wenn sie ahnte, dass Lili Erklärungen erwarten würde.

»Was ist denn an Deutschland so schlimm? Das ist doch ein demokratisches Land im kultivierten Europa. Verhungern wirst du da nicht so schnell und wilde Tiere werden dich wohl auch nicht fressen.«

»Wilde Tiere nicht. Aber wilde Menschen hatten dort fast meine Großeltern und meine Eltern gefressen. Das reicht für ein paar Generationen an schlechter Erfahrung.«

»Okay, aber das ist jetzt fast achtzig Jahre her. Nicht nur deine Großeltern und Eltern sind inzwischen gestorben, da drüben lebt heute auch kaum noch jemand von den Geiern, und die noch leben, sind nicht mehr zurechnungsfähig. Na klar gibt es da auch eklige Brut, aber die gibt es doch überall. Guck dich mal bei uns um, möchtest du hier auf der Liste mit denjenigen stehen, deren Nase einigen Leuten nicht gefällt?«

Nein, das wollte sie nicht, aber zwischen dem, was hier schieflief, und dem verfluchten Land lagen Welten. Wie sollte sie das Lili erklären? Wer machte sich als gut etablierter amerikanischer Bürger schon Gedanken darüber, wie es in anderen Ländern zuging?

»Meine Eltern kommen aus Hyesan in Nordkorea. Glaub nicht, dass ich dahin zurückwill, auch wenn es dort auf besondere Art nach Zuhause riecht. Das Wunder, dass meine Eltern dort im Krieg weggekommen sind, kann ich noch immer kaum glauben. In Südkorea bin ich vor ein paar Jahren gewesen, aber das ist nicht das Gleiche. Wenn meine Familie aus Deutschland käme, wäre ich garantiert schon mal dort gewesen, vielleicht würde ich sogar dort leben. «

Lea biss sich auf die Lippen. Vermutlich wusste sie von Nordkorea weniger als Lili von Deutschland.

»Guck nicht so, ich brauche kein Mitleid. Mir geht es hier gut. Aber wenn du die Freundin wirklich magst – und so klingt es für mich –, dann flieg hin! Das heißt ja nicht, dass du deine Großeltern und was ihnen passiert ist, vergessen musst. Aber du musst die Welt in deinem Kopf nicht zu einer größeren Wüste machen, als sie ohnehin schon ist.«

Deutschland war nicht Nordkorea, vermutlich lebte man dort zivilisierter, zumindest an der Oberfläche. Jetzt. Aber die Zeit unfassbarer Unzivilisiertheit war noch nicht lange her. Nicht lange genug. Wenn dieses Land wenigstens eine Wüste wäre. Wenn es dort nichts gäbe als Lea und ihren Apfelbaum, könnte Lea Lilis Rat folgen. Aber es war ein lebendiges Land, das auf der Vergangenheit eine Gegenwart gebaut hatte. Es war nicht an ihr, diese Gegenwart infrage zu stellen, aber auch nicht, sich ihr auszusetzen.

»Nein, das will ich nicht. Aber es gibt Grenzen, die sind wie Felsen, sogar im Kopf. Dagegen kommt nicht einmal die Liebe an.« Am liebsten hätte sie das Wort gleich wieder verschluckt, aber nun war es ausgesprochen.

»Die Liebe?! Nun hör aber mal auf! Was ist denn das für eine Liebe, wenn du deswegen nicht über die großelterliche Mauer springen kannst! Ich sehe dir an, dass du in den letzten Tagen viel gearbeitet hast – bist wie immer die Erste, die ihren Teil abgibt. Dabei steht schon wieder das nächste Projekt vor der Tür. Guck mal, wie es hier aussieht.«

»Ja, scheint etwas Größeres zu werden. Habt ihr die ganze Nacht daran gesessen?«

»Die Baptisten in Baltimore wollen ihre Kirche in ein Niedrigenergiehaus umbauen, als Beitrag zur Bewahrung der Schöpfung. Es gibt dümmere Projekte von Religionsgruppen, also machen wir da mit. Aber du ruh dich aus und denk darüber nach, ob du nicht doch nach Berlin fliegen willst.«

Lili schüttelte noch energischer den Kopf als am Beginn ihres Gesprächs, schob Lea einen Stuhl hin und nahm sich selbst einen.

»Die Liebe! Du bist doch nicht so eine, die sich jedes Jahr dreimal verliebt. Vielleicht sollte ich dir nicht zu sehr zureden. Ich mag dich zu sehr, um dir das Glück zu missgönnen, aber wenn du dich entscheidest, nach Berlin zu fahren, mache ich mir echt Sorgen, ob ich dich überhaupt noch einmal wiedersehe. Du wirst uns hier fehlen, bist doch der erfahrene Schutzengel des Unternehmens.«

Die Wärme in Lilis Stimme und ihr offener, wenn auch noch immer verständnisloser Blick taten Nora gut.

»Findest du es wirklich so schlimm, wenn ich Nora nach Boston einlade? Sie steigt in Berlin ins Flugzeug und hier wieder aus – das ist doch zu machen.«

»Hängt davon ab, wie krank sie ist, ein Spaziergang ist es sicher nicht. Der Jetlag tut einem kranken Körper nicht gut. Es klingt aber so, als ob noch gar nicht alles eingetütet wäre. Überlege es dir noch mal, wirklich.«

Lilis Stimme wurde härter.

»Ich wäre ja skeptisch, wenn mir jemand sagt, dass er mich liebt, und mich dann über den Atlantik fliegen lässt, statt selbst zu kommen. Mauer hin oder her. Die haben doch in Berlin Erfahrungen damit, wie man eine Mauer loswird, da kann man sicher auch etwas gegen deine tun. Deutsche gibt es sone und solche, du wirst ja nicht gleich die Schwester der Präsidentin – oder wie heißt das dort?«

»Kanzlerin.«

» ... also nicht die Schwester der Kanzlerin. Sieh es einfach pragmatisch.«

Ein Kollege goss sich aus der großen Kanne, die Lili gekocht hatte, einen Kaffee ein. Durch ihr Gespräch hatten die beiden Frauen nicht gemerkt, dass sie nicht mehr allein im Büro waren.

»Hallo, die Damen! Ihr seid gerade nicht bei diesem vermaledeiten Windrad, wie es klingt? Wenn ich dafür noch was tun kann, sag mir Bescheid.«

»Hallo Robert«, grüßte Lea. »Danke für das Angebot. Ich weiß noch nicht mehr, als ich dir am Samstag am Telefon erzählt habe. Bei den polizeilichen Ermittlungen wird wohl nichts rauskommen. Und mit dem Neuaufbau werden wir uns erst ab März beschäftigen, wenn einem die Finger beim Bauen nicht gleich einfrieren. Dann melde ich mich noch mal bei dir.«

»Wohl nicht nur wegen der Kälte«, fiel Lili ein. »Lea hat zwischendurch noch andere Sorgen. Hast du nicht im Sommer deine Eltern besucht? Lea hat Bauchschmerzen, nach Deutschland zu fliegen. Deine Großeltern haben es nicht nur mit dem Umbringen, sondern auch mit dem Vergraulen der ‚Undeutschen‘ nachhaltig hingekriegt.«

Robert nahm sich einen Stuhl. »Nun mal langsam. Was weißt du denn von meinen Großeltern?«

»Entschuldige, war nicht so gemeint. Dann waren es die Nachbarn deiner Großeltern. Ein paar mehr Leute als Hitler und seine drei besten Freunde haben sich da schon eingebracht.« Als sie sah, wie sich Roberts Gesicht verfinsterte, legte Lea die Hand auf Lilis Arm und sah ihn an.

»Lili will mich überreden zu fliegen. Wenn meine Familie nicht meine Familie wäre, würde ich das auch so sehen. Aber ich kenne die furchtbaren Geschichten meiner Großeltern, meiner Eltern und ihrer Freunde. Vielleicht brauche ich ein Gegengewicht, um mir ein besseres Bild machen zu können.«

Unvermittelt wechselte sie ins Deutsche. »Weißt du etwas über deine Großeltern? Waren sie Nazis oder nicht? Entschuldige, diese Frage stellt man nicht und du bist nicht dafür verantwortlich, was deine Großeltern gemacht haben. Aber wir Menschen leben nun einmal zwischen Vergangenheit und Zukunft.«

Plötzlich war das Büro verschwunden. Zwei Menschen, zwei Generationen, zwei Welten standen sich gegenüber.

»Du musst dich nicht entschuldigen, aber ich kann deine Frage nicht beantworten. Meine Großeltern sind im Krieg geboren, alle vier. Darüber, was ihre Eltern in dieser Zeit gemacht haben, wurde bei uns nie gesprochen. Ich habe meine Urgroßeltern nie kennengelernt, aber soweit ich weiß, haben sie den Krieg überlebt, auch die Urgroßväter. Vielleicht ist das kein gutes Zeichen. Vielleicht ist es gar kein Zeichen. Wenn du möchtest, frage ich meine Eltern, wenn ich sie das nächste Mal besuche.«

Lea sah ihm an, dass ihm dieses Angebot nicht leichtfiel. Was passiert in einer deutschen

Familie, die sich in der Gegenwart unauffällig eingerichtet hatte, wenn der Sohn nach der Vergangenheit fragt?

»Nein, das musst du nicht, ich will deine Familie nicht für das Land verhaften.«

»Ich frage trotzdem. Jetzt will ich es selbst wissen. Aber denk bitte nicht, dass wir Deutschen alle Monster sind, auch wenn es viel zu viele unserer Vorfahren waren, von sich aus oder weil sie dazu gemacht wurden. Wir sind doch auch Menschen, gute und böse, fröhliche und traurige, nicht selten alles zusammen. Meinst du, ich wäre schon mal auf die Idee gekommen, dich zu fressen? Dazu bist du mir viel zu haarig!«

Lea lachte bitter. »Endlich helfen mir die langen Haare mal. Und du meinst, dass die Deutschen alle solche Gourmets sind?«

»Aber sicher, die Liebe zu gutem Essen haben wir uns von den Franzosen abgeguckt.« Er wurde wieder ernst.

»Du glaubst doch nicht wirklich, dass du dich nicht nach Deutschland trauen kannst? Was da im Dritten Reich gelaufen ist, ist nicht zu entschuldigen und nicht zu erklären, aber inzwischen sind wir drei Generationen weiter. Ich denke, dass wir genug aus der Geschichte gelernt haben, um den Enkeln derer, die unter unseren Urgroßeltern leiden mussten, in die Augen sehen zu können.«

Robert konnte ihr in die Augen sehen und sie war dankbar, dass er es tat. Ab wie hätte der Geschäftsmann reagiert, der am Sonntag in die Blue Hills gekommen war, wenn sie ihn nach seiner Familie gefragt hätte? Wenn er gewusst hätte, dass sie Jüdin ist?

»Ihr alle?«

»Meinst du nicht, dass du uns eine Chance geben kannst? Ich weiß, nicht alle Deutschen sind weltoffen, und es ist keine Entschuldigung, dass das für andere Nationen auch gilt. Aber ich vermute, dass du jemand kennst, den du besuchen willst, da wirst du solchen Leuten nicht begegnen.«

Die Vorstellung, wie sie an Noras Seite durch Berliner Straßen ging, durch Schaufensterscheiben sah, in einem Café saß und dabei von Deutschen umgeben war, die das Gleiche taten, riss an Lea. Die Bilder waren verführerisch, und doch verkrampfte sich alles in ihr.

»Ich kann nicht so genau sagen, was mich abhält.« Sie versuchte, die Erinnerung an das Paar in der Ökostation zu verdrängen. »Die Leute im Einzelnen sind es nicht. Wenn solche Typen wie du über den Atlantik geflogen kommen, habe ich ja auch keine Berührungsängste. Aber meine Großeltern und Eltern haben Bilder der Stadt in meinen Kopf gepflanzt, die nicht zum heutigen Aussehen passen werden. Ich habe das Gefühl, dort etwas suchen zu müssen, das ich nicht finden kann. Und ich habe Angst vor toten und lebendigen Gespenstern. Du sagst, dass ich solchen Leuten nicht begegnen werde, aber vor Synagogen und jüdischen Schulen steht dort Polizei. Die machen das ja wohl nicht, weil sie hoffen, beim Kiddusch einen Hering abzubekommen.«

Robert war verwirrt. »Was ist denn Kiddusch? Ich habe Synagogen bisher nicht mit Heringen assoziiert.«

»Gemeinsames Essen nach dem Gottesdienst. Vielleicht isst man ja heutzutage in Berlin Lachs, aber bei meinen Eltern gehörte immer ein Teller mit Hering auf den Tisch.«

»Das sind ja interessante Sitten, ob die Polizisten davon wissen?« Robert guckte skeptisch. »Natürlich hast du recht, ein paar Leute, die noch immer in der braunen Soße schwimmen, muss man mit viel Aufwand unter Kontrolle halten. Und die realen Probleme, die durch die Flüchtlingsströme der letzten Jahre aufgekommen sind, können diese Leute wunderbar ausnutzen, um irreale Ängste zu schüren, die dann auch wieder gegen die Juden gehen. Aber davon, dass sich Juden nicht auf die Straße oder in die Synagoge trauen können, sind wir doch weit weg.«

»Meistens jedenfalls, wenn sich nicht jemand mit Kippa in der falschen Gegend sehen lässt ...« War sie wirklich so überempfindlich, dass ihr aus der Ferne solche Dinge mehr auffielen als einem Deutschen, dessen Eltern dort lebten und der mit dem deutschen Alltag viel verbundener war als sie? Oder war genau das die Blindheit der »neuen Deutschen«, vor der sie Angst hatte? Robert schien sich die Frage ähnlich zu stellen.

»Okay, ich merke, dass ich mir das Leben in Berlin nie aus diesem Blickwinkel angeschaut habe. Ich bin der Deutsche, der gut damit leben kann, dass in meiner Stadt auch Juden und Moslems, Russen und Syrer wohnen, finde die braune Sauce eklig und sehe auch Gewalt von verschiedenen Seiten. Mich ärgert, dass man sich in manche Gegenden nicht traut, weil man aussieht, wie man aussieht. Aber das ist kaum mein Problem. Dein Problem wird das aber auch nicht. Niemand sieht dir deine Herkunft oder deine Religion an. Und so, wie du deutsch sprichst, glaubt dir sowieso niemand, dass du nicht in Berlin geboren bist. Du wirst ja nicht ständig mit deinem amerikanischen Pass rumwedeln.«

»Ich weiß, dass man es mir nicht ansieht, aber ich bin trotzdem die, die ich bin. Ich werde das Gefühl nicht los, dass man mir bei der Einreise einen großen gelben Stern auf die Jacke klebt. Vielleicht brauchen wir noch eine Generation mehr, um diese Angst loszuwerden. Schade, dass ich keine Kinder habe, die das probieren können. Aber mein Neffe hat bei seiner Europa-reise einen weiten Bogen um Deutschland ge-macht.« Sie stand auf und griff nach ihrer Jacke.

»Na gut, ihr müsst jetzt arbeiten und ich muss nach Hause, meine Musikschülerin kommt heute Nachmittag. Danke für deine Offenheit und entschuldige, Robert, dass ich dir so nahe-getreten bin.«

Verfolgt von den Gespenstern, die das Ge-spräch in ihr aufgeweckt hatte, verließ Lea das Büro.

Als Ella in der Tür stand, musste Lea das Bild der beiden deutschen Touristen abschütteln, das sie hinter ihr sah.

»Überraschung!«

»Überraschung? Für mich? Gute oder schlechte?«

»Nun sei doch nicht immer so skeptisch. Ich habe einen Bass für dich geborgt – mit besten Grüßen von einer guten Freundin.«

»Für mich? Dann können wir so richtig zu-sammen spielen?«

»Ja, und du kannst zu Hause üben. Was meinst du, in einem Jahr kannst du dich am Konserva-torium anmelden.«

Ellas Umarmung schmolz sich in das Eis, das die Verzweiflung in Lea hatte wachsen las-sen. Lea musste tief Luft holen, damit sie nicht das Gleichgewicht verlor. Sie genoss die Begeisterung, mit der Ella das Instrument nahm und erst vorsichtig, dann immer lebhafter ausprobierte. Demnächst sollte sie sich Gedanken machen, was sie Ella beibringen wollte, die Zeit der Kinderlieder näherte sich dem Ende.

»Darf ich dich noch etwas fragen?« Ella packe sorgsam erst den Bogen in sein Fach und dann den Bass in den Kasten. Lea bewunderte wieder das Geschick ihrer Finger, das sich auch bei diesen einfachen Bewegungen zeigte.

»Immer. Im schlimmsten Fall verzichte ich auf die Antwort.«

»Was hast du gegen die Deutschen?«

»Warum? Die beiden vorgestern waren nun mal nicht gerade Sympathieträger, das hast du selbst gemerkt. Und Robert, der bei unserem Windrad mithilft, ist ein toller Kerl. Findest du, dass ich unfair zu ihm bin?«

»Nein, nicht zu Robert. Aber am Sonntag klang es bei dir nach einem klaren Urteil. Nach Verachtung. Hattest du schon öfter mit unsympathischen Deutschen zu tun?«

»Nein, kann mich nicht erinnern. Trotzdem, die in den Blue Hills waren wirklich eine Nummer zu heftig.«

»Doch nicht, weil sie Deutsche waren.«

»Ich fand diese Art der Arroganz sehr deutsch. Aber du hast recht, ich weiß zu wenig. In der Station waren es einfach zwei – lästige Menschen.«

Lea packte ihren Bass ein. Vielleicht hätte sie Ellas Frage nicht beantworten sollen.

»Mein Vater meint, dass die Deutschen toll sind. Schade, dass sie damals die Russen nicht besiegt haben.«

»Was?«

»Na, in diesem Krieg. Ich weiß nicht genau, muss schon eine Weile her sein. Mein Vater redet ja nicht viel über Politik, aber da hat er eine ganz klare Meinung, gerade jetzt, wo die Russen wieder irgendwo rumballern.«

»Was hat dir denn dein Vater über diesen Krieg erzählt?«

»Nicht viel. Dass die Russen Krieg mit den Deutschen hatten und wir da irgendwie reingerutscht sind. Dass es besser gewesen wäre, mit den Deutschen gegen die Russen zu kämpfen als mit den Russen gegen die Deutschen. Dann würde die Welt jetzt anders aussehen.«

»Ja, das würde sie. Zum Glück haben die Deutschen damals nicht geschafft, die Welt so zu beherrschen, wie sie es sich gewünscht hatten. Und zum Glück haben die Amerikaner sie bei diesem Anliegen nicht unterstützt.«

»Warum? Wäre doch besser, wenn die Russen nicht mehr rumstänkern könnten.«

»Weißt du, was die Deutschen damals gesagt haben? Und was sie getan haben? Meine Großeltern sind durch Glück gerade noch weggekommen. Der Rest der Familie wurde ermordet. Die Freunde auch. Die Deutschen haben einen Krieg angefangen, in dem Millionen Menschen gestorben sind, und gleichzeitig haben sie noch ein paar Millionen eigener Bürger umgebracht. Weißt du, wie die Welt heute aussehen würde, wenn die den Krieg gewonnen hätten?«

Ella sah auf ihre Hände, die den Bass-Kasten hielten und offensichtliche darunter litten, nichts zu tun zu haben.

»Ich weiß, dass die deutsche Demokratie zurzeit halbwegs funktioniert, dass es viele Deutsche gibt, die anders sind, anders denken als die, die damals das Sagen hatten. Nur wenn ich so arrogante Typen treffe wie die vom Sonntag, dann sehe ich ihre Großeltern dahinter und kriege Angst. Du musst nicht meine Angst lernen, aber bitte schlag dir die Phantasie deines Vaters aus dem Kopf.«

Als Ella die Wohnung verlassen hatte, wusste Lea nicht, ob sie mehr Angst vor Nora oder vor Ella hatte.

Diese Scheiß-Deutschen! Mit zittrigen Fingern sammelte Lea die Scherben ihrer Lieblingstasse aus dem Spülbecken. Ella war der einzige Gast, dem sie den Kaffee in dieser Tasse servierte, weil Ella das zarte Relief darauf so bewundert hatte und weil sich Lea sicher war, dass die Tasse bei Ella nicht zu Schaden kommen würde. Bei Ella nicht. Aber bei ihr. Weil ihre Hände nicht einmal mehr in der Lage waren, eine Tasse vorsichtig ins Spülbecken zu stellen. Weil die Deutschen durch ihren Kopf spukten: Robert und seine Ur-großeltern, die Krieger und Mörder, die von Ellas Vater bewundert wurden, der arrogante Sales-Manager mit seiner nicht weniger arroganten Freundin. Und Nora. Schwatzte Nora einfach mit in dieses Potpourri deutscher Stimmen? War sie eine, mit der man gut über lange Haare und Enkelkinder reden konnte, die aber selbst-verständlich davon ausging, zum Volk der besse-ren und klügeren Menschen zu gehören? Die sie in einem Winkel ihres Herzens verachtete, weil ihre Großeltern weggelaufen waren, hatten weg-laufen müssen? »Nein!«, schrie es in ihr, und dieses Nein war so schrill, dass sie sich aufs Sofa setzte und die Ohren zuhielt.

Die Hände auf ihren Ohren ließen das Blut rauschen, sodass es klang wie der Ozean in der Muschel, die ihr Ben auf's Ohr gehalten hatte. Sie ging noch nicht zur Schule, als ihr Bruder sie an der Revere Beach in die Geheimnisse des Meeres einführte. Der Zauber, gemischt aus dem wundersamen Geräusch und Bens stolzem Lä-cheln, blieb wichtiger als die Erklärung von rau-schendem Blut. Bens Einwurf fehlte zwischen den deutschen Stimmen, er hätte ihnen eine Richtung geben können. Aber Liz hatte ihn aus Leas Hörweite entzogen, Lea konnte und wollte ihn seiner Frau nicht abringen.

Vielleicht wäre sie den Rest des Nachmittags nicht mehr aufgestanden, aber sie wusste, dass in einer Stunde Elton und Perry kommen würden, dass sie diejenige war, die auf dem Treffen bestanden hatte, und dass sie Elton versprochen hatte, ihm etwas zu Essen aufzutischen, weil er den ganzen Tag keine Pause gehabt hatte. Es war müßig, jetzt noch darüber nachzudenken, ob es nötig war, mit so großer Dringlichkeit auf dem Treffen zu bestehen, wo man erst einmal nichts für das attackierte Windrad tun konnte, jetzt, wo der Geldgeber ausgefallen war. Vielleicht könnte sie sich wenigstens von dem Gefühl lösen, mit diesem Angriff persönlich gemeint zu sein. Es war schlimm genug zu akzeptieren, dass er dem Verein und seinem Anliegen galt, aber die Idee, das Windrad zu bauen, war ihre, sie hatte die Finanzierung besorgt, die Jugendlichen begeistert und selbst Stunde um Stunde daran gebaut. Es war ihr Traum und ihre Verantwortung. Aber der, der sein Auto dagegen gefahren hatte, der die Gondel zerhauen hatte, der kannte sie nicht. Dem war sie egal. Er würde sie höflich um Entschuldigung bitten, wenn er ihr im Supermarkt versehentlich den Einkaufswagen in die Hacken schob. Er meinte die Idee, nicht den Menschen. Das würde sich leichter ertragen lassen, wenn sie die Wut mit Elton und Perry teilen konnte. Wenn sie bereit waren, Leas Wut zu teilen. Wenn nicht die Wut über das zerstörte Windrad unter der anderen Wut verschwinden würde, die Lea in ihnen provozieren musste.

»So, wo ist der Kühlschrank, den du mir zum Plündern vorbereitet hast?« Elton strahlte Lea an, als hätte sie ihn gerade zum Dinner ins Four Seasons eingeladen.

»Ich habe schon mal etwas auf den Tisch gestellt. Wenn das nicht reicht, darfst du gern über den Kühlschrank herfallen.«

»Wow, du hast gekocht? Was ist denn das da?«

»Quark mit Leinöl, das Lieblingsgericht meiner Mutter.« Es klingelte. »Kannst schon anfangen, ich lasse Perry rein.«

Als Lea zurückkam, stocherte Elton vorsichtig im Quark.

»Was ist los, ist dir der Appetit vergangen? «

»Nein, nein, ich wollte euch nicht alles wegessen. Es schmeckt – interessant.«

»Okay, ich gucke mal, was der Kühlschrank zu bieten hat.«

Elton und Perry waren ihr plötzlich fremd, wie von einem anderen Stern. Das Essen, mit dem sie den beiden und sich selbst eine Brücke nach

Berlin hatte bauen wollen, war ihr zum Kainsmal geworden. Das Arme-Leute-Essen ihrer Großmutter war bei den Freunden als Arme-Leute-Essen angekommen.

»Also, was machen wir? Wo finden wir einen neuen Dukatenesel?« Perry kam zur Sache, noch während Lea das Brot vom Tisch räumte.

»Ich denke nicht, dass wir schnell wieder einen so großzügigen Einzelspender finden werden. Wir müssen Kleinvieh suchen.« Elton hatte einen Notizheft herausgenommen und Lea sah gedankenverloren zu, wie er Rhomben-Muster zeichnete, die nach und nach ein Windrad ahnen ließen.

»Lea, was ist mit dir?« Perry versuchte sie aufzurütteln. »Du hast doch sonst immer Ideen. Können nicht die Teenies irgendetwas in den sozialen Medien machen? Crowdfounding? So kommen doch heute alle an Geld.«

Sie riss sich von Eltons Rhomben los, obwohl sie merkte, dass ihr das Windrad im Moment egal war. Wenigstens heute sollte sie noch für den Verein mitdenken. »Ja, wir können ein Novemberfeuer für unsere Teenies auf der Station machen und sie nach Ideen fragen. Ansor hat mir letztens von einer Instagram-Aktion erzählt, die ihn total fasziniert hat. Vielleicht ist das eine Anregung, mit der er etwas Ähnliches für uns entwickeln kann.«

Elton malte weiter seine Rhomben und Perry schwieg. Es schien Lea, als wären sie nicht wegen des Windrades gekommen, sondern würden etwas anderes von ihr erwarten, was die Dringlichkeit des Treffens rechtfertigte. Sie gab sich einen Ruck. »Aber – ich muss mich in den nächsten Wochen dringend um eine kranke Freundin kümmern und würde mich solange zurückziehen. Nicht nur aus dieser Sache, sondern ganz aus dem Verein.«

»Ganz aus dem Verein?« Perry sprang auf und lief durch das Zimmer. »Jetzt ist dein Lieblingsspielzeug kaputt und das Geld wird knapp, da hältst du dich ein paar Wochen lang ganz aus dem Verein raus?« Ihr Lieblingsspielzeug? Es war das zentrale Projekt dieses Jahres. Würde er als Nächstes sagen, dass sie den ganzen Verein nur um Leas Willen betrieben? Sie versuchte sich zu beherrschen.

»Das Windrad bringe ich bis Ostern wieder in Schwung, vorher interessiert sich ohnehin keiner dafür. Und das Geld hatte ich selbst rangeschafft. Du kannst nicht sagen, dass ich mich vor solchen Sachen drücke!«

»Jetzt ist kein Geld da und du willst weg. Was weiß ich, ob der Verein Ostern schon pleite ist! Was ist denn das für eine Freundin? Wir kennen uns schon ein paar Jahre, da kam nie eine wichtige Freundin vor. Und plötzlich ist sie da und

241

auch noch krank und du musst alles stehen und liegen lassen? Gerade jetzt, wenn uns der Kahn auf Grund läuft?«

»Jetzt ist aber mal gut!« Elton schlug das Notizbuch zu, das dabei einen fiependen Ton von sich gab. »Du kennst Lea, wie du selbst sagst, schon viele Jahre. Wenn ich mich richtig erinnere, mindestens zwanzig. Hat sie sich jemals gedrückt? Kannst du nicht ein bisschen Vertrauen aufbringen, wenn sie mal andere Prioritäten setzt als du? Außerdem geht der Kahn nicht unter. Es ging uns schon finanziell schlechter und wir sind wieder in Fahrt gekommen.«

»Es ging uns schon finanziell besser, und du hast angefangen, Panik zu schieben. Woher nimmst du plötzlich das Vertrauen? Denkst du, dass uns die Leute vor Weihnachten mit Geld bewerfen werden? Das Windrad haben sie uns umgehauen. ‚Verschwindet‘, das ist die Botschaft. Da brauchen wir jetzt jede Hand und jeden Kopf, auch Leas.«

Lea kämpfte mit den Tränen »Ich kann es nicht erklären. Die Freundin braucht mich, weil sie sonst niemanden hat, der sie unterstützen kann. Vielleicht bin ich ja nicht mehr die Richtige für den Vorstand. Mary lästert schon lange, dass wir ein Klüngel sind, der sich den Verein als Hobby hält. Vielleicht sollte sie im Vorstand mitmachen und ich gehe raus. Gute Ideen hat sie bestimmt.«

»Eh«, Elton legte ihr die Hand auf den Arm. »kipp das Kind nicht mit dem Bade aus. Wir brauchen dich im Team, genau dich. Und wenn du zwei Monate Pause machen musst, dann musst du die machen. Wir warten auf dich – ich jedenfalls, und dieser Hitzkopf fängt sich auch wieder.«

Perry warf ihm einen bösen Blick zu.

Die Rücklichter von Eltons Auto verschwanden dort, wo sich die Straße wie eine Krebsschere um den Platz mit den drei großen Amberbäumen teilte. Leas Blick hatte sein Ziel verloren. Durch das aufgeschobene Fenster trieb der Wind den Regen herein. Sie schaute ins Nichts des abendlichen Straßenlebens. Jetzt hatte sie also Zeit, war für die nächsten Wochen von allen Verpflichtungen frei und wusste noch immer nicht, was sie tun sollte. Der Computer-Bildschirm war wie ein schwarzes Loch mit flüssigem Teer, in dem sie ohnmächtig festkleben würde, sobald sie sich ihm zuwandte.

Die Serviette, die auf dem Fensterbrett lag, schwamm in einer Pfütze und die Hose klebte nass an ihren Beinen. Lange stand Lea so, bis sie sich aufraffen konnte, das Fenster zu schließen.

Als der Computer statt des schwarzen Lochs wieder bunte Fenster zeigte, sah sie zuerst nach

243

den Flügen. Vielleicht ließ sich eine Lösung finden, Lilis Skepsis zum Trotz, und mit dieser Lösung ein Ansatz für die Antwortmail an Nora. Es schien die Deutschen wirklich mächtig nach New York zu ziehen. Auch die Plätze in der First Class, die sie gestern Abend noch gesehen hatte, waren inzwischen ausgebucht. Der Flug über Amsterdam wäre noch zu bekommen, aber sollte sie das Nora wirklich zumuten? Natürlich wäre das möglich, wenn sich Nora selbst dafür entschieden hätte. Noras Hand ist gebrochen, laufen kann sie wieder, und das Gepäck wird durchgeleitet. Aber Nora hatte sich nicht selbst dafür entschieden. Wie peinlich wäre es, ihr das Ticket zu schicken.

Wieder wurde der Computer-Bildschirm zum schwarzen Loch – Lea hatte also eine halbe Stunde davorgesessen, ohne etwas zu tun. Sie hatte nicht einmal etwas gedacht, jedenfalls nichts, das für sie greifbar gewesen wäre. Aus dem schwarzen Loch sahen sie zwei Gesichter an, Lea und Nora. Nora und Lea. Nora als eine Frau ihres Alters. Lea wie auf dem Foto als zwölfjähriges Mädchen. Beide waren unscharf, und bei jedem Versuch, eins von ihnen besser erkennen zu können, verlor sie das andere aus dem Blick. Beide Gesichter kamen aus Berlin. Beide warben um sie. Und doch zog das eine

sie in die Stadt, während das andere sie weg-
stieß. Die Entscheidung war klar. Während es
auf dieser Welt einen anderen Ort als Berlin
geben musste, an dem sie Noras Gesicht real begegnen konnte, konnte sie Lea Bloch nicht mehr
begegnen, nichts an ihr, nichts für sie verändern.
Wenn sie Lea in sich zum Schweigen brachte,
tötete sie sie erneut.

Sie wollte Nora wieder begegnen, wenn nicht
jetzt, dann irgendwann. Sie wollte, sie konnte sie
nicht einfach so hängen lassen. Wenn Alma für
Lea nur halb so wichtig gewesen ist, wie sie für
Alma, konnte sie nicht wollen, dass Almas Tochter ihre wichtigste, ihre einzig wirkliche Freundin im Stich ließ. Auch wenn diese Freundin
Deutsche war. Sie musste sich dringend bei Nora
melden, fast eine Woche nachdem die Mail gekommen war. Irgendwie. Wenigstens kurz. Ein
Lebenszeichen. Ein Zeichen der Freundschaft.
Der Liebe. Wieder setzte sie sich an den Computer und versuchte etwas zu schreiben, aber alles,
was sie zustande brachte, war viel zu platt, um
auszudrücken, was sie für Nora empfand, wie sie
sich mit ihrer Liebe zu ihr quälte. Sie versuchte,
wenigstens das aufzuschreiben. Sie versuchte,
Deutsch zu schreiben, um Nora damit Nähe zu
zeigen. Sie schrieb bis weit nach Mitternacht.
Als sie die Mail vor dem Abschicken noch ein-

mal durchlas, schämte sie sich, Nora derart mit ihren eigenen Problemen zu belasten, anstatt ihr zu helfen. Ratlos und verzweifelt löschte sie die Mail und ging ins Bett.

In der Nacht träumte sie so intensiv, dass sie sich beim Aufwachen an den Traum erinnern konnte. Sie stand in einer riesigen Halle vor einer schier endlosen eintönigen Wand, in der es nur eine kleine Tür gab. Die Halle war grau und leer. Es gab keine Menschen, keine Gegenstände, keinen Hinweis darauf, wo sie war. Durch die Wand hörte sie Stimmen, die redeten, lachten, sich stritten, als ob es dahinter ein Haus gab und sie die Stimmen aller Bewohner gleichzeitig hören konnte. Dazwischen, ganz aus der Ferne, schien es ihr, dass jemand nach ihr rief. Sie versuchte die Tür zu öffnen, aber sie war verschlossen. Sie durchsuchte alle ihre Taschen, sie ging die Wand ab nach rechts und links, aber nirgendwo gab es einen Schlüssel. Sie lehnte sich gegen die Tür, drückte, aber die gesichtslose Fläche gab nicht nach. Sie schlug und trat dagegen – nichts. Sie rannte und warf sich mit ihrem ganzen Körper hinein, wieder und wieder, bis sie schweißgebadet aufwachte. Ihr Kopf tat weh, als hätte sie ihn wahrhaftig gegen eine steinharte Tür gehauen. Nachdem sie geduscht hatte, schlief sie ruhiger, aber erholsam war der Schlaf nicht.

Am nächsten Morgen fühlte sie sich verkatert, obwohl sie keinen Tropfen Alkohol getrunken hatte. Eine Schicht aus weicher, fast durchsichtiger Watte schien sie vom Rest der Welt abzuschirmen. Die Nachrichten, die sie beim Frühstück hörte – die nahende Kältewelle, die gestrige Rede des Präsidenten, der neu aufflammende Konflikt in Syrien, die Eröffnung einer Ausstellung über alternative Energieversorgung –, drangen nicht zu ihr durch. All diese Dinge, die sie gestern noch gestört, entsetzt oder gefreut hätten, rauschten heute an ihr vorbei, ohne eine Spur zu hinterlassen.

Das Loch, das sie gestern aus dem schwarzen Bildschirm angestarrt hatte, ergriff von ihrer ganzen Wohnung Besitz. Sie hatte nichts zu tun. Die Freiheit, die sie sich von Lili erbeten, von Elton und Perry erkämpft hatte, schnürte sie ein und machte sie zur Gefangenen der Gedankenschleifen in ihrem Kopf.

Gab es niemanden, mit dem sie diese Schleifen aufknoten konnte, der ihr anders zuhörte als Will und Inge, Robert und Ella? Wie der Flügel einer Möwe streifte sie der Gedanke an Ben. Nächtelang hatten sie zusammengesessen, schon als sie ein Teenager war und ihr Bruder gerade anfing zu studieren. Ben hatte ihr zugehört, als die Pubertät ihre Gedanken und Gefühle ins Chaos gestürzt hatte. Bens erste Frau Jane hatte diese enge Beziehung akzeptiert und gemerkt, wann sie die beiden allein lassen musste. Wenn Jane noch an Bens Seite wäre, wäre sie vor drei Tagen zu ihnen nach Cape Ann gefahren. Aber Jane hatte den Krebs zu spät bemerkt, Ben und Lea mussten tatenlos zusehen, wie er sie auffraß. Ben und Lea. In seine Trauer um die geliebte Frau hatte sie dem Bruder nicht folgen können, so sehr sie versucht hatte, ihn zu stützen. Ihn, der immer ihre Stütze war, der Ältere, Erfahrenere, Sicherere. Die Umkehrung hatte nicht funktioniert. Aber jetzt? Jetzt brauchte sie die Umkehrung nicht, wäre froh, wieder auf den älteren Bruder treffen zu können. Auf den, der für sie da war. Wenn er denn für sie da wäre. Als Ben vor fünfzehn Jahren mit Liz zusammenzog und sie später heiratete, wurde die Entfremdung offensichtlich. Liz machte den Geschwistern klar, dass sie die erste Frau an Bens Seite und nicht bereit war, die Konkurrenz der Schwester zu akzeptieren. Sie zeigte Lea ihre Antipathie ganz unverhohlen und Lea zog sich zurück, um Ben, der so glücklich war, noch einmal eine Partnerin gefunden zu haben, nicht in Bedrängnis zu bringen. Am Anfang hatten sie noch regelmäßig telefoniert, aber diese Gespräche waren bald oberflächlich geworden, und sie hatten sie aufgegeben. Einmal im Jahr tauschten sie Geburtstagsgrüße, das war es. Wie eine Möwe war

Ben auf Cape Ann verschwunden, ein Vogel, den man nicht halten konnte.

Dennoch, sie hatten sich nicht im Bösen getrennt, und wenn Lea ihn wirklich brauchte, würde Ben sich für ein paar Stunden von Liz losmachen. Jetzt brauchte sie ihn. Dringend. Ben war der einzige Mensch, der fast alle ihre Geschichten kannte. Er kannte die Familiengeschichte. Er hatte sie einmal im Laden besucht. Er ahnte zumindest Leas Sehnsucht. Was er nicht kannte, war die Geschichte von Nora. Ben war das fünfte Los in ihrer Hand, ihre letzte Chance. Sie hatte nichts zu verlieren.

Die Straße nach Cape Ann war leer. Die Touristensaison war vorbei und Gelegenheitsausflügler zog es an einem solchen Tag nicht ans Meer. Der Wind wurde stärker und blies feinen Nieselregen an die Scheiben. Die Scheibenwischer kämpften dagegen mit dem immer gleichen Lied: No-ra, No-ra, No-ra.

Was erwartete sie von Ben? Konnte es sein, dass er ganz anders dachte als sie – er, der sich von der Familie und der Familiengeschichte fernzuhalten versucht hatte? Würde er verstehen, dass sie Nora nach Boston holen wollte, oder würde er das genauso unverständlich finden wie Lili? Würde Ben das Verbot, nach Deutschland zu reisen, infrage stellen? Als käme er aus dem Nieselregen und schlich sich durch die Scheiben des Autofensters, erreichte sie der Gedanke, dass man dieses Verbot infrage stellen konnte. Ben hatte die Autorität, das zu tun, das auch für sie zu tun. Allerdings wusste sie nicht, ob er es tun würde. Sie wusste nicht, ob sie wollte, dass er es tat. Sie hoffte, dass er ihre Sehnsucht nach Nora ernst nehmen würde.

Erst einmal musste sie überhaupt zum Erzählen kommen, musste Ben der Schwägerin abringen. Als ihr Bruder und nicht Liz die Tür öffnete, war Lea erleichtert.

»Hi Lea, was führt dich hierher? Genügt dir der Regen in Boston nicht, dass du in unser stürmisches Dorf kommst?« Er legte ihr den Arm um die Schulter und sah sie fragend an. An der Begrüßung merkte sie, wie verstört sie wirkte. Eine Umarmung passte nicht zu den Umgangsformen, die sie sonst miteinander pflegten.

»Magst du einen Tee, damit die Lebensgeister zurückkommen?«

»Nachher bestimmt, aber wenn deine Bodenhaftung dem Wind trotzen kann, würde ich gern einen Strandspaziergang machen, solange es noch ein bisschen Tageslicht gibt.«

»Wie du magst.«

Sie zogen sich Wetterjacken an und gingen wortlos zum breiten Sandstrand. Hier, wo im Sommer

Scharen von Touristen die Sonne genossen, war heute kein Mensch, keine Fußspur. Nicht einmal eine weggeworfene Plastiktüte fand der Wind, um sie durch die Luft zu wirbeln. Das Meer stürmte in großen Wellen an die Küste, brach sich, ging und kam wieder, in endloser Folge, ohne Erschöpfung. Brausend betonte es seine Herrschaft über den Strand, die die Menschen zwar duldete, aber nur als Gäste. Lea genoss diese Gastfreundschaft. Sie hatte bei aller Schroffheit auch etwas Bergendes, das Rahmen und Raum gab, ohne Rechenschaft, ohne Dank zu erwarten. Eine Möwe stand gegen eine Bö in der Luft und landete dann in scharfem Bogen direkt neben Lea.

Der Wind hatte das Gefühl von Bens Umarmung weggeblasen. Jetzt war Lea wieder auf Worte angewiesen. Aber wie bei der Mail an Nora fand sie den Anfang nicht. Sie war dankbar, dass Ben ihr eine Brücke baute.

»Gut, dass du gekommen bist. Wir haben lange nicht mehr miteinander geredet. Du hast mir gefehlt, kleine Schwester. Erzähl mal, was bei dir los ist.« Lea atmete tief durch.

»Ich habe eine Liebe im Deutschland. Nora. Eine Deutsche. Sie wartet auf mich. Aber ich kann dort nicht hin. Das kann ich Mutter nicht antun. Die ganze Geschichte kann ich ihr nicht antun. Ich weiß nicht, was ich tun soll!«

Ben blieb abrupt stehen und sah sie an. »Jetzt mal langsam. Wann bist du denn einer Deutschen begegnet, die dich so verzaubert hat? Du, die mir so lange nicht mehr von einer Liebe erzählt hat? Warum kommt sie nicht her?«

»Sie ist krank. Die Reise wäre zu anstrengend. Sie hatte sie geplant und wieder abgesagt. Sie will mir nicht zur Last fallen. Weiß nicht, dass sie mir gar nicht zur Last fallen kann.«

»Das weiß sie nicht?«

»Ich versuche seit vier Jahren zu schreiben, was sie mir bedeutet und ich finde nicht die richtigen Worte. Wie soll ich etwas schreiben, mit dem ich mich vor Mutter schämen würde?«

»Vielleicht ist das die falsche Frage. Fang mal vorn an zu erzählen.«

Langsam gingen sie am Strand entlang, sahen die Grenzenlosigkeit des grauen Meeres, das ohne Horizont in den grauen Himmel überging, hörten Wellen und Wind ihr wildes Lied singen.

»Gut. Von vorn.« Lea sah nach der Möwe, die sich wieder schreiend gegen den Wind stemmte und plötzlich davontragen ließ.

»Erinnerst du dich an den Laden, meine verrückteste Idee, wie du damals gesagt hast?«

»Was du damit wolltest, verstehe ich bis heute nicht.«

»Ich habe es selbst auch nur nach und nach verstanden. Am Anfang hatte ich Lust, Leute mit langen Haaren zu verwöhnen, schöne Haare in den Händen zu halten, Frisuren auszuprobieren, zu sehen, was zu welchem Gesicht passt, was sich mit welcher Haarstruktur machen lässt. Ich wollte wissen, ob manche Haare wirklich so widerspenstig sind, dass es eher eine Last ist als ein Genuss, sie lang zu tragen.« Lea drehte eine Strähne, mit der der Wind um ihr Gesicht spielte, in ihrem Dutt fest.

»Es war eine Flucht nach vorn. Vielleicht hätte ich nach einer Weile lange Haare so über, dass ich dieses Thema endlich loslassen konnte. Wenn nicht, war ich mit dem Laden dort angekommen, wo ich hingehörte. Deshalb habe ich versucht, meine Vorstellungen von langen Haaren dort so puristisch wie möglich umzusetzen. Es ging mir nicht ums Geschäft. Ich hatte wenig Lust auf Kompromisse.«

»Na ja, auf Kompromisse lässt du dich ohnehin selten ein.«

»Ich weiß, so sehen mich alle. Aber selbst du weißt nicht, wie oft ich die Schere im Kopf ansetze, ehe ich etwas ausspreche. Wenn ich immer sagen würde, was mir einfällt, wäre ich schon längst als verrückt abgeschrieben und weggesperrt.«

»Nun tu nicht so, als würdest du mit einer Narrenkappe auf einem Esel durch die Stadt reiten. Lass die Schere für die Gedanken einfach weg, wenn du mir erzählst. Für die Haare hattest du in deinem seltsamen Friseur-Laden ja auch keine.«

»Natürlich nicht. An die Haare kommt mir keine Schere, das war doch mein Markenzeichen. Ein Markenzeichen für ein Nischenprodukt. Ich war nicht sicher, ob es Kundinnen geben würde, die meine Vorstellungen teilten.« Lea sprang zur Seite, um einer Welle auszuweichen.

»Es dauerte eine Weile, bis der Laden regelmäßig voll war, aber mit der Zeit hatte ich den Ruf, eine Frisurenkünstlerin zu sein. Manche Kundinnen waren dankbar für das besondere Angebot, sahen, dass mehr als Handwerk dahintersteckte. Für eine Geschäftsbeziehung war das viel. «

»Jedenfalls hast du auf mich nie gewirkt, als ob du zu wenig zu tun hättest.«

»Nein. Es gab den Ökoverein und irgendwann bat Zarov mich noch, mich um dieses Start-up zu kümmern. Alles war wichtig, hat großenteils Spaß gemacht, Kräfte gefressen und keine Zeit gelassen. Selbst meinen Bruder habe ich dabei aus den Augen verloren.«

Ben zuckte zusammen.

»Jedenfalls lief der Laden gut genug, um sich zu tragen, hatte von außen betrachtet erreicht, was er erreichen sollte.«

»Und von innen?«

»Wurde mir klar, dass ich mit dem Laden eine Hoffnung verband, die verrückter war als das Projekt selbst.« Lea schloss kurz die Augen. Selbst Ben gegenüber fiel es ihr nicht leicht, ihre Utopie auszusprechen, sie in den Wind zu reden.

»Ich hatte den Traum, über diesen Laden jemanden kennenzulernen, der in mein Leben passt. Wenn ich mit dem Laden Frauen anziehen konnte, die meine Passion für lange Haare teilten, würde sich darunter vielleicht eine finden, die auch sonst zu mir passte.«

»Und für solche Idee baust du einen Laden auf, statt auf Eurer Ökostation jemanden anzusprechen, die dir gefällt oder dich im Café zu einer langhaarigen Frau an den Tisch zu setzen? Lea! ,Verrückte Idee' ist dafür geschmeichelt.« Dass Bens Augen etwas anderes sagten, als sein Mund, dass sie Lea mit Wärme und Zuneigung einfingen, half ihr weiterzusprechen.

»Ich weiß. Aber wie gesagt, am Anfang hatte ich den Laden anders gesehen. Oder ich hatte ihn anders sehen wollen. Je klarer mir der Traum wurde, den ich in der Idee versteckt hatte, umso schwerer wurde es, die Rolle der Geschäftsfrau beizubehalten. Ich gewöhnte mich an den Gedanken, den Laden aufzugeben, den Traum zu begraben.«

»Aber?«

Nach einem prüfenden Blick auf Ben, dessen Gesicht noch immer Erstaunen und Wohlwollen spiegelte, wagte sich Lea an den Kern ihrer Geschichte.

»Aber der Traum wollte nicht begraben werden, ich fand meine Nadel im Heuhaufen. Als Nora in meinen Laden geschneit kam, regennass, skeptisch, neugierig, habe ich mich in sie verliebt. Ich habe mich in ihre Augen verliebt, die alles auf einmal in sich aufzunehmen schienen, in ihren Blick, der mehr sagte als ihr etwas unsicheres Englisch.«

»Und in ihre langen Haare.«

»Warum Nora den Laden betreten hat, kann ich nicht sagen. Mein Traum muss so deutlich durch die Dekoration geschienen sein, so stark an ihren eigenen Traum gerührt haben, dass sie nicht vorbeigehen konnte. Sie war unsicher, verwirrt, als sie hereinkam. Ich habe den Blick gesehen, mit dem Sie alles ansah, und wollte, dass sie nicht geht. Habe versucht, sie zu halten, obwohl ich noch mit einer anderen Kundin beschäftigt war.«

»Damit hattest du offensichtlich Erfolg.«

»Ja, aber das heißt nicht, dass sie sich von mir frisieren lassen wollte. Weder als sie hereingekommen ist noch nach unserem Gespräch. Nicht weil sie das Konzept des Ladens ablehnte, sondern weil sie ihre Haare nicht in fremde

Hände gab. Ich war nur die Frau, die einen seltsamen Laden betrieb. Sie war nur – ich weiß nicht, jedenfalls keine Kundin. Es war mehr, als mir zustand, dass ich sie gebeten habe, ihren Dutt zu öffnen. Was für ein Beweis von Vertrauen und Zuneigung, dass sie es tat! Ganz vorsichtig strich ich über ihre märchenhaften Haare und sie antwortete mit einem Blick, den ich bis heute als Geschenk in mir trage.«

Eine Bö blies ihr die Worte vom Munde, aber Ben fing jedes davon auf.

»Diese Geschichten mit der Liebe auf den ersten Blick, der Schönheit, die den Partner ein Leben lang bindet, sind mir immer suspekt. Und jetzt erzählst du mir so etwas und ich kann nicht einmal daran zweifeln, dass du es ernst meinst.«

»Das ist keine Geschichte von der ‚schönen Frau‘. Es ist nicht einmal die Geschichte von der ‚Frau mit den langen Haaren‘. Ich hatte inzwischen viele langhaarige Frauen kennengelernt, in keine von ihnen habe ich mich verliebt. Es ist die Geschichte von Nora. Von ihren Augen und ihrer Sprache. Ihr Akzent hat mich durcheinandergewirbelt. Es war der Akzent, an dem ich Mutter in jedem Stimmengewirr erkannt hatte, der in ihrem wortgewandten Englisch nie verschwunden ist. Noras Stimme war anders, aber der Akzent klang nach Mutters weichen Händen. Es war ein deutscher, ein Berliner

Akzent, der Akzent der verfluchten Stadt, in der die Erinnerungen der Großeltern spielten.«

»Der Akzent war dir wichtiger als das, was sie gesagt hat? So kenne ich dich gar nicht.« Bens Blick wurde skeptisch.

»Viel hat sie gar nicht gesagt. Sie hatte nicht nur einen Blick, der alles wahrnahm, sie hatte auch eine Art zuzuhören, die mich in Trance versetzte und dazu gebracht hat, gleich bei dieser ersten Begegnung von meinen Träumen zu erzählen. Ich habe ihr von den Hoffnungen erzählt, die ich in den Laden gesteckt hatte und die sich kaum erfüllten, von Begegnungen, von Freude und Enttäuschungen ... Dass man so viel in einer Stunde erzählen kann! Nora hat zugehört und nur manchmal eine Frage gestellt, aufmerksam und nie platt oder provozierend. Was sie gesagt hat, war nicht egal, überhaupt nicht.«

»Hat sie dir von Berlin erzählt?«

»Dafür war nicht genug Zeit. Ich hätte nicht zu fragen gewagt.«

»Sie hat dich zerrissen.«

»Nein. Ich habe mich zerrissen. Aber erst später. Als Nora im Laden war, habe ich den Fluch über ihrer Stadt nicht gespürt. Ich hatte das Gefühl, dass mir nichts zustoßen könnte, so lange sie bei mir ist.«

»Das hat nicht gereicht, sie an dich zu binden? Nicht einmal, um eine Gelegenheit zu finden, das Gespräch außerhalb des Ladens fortzusetzen?«

Der Wind hatte die Strähne wieder aus Leas Dutt gezogen und ließ sie vor ihrem Gesicht flattern. Der Regen wurde stärker. Lea sah fragend zu Ben, aber er schien nicht auf die Idee zu kommen, deshalb das Gespräch zu beenden.

»Wir sind in losem Kontakt geblieben, haben uns Mails geschrieben, gelegentlich Karten. Nichts Verbindliches, nichts Innerliches erzählten die Worte. Aber nicht nur die Worte sind wichtig, sondern auch, wie sie geschrieben sind. Wir haben so geschrieben, dass keine von uns aufgegeben hat, vier Jahre lang. Da muss es doch einen Wunsch, einen Traum geben, auf beiden Seiten.«

»Vier Jahre. Das ist lange. Sie hat dich nicht noch einmal besucht?«

»Sie hatte zweimal eine Reise geplant, und jedes Mal kam etwas dazwischen. Ich kann ihr keinen Vorwurf machen. Die Gründe für die Absagen waren ernst, ich wäre in der Situation auch nicht gereist. «

»Vielleicht ist es ihr doch nicht so wichtig wie dir? Bist du sicher, dass du dich nicht täuschst?«

»Natürlich hatte ich Zweifel. Nora hatte versprochen zu kommen, nachdem sie zum Herbst pensioniert worden ist. Ich wollte nicht, dass wieder etwas dazwischenkommt. Ich hatte

Angst, dass wir uns in dieser verklausulierten Kommunikation verloren haben könnten. Ich habe eine Mail geschrieben, in der ich meine Einladung bekräftigt habe. Diesmal nachdrücklicher, verbindlicher als sonst. Worte sind nicht meine Stärke, aber offenbar war angekommen, was ich sagen wollte. Die Antwort, nur einen Tag später, klang ganz anders als Noras bisherige Mails.«

Lea versicherte sich noch einmal Bens Aufmerksamkeit.

»Es war ein Liebesbrief. Ein Echo meiner Träume, viel klarer, als ich mich zu schreiben getraut hatte. Es war ein Hilferuf. Sie ist vom Baum gestürzt und hat sich die rechte Hand gebrochen. Sie braucht mich. Für ihre Haare. Für ihre Seele. Für alles andere findet sie Hilfe, aber ihre Haare sind dort so wenig normal wie meine hier, vielleicht noch weniger. Jeder, den sie um Hilfe bittet, redet ihr zu, sie schneiden zu lassen. Sie kann Nein sagen. Manche werden vielleicht trotzdem helfen, widerwillig und nicht so oft, wie sie es noch braucht. Ich kann ihre Verzweiflung verstehen. Vielleicht bin ich die Einzige, die das kann.«

»Bist du sicher? Ich weiß nicht, wie es im Moment in Deutschland zugeht. Aber dass man dort nicht leben kann, ohne sich die Haare schneiden zu lassen – ist das nicht übertrieben?«

»So hat sie es nicht geschrieben. Es gab ungebetene Ratschläge und ein bisschen Druck, keinen Zwang. Man braucht Kraft, längere Zeit dagegen zu halten. Aber es geht nicht nur darum. Sie hat mich gar nicht um Hilfe gebeten, nur um Geduld, um Nachsicht, weil sie meine Einladung für den Winter nicht annehmen kann. Es stand so viel zwischen den Zeilen – von Sehnsucht, von Hoffnung auf ein Echo, von Einsamkeit. Vielleicht habe ich mein halbes Leben auf einen solchen Brief gewartet, darauf, geliebt, verstanden und gebraucht zu werden. Ich hätte sofort hinfliegen müssen. Aber sie wohnt in Berlin, in der verfluchten Stadt. Wie soll ich dorthin reisen? Ich habe seit einer Woche nicht einmal geantwortet. Was wird sie nur von mir denken? Alles, was ich hätte schreiben können, wäre falsch. Verflucht die Stadt auch die Menschen, die in ihr wohnen?«

Lea blieb stehen und wischte sich den Regen aus dem Gesicht. Die Wellen brandeten gegen einen Felsblock, der ein paar Meter vor dem Ufer im Wasser lag, sodass die Spritzer bis auf ihre Regenjacke stoben. Ben stellte sich so, dass er ihr etwas Windschatten bot und ihr ins Gesicht sehen konnte.

»Die Stadt verflucht nicht die Menschen. Die Menschen verfluchen die Stadt.« Lea schmeckte die Zweideutigkeit der Antwort.

»Vor ihrem Tod hat mir Mutter einen Stoß Briefe gegeben. Sie waren an Lea gerichtet, Lea Bloch, ihre eng vertraute Freundin in Berlin. Sie hatte dortbleiben müssen, wurde verschleppt und umgebracht. Von ihr habe ich meinen Namen. Sie ist meine Patin, eine Seele, die über mir schwebt. Seit ich von ihr weiß, hat der Fluch in mir Wurzeln geschlagen. Wie könnte Lea akzeptieren, dass ich eine deutsche Frau liebe?«

In Bens Gesicht sah sie Verwirrung, Ungläubigkeit und die Mühe, das Gehörte mit seiner Schwester in Verbindung zu bringen. Sie sah, wie er um eine Antwort kämpfte, die ihr gerecht wurde, wie er seine Gedanken hin und her wälzte. Er schien manchmal dem Lachen und manchmal dem Weinen nahe zu sein. Lea hatte noch immer kein Gefühl dafür, in welche Richtung seine Antwort gehen würde, aber sie sah, dass er sie ernst nahm. Schon dafür hatte es sich gelohnt herzukommen.

Schweigend gingen sie weiter. Der Sandstrand war zu Ende. Die Küste wurde steinig und sie mussten aufpassen, dass die Wellen ihnen nicht über die Schuhe schlugen. Aber sie kannten den Weg, waren ihn wohl hundert Mal gegangen, allein und miteinander, bei Sonne, bei Regen, bei Sturm.

»Mutter hat ihre beste Freundin in Berlin zurückgelassen und nie darüber gesprochen?«

Ben hatte ins Deutsche gewechselt, die Sprache ihrer Kindheit, die Sprache der Mutter, und Lea war ihm dankbar dafür. Er sprach langsam, als müsste er jedes Wort suchen.

»Du hast dich inzwischen an diesen Gedanken gewöhnt, aber für mich klingt das unwirklich, als hättest du von einem fremden Menschen erzählt, nicht von ihr.«

Lea schüttelte den Kopf, unterbrach ihn aber nicht.

»Das muss für sie schlimmer gewesen sein, als wenn man ihr alle Zähne gezogen hätte. Vermutlich gab es keinen Tag, an dem sie nicht an diese Freundin gedacht hatte und sich auf die Zunge biss, um sie nicht zu erwähnen.«

Er bückte sich nach einem Stein, der sich rostrot vom Grau der anderen abhob, und warf ihn ins Meer. Die anrollende Welle schluckte ihn, ohne dass dabei ein Laut entstand, der im Rauschen von Wind und Wasser zu hören gewesen wäre. Als er weitersprach, blickt er aufs Meer, als könnte er den Stein dort noch entdecken.

»Die Großeltern, aber auch Mutter und Vater, waren Meister darin, beim Reden zu schweigen. Oder waren wir zu naiv, um die Sehnsucht zu hören, die in ihren Erzählungen von Deutschland lag?«

»Sicher waren wir naiv, aber sie haben uns keine Chance gegeben. In meiner Highschool-Zeit hat mich das bewegt, diese Wurzeln in Deutschland, die Flucht der Familie. Aber immer, wenn ich danach gefragt habe, haben sie das Thema gewechselt, als hätte ich sie mit Nadeln gestochen. Ich habe damit aufgehört. Wollte sie nicht verletzen.«

»Ich denke nicht, dass es Nadelstiche waren. Eher hast du damit an der Narbe gerissen, die über der Trennung von der alten Heimat gewachsen ist. Die Narbe einer schlecht verheilten Wunde.«

»Sicher war da eine Narbe. Aber es war alles lange her. Mutter und Vater waren Amerikaner, sie hätten sich nie anders bezeichnet.«

»Immerhin sprechen wir jetzt Deutsch miteinander, die Sprache unserer Mutter.«

Noras Berliner Akzent. Die deutschen Briefe der Mutter. Wie scharf hatte Lea im Kopf die Sprache vom Land getrennt. Konnte man das? Durfte sie das in ihrer Familie?

»Vater und Mutter wären nicht so verzweifelt gewesen über das, was in Deutschland geschah, wenn es nicht die Heimat ihrer Kindheit gewesen wäre, Geborgenheit und Raum für Wachstum bedeutet hätte. Die Hoffnungen und Wünsche dieses verrückten Alters, wenn man gerade kein Kind mehr ist, waren an dieses Land gebunden, daran, dass das auf Abwege geratene Land doch für sie bewohnbar bleiben könnte.

Der Fluch war die einzige Chance, die Nabelschnur zu zerreißen, die sie an die Heimat band. Vielleicht war er notwendig, um das Land wirklich aufzugeben, zu fliehen, ihr Leben zu retten, unser Leben zu ermöglichen.«

»Mussten sie die Erinnerung an das Land dafür aufgeben? So absolut, wie sie es getan haben? Denkst du nicht, dass sie stark genug gewesen wären, einer Sehnsucht zu folgen, die sie nach Deutschland zog, und doch wieder hierher zurückzukommen? Vielleicht wäre es für die Großeltern zu schwer gewesen, aber Mutter und Vater? Nach Yad Vashem zu gehen war auch kein leichter Weg.«

»Nein. Aber Yad Vashem war kein Ort, der mit den Armen der Kindheit nach ihnen griff.«

»Es gibt so viele Menschen, die den Ort ihrer Kindheit verlassen haben, freiwillig oder nicht. Chilenen, Koreaner, Syrer. Viele können nie zurück, aber die, für die es möglich ist, reisen in die alte Heimat, kommen dann zurück in die neue oder nicht. Der Fluch erlaubt das nicht.«

»Vielleicht lag hinter der harschen Weigerung, deutschen Boden jemals wieder zu betreten, die Angst vor der veränderten Wirklichkeit. Die Angst, das letzte bisschen guter Erinnerung, die ihnen geblieben war, im fremden, neuen Deutschland zu verlieren. Vielleicht lag dahinter die Befürchtung, dass die Orte ohne die geliebten Menschen deren Tod noch endgültiger machen würden als die bloße Nachricht davon.«

Die bizarren Muster, die die Steine am Strand zeichneten, wurden Lea zum Bild von zwei Mädchen, die im Hinterzimmer eines Gemüseladens saßen. Die eine las aus einem Buch vor, die andere schnitzte an einem Stück Holz. Es war, als würde Ben das Bild kennen, obwohl er den Brief der Mutter nicht gelesen hatte. Die Vorstellung, dass es diesen Gemüseladen nicht mehr geben könnte, dass auch das Haus, in dem er gewesen war, nicht mehr stehen könnte, kam über sie wie eine schwarze Welle. Ben holte sie aus den Gedanken zurück.

»Vielleicht lag hinter der Weigerung, noch einmal nach Deutschland zu reisen, auch der Kampf mit dem eigenen Wunsch, uns diese für sie so wichtigen Orte zu zeigen. Das Wissen, dass dieser Kampf nicht zu gewinnen war, auf keine Art.«

»Hätten sie uns dann den Fluch in den Weg gestellt, für den Rest unseres Lebens?«

»Ich bin nicht sicher, ob sie das wollten. Ob ihnen klar war, dass sie das getan haben. Vielleicht tust du Mutter und Lea gar nichts Böses an, wenn du nach Deutschland fährst? Vielleicht gehört dieser Weg zu den Aufgaben, die sie uns mit ihrem Lebensfaden überlassen haben? Ich habe immer versucht, mich diesem Lebensfaden zu entziehen. Vielleicht wartet er auf dich, als letzte Konsequenz deiner Liebe zu Mutter und deiner Zuneigung zu Lea. Als letzte und schwerste Konsequenz. Ich beneide dich nicht darum. Wenn du ihn gehst, wird es ein schwerer Weg.«

Er sah über das Meer, so als könnte er die andere Küste erkennen, als wäre der aufgewühlte Atlantik nicht etwas Trennendes, sondern etwas Verbindendes. Unstet, bedrohlich und doch eine Verknüpfung von zwei Seiten, die untrennbar zusammengehören.

»Eigentlich wäre es an mir gewesen, diesen Weg als Erster zu gehen. Ich habe geringere Berührungsängste als du, in mir hat sich der Fluch nicht so unwiderruflich festgesetzt. Ich habe die Haltung der Familie respektiert. Ich hatte keinen Grund zu reisen. Du hast jetzt einen Grund. Nun musst du vorangehen.«

Die Worte schlugen gegen Klippen in Leas Kopf wie die Wogen gegen die Steine am Ufer. Sie zog ihre Hände in die Ärmel der Wetterjacke und sah wie Ben in die graue Ferne. Er hatte ausgesprochen, was ihr durch den Magen gekrochen war, durch die Knochen, durch die Adern, was aber bis zu jenem ersten Gedanken auf der Herfahrt nicht den Weg am strengen Wächter der Selbstkontrolle vorbei in ihren Kopf hatte finden können.

Er hatte es ausgesprochen in dem Wissen, dass sie nicht nur von den Regeln beherrscht war, die die Eltern aufgestellt hatten, sondern den Fluch in sich verwurzelt hatte. Dass sie nicht nur das Erbe der Familie, sondern auch das von Lea Bloch trug.

In Leas Kopf rauschten der Atlantik, das Blut und der Appell ihres Bruders. Alles war unwirklich. Sie war sich nicht mehr sicher, ob Ben diese Worte wirklich gesagt hatte, oder ob sie in ihrem eigenen Kopf explodiert waren. Sie hatte das Gefühl, dass das Meer sie wegriss, weg von Ben und der Geborgenheit, die sie bei ihm fand, nach Osten, zum anderen Kontinent, in ein anderes Leben, nach Deutschland. Es war, als hätten sich die Schleusen aller Ängste geöffnet, die ihr gestern noch fremd waren. Endlich wagte sie wieder, Ben anzusehen.

»Du hast hier immer dein Zuhause, in das du zurückkommen kannst. Niemand kann dir den Weg verstellen. Aber Nora ist ein ganz besonderer Mensch. Ich weiß, wie schwer es dir fällt, Vertrauen zu fassen. Wenn es dich zu ihr zieht, ist sie es wert. Und wenn du bei ihr dein Glück findest, sorge dafür, dass es ein bequemes Gästebett gibt!«

Lea schlug Bens Einladung aus, über Nacht zu bleiben. Die Autofahrt durch Dunkelheit, Wind und Regen war kein Genuss, aber sie musste jetzt allein sein, musste ihre Gedanken und Gefühle, die wilder waren als das Meer am Nachmittag, irgendwie zur Ruhe bringen. Musste suchen, was sich darunter als fester Boden fand.

Ben hatte sie losgeschickt, daran gab es keinen Zweifel. Er war radikaler, als sie es sich auf der Hinfahrt hätte vorstellen können, damals, vor unendlich vielen Stunden, bei ihrem ersten vagen Gedanken, dass es für sie einen Weg nach Berlin geben könnte. Er hatte es nicht als Möglichkeit formuliert, sondern gesagt:

»Das ist dein Weg. Du musst ihn gehen.«

Er hatte nicht eine kurze Reise gemeint, um der Freundin die nötige Unterstützung zu geben, sondern er hatte gemeint, dass sie dort leben könnte, dass sie dort ein Gästebett bräuchte, damit er sie besuchen konnte. Hatte er das wirklich so gemeint? Oder war das nur ihre Interpretation, ihre Neigung dazu, alles gleich absolut zu sehen? Er hatte ein Fenster aufgestoßen, das sie seit vier Jahren gut verschlossen hielt, weil sich dahinter der Traum von einem Leben mit Nora verbarg. Hatte er das wirklich so gesagt? Er hatte sie ernst genommen, nicht einfach abwimmeln wollte. Beim Abschied hatte sie gemerkt, wie schwer es ihm fiel, sie so weit weg reisen zu lassen. Dorthin reisen zu lassen. Er war fast fünf Jahre älter als sie und wusste, dass

269

sie sich nicht mehr oft sehen würden. Wenn Lea wirklich nach Deutschland fuhr. Wenn sie länger in Deutschland blieb. Wenn sie länger in Deutschland blieb? Er wollte sie sicher nicht loswerden. Trotzdem hatte er sie auf diesen Weg geschickt, ohne Fragezeichen, ohne Alternative. Die Möglichkeit, Nora zu überreden, nach Boston zu kommen, hatte er nicht in Betracht gezogen. Er zweifelte nicht daran, dass Nora als Mensch diesen Preis wert war. Er zweifelte nicht daran, dass es für Lea gut wäre zu reisen. Er zweifelte nicht einmal daran, dass Großeltern und Eltern diese Reise akzeptieren würden, wenn sie davon wüssten.

Würden sie das wirklich? Wenn sie Nora kennengelernt hätte, als die Mutter noch lebte – die Mutter, vor der sie nichts verbergen konnte, die sie noch viel besser kannte als Ben –, hätte sie ihr von Nora erzählen können? Vielleicht hätte sie das, weil sie die Briefe noch nicht kannte und sie noch nicht um Leas Seele wusste, die über ihr schwebte. Aber wenn sie die Briefe gelesen hätte und die Mutter noch lebte, jetzt, hätte Lea zu ihr gehen und ihr sagen können, dass sie nach Deutschland fuhr, zu einer deutschen Frau, die sie liebte? Das hätte sie nicht getan, ganz sicher nicht.

Was nimmt ein Mensch mit ins Grab, was vererbt er? Die Mutter hatte ihr die Briefe vererbt, aber sie hatte ihr auch die Bücher vererbt, die Lea inzwischen nach und nach gelesen hatte: Kästner, Mann, Brecht. Lea hatte Heines Wintermärchen lieben gelernt, den Rhythmus der Verse, die feine Ironie, aus der auch eine Liebe zu Deutschland sprach. Plötzlich fühlte sie sich Heine sehr nahe: Im traurigen Monat November war's ... War es überhaupt ein Unterschied, ob man aus Frankreich oder aus Amerika anreiste? War es so anders als vor 175 Jahren? Die Mutter hatte ihr viele der deutschen Bücher zum Lesen geliehen, aber nicht das Wintermärchen. Das hatte sie erst entdeckt, als sie die Bücher bei sich einsortiert hatte. Das Erbe ihrer Mutter war ein Vermächtnis mit offenen und verborgenen Seiten. Sie hatte es angenommen, aber sie hatte es noch immer nicht ganz durchschaut.

Sollte sie nach Berlin fahren? Was würde sie dort finden, wenn sie die Straßen entlangging? Sie merkte, wie Angst in ihr aufstieg – die Angst, die sie am Meer zum ersten Mal gespürt hatte, finster, unberechenbar. Solange es für sie nicht denkbar war, nach Berlin zu reisen, waren alle Befürchtungen rational und abstrakt. Je mehr sie sich auf den Gedanken einließ, dem Fluch zu trotzen und die Reise anzutreten, umso lebendiger wurde die Stadt für sie. Sie sah Häuser mit Geschäften, Straßen mit Autos und Bussen und sie sah Menschen. Menschen eilig auf dem Weg zur Arbeit, Menschen mit Kindern, alte Menschen auf einen Stock gestützt. Konnte sie den Menschen dort ins Gesicht sehen, ohne jeden nach seinen Eltern und Großeltern zu fragen, so wie sie es mit Robert getan hatte? Würde sie damit umgehen können, wenn sie dort auf dumme Leute, auf böse Worte traf? Gleichzeitig wurde sie neugierig auf die Stadt, und es machte sich eine Vorfreude auf Noras überraschtes Gesicht breit – darüber, dass sie nun doch käme. Junge Feen und alte Gespenster begannen, ihre Gedanken zu durchweben. Die Feen riefen sie, erwarteten sie, zogen sie zu Nora. Die Gespenster bedrängten sie, trieben sie durch die Straßen der noch unbekannten Stadt, rissen sie fort auf Nimmerwiedersehen. Alles drehte sich. Auch die Straßen ihres Viertels, in dem sie seit über vierzig Jahren wohnte, schienen Lea plötzlich unbekannt und verworren. Sie war froh, als sie zu Hause ankam, ohne die Kontrolle über das Auto verloren zu haben.

Im Regal blinkte der Anrufbeantworter.

»Danke für den Bass. Das ist ja so toll. Ich kann zwar nicht zu Hause spielen, mein Vater motzt, aber ich habe mich heute in den Park gesetzt. Kommt ja keiner vorbei bei dem Wetter. Keine Angst, es gab ein Dach. Lieber Gruß Ella«

Mit dem geborgten Bass von Jenny hatte Ella an einem stürmischen und verregneten Tag im Park gesessen. Lea wusste nicht, ob sie lachen oder heulen sollte. So viel Begeisterung bei dem Mädchen. Wie lange würde der Bass das aushalten? Sie hatte bei der Leihgabe zu kurz gedacht, Ella brauchte auch einen Ort, an dem sie in Ruhe üben konnte. Lea schaffte nicht, darüber nachzudenken, nicht heute. In Ihrem Kopf spukte und flatterte nur die Frage: *Soll ich nach Berlin fahren?*

Sie nahm ihren eigenen Bass in die Hand, aber es gab keine Melodie, die in ihr schwang. Alles fühlte sich unwirklich an, und der einzige Rhythmus, der in ihr pochte, war: *Soll ich fahren? Soll ich fahren? Soll ich fahren?*

Sie sah sich als Kind am Tisch der Großeltern, spürte wieder die Mischung aus Angst und Neugierde, die die halbe Sätze über Berlin, über Straßen, über Menschen von dort bei ihr weckten. *Soll ich fahren?* Sie versuchte, sich die Gesichter dort am Tisch vorzustellen, wenn sie ihnen die Frage vorlegte: *Soll ich fahren?* Sie ließ das Gespräch mit Inge wieder und wieder in ihrem Kopf ablaufen, Inge, die mit einem ganz klaren Nein auf die Frage geantwortet hatte. *Soll ich fahren?* Sie ließ den Atlantik in ihrem Kopf rauschen und Ben sagen: *Das ist dein Weg.* Hatte er wirklich recht? *Soll ich fahren?*

Die Frage kämpfte so sehr mit dem Fluch, dass sie fast Nora verdrängte und die sanfte Wärme, die Lea für sie empfand. Nora, die die Frage nicht gestellt hatte, die nur geschrieben hatte: Hier bin ich. So geht es mir. Du fehlst mir. Aber gerade das war der Code gewesen, dessen Dechiffrierung die Frage hervorgebracht hatte. *Soll ich fahren?* Nora schien vor der Frage ganz in den Hintergrund zu treten, als wagte sie nicht, sich in ihre Beantwortung einzumischen. Damit hatte sie recht. Es war Leas Frage, Leas Angst, Leas Reibung an ihrem Erbe. Ihre Antwort würde gelten. Jahrelang. Vielleicht für den Rest ihres Lebens. Würde sie prägen, verändern. Sie war nicht zu umgehen, Lea konnte die Entscheidung nicht länger hinausschieben. Ein Ja war ein Ja, aber auch ein Nein würde Bestand haben. *Soll ich fahren?*

Sie stellte sich vor, wie Lea und Alma im Hinterzimmer des Ladens das »Wintermärchen« gelesen hatten. Auch damals war das Buch schon fast hundert Jahre alt und stellte die Frage nach Bleiben und Ertragen oder Gehen und Sehnen. Was wussten die Mädchen von Heines Leben, von seiner Zeit? Vermutlich fast nichts. Was wussten die Mädchen von Amerika? Wohl kaum etwas. Sicher wussten sie weniger, als Lea von Deutschland heute wusste. Alma war trotzdem gefahren. Aber was blieb ihr übrig, in dieser

Welt, in der sie lebte? Der Vergleich brachte Lea zu keiner Antwort auf ihre Frage. *Soll ich fahren?*

Der letzte Brief aus dem Umschlag der Mutter, der Brief, der an sie selbst gerichtet war, war inzwischen zerlesen. Die Falze begannen brüchig zu werden. Der Rand war angegraut, obwohl Lea den Brief immer sorgsam behandelt hatte. Sie kannte jedes Wort auswendig, kannte jeden Punkt, jeden Zeilenwechsel. Und doch holte sie ihn hervor. Sie las ihn bis zu den letzten Sätzen, las wieder und wieder:

»Wenn sie Dir begegnet, lass Dich nicht von Regeln hindern, die Du nicht erfunden hast. Denk daran, dass Du dafür immer meinen Segen haben wirst.«

Waren diese Sätze für heute gemeint? Galt dieses »immer« auch dann, wenn es um Nora, um eine Deutsche, ging? Wenn es notwendig war, zu ihr nach Berlin zu fahren? Sie stellte sich ihre Mutter vor, die Liebe, mit der sie immer ein offenes Ohr für Leas Sorgen hatte, mit der sie sie manchmal tiefer durchschaute, als der Tochter lieb war. Sie erinnerte sich auch an die Härte in den Augen der Mutter, wenn der Vater bei Tisch über Entwicklungen in Deutschland sprach, die er für hoffnungsvoll hielt, wenn er gar Bewunderung für deutsche Kollegen zeigte, die er auf einer Tagung getroffen hatte, oder für deutschen Fußball. Nein, eine deutsche Freundin hatte sich die Mutter für Lea ganz sicher nicht gewünscht. Auch die letzten Sätze dieses Briefes boten keine Antwort auf die Frage, ob sie fahren sollte. Aber sie relativierten das Nein, das ihr aus dem Mund ihrer Mutter immer so unumstößlich erschienen war.

Lea war müde und konnte doch nicht schlafen. Die Bilder in ihrem Kopf verschwammen zu einem Wachtraum. Darin saß die Mutter mit ihr am Küchentisch, auf dem ein Blumenstrauß stand und eine große Teekanne dampfte. Sie unterhielten sich, wie sie es so oft getan hatten. Als zarter Schatten war Lea Bloch dabei. In dieser Nacht erzählte Lea ihrer Mutter von Nora, von ihrer Liebe, die sie aus ihrer immer größer werdenden Einsamkeit reißen könnte. Sie erzählte von einer klugen, weichen Frau, von der sie nicht wusste, ob es sie nur in ihren Träumen oder auch in der Wirklichkeit gab. Sie erzählte von langen Haaren, die unscheinbar im Dutt gebunden waren, aber entfesselt am Meer die Welt umschlingen konnten. Sie erzählte von einer Frau aus dem verfluchten Land, die dort zu Hause war, Kinder und Enkel hatte, die dort ohne Angst leben konnte, aber auch ohne jemandem etwas zuleide zu tun. Sie erzählte von einer Frau, deren Großeltern »normale Deutsche« waren, deren Eltern in der gleichen Schule wie die Mutter gewesen sein könnten, die aber ihr Land nie verlassen mussten. Sie erzählte von einer Frau, die nie die kleinste Andeutung gemacht hatte, dass sie sich daran stören würde, dass Lea Jüdin war, die jedoch den Fluch ohne Widerspruch akzeptiert hatte. Sie erzählte von einer Frau, die nach ihr gerufen hatte, die sie brauchte, die ihr nahe sein wollte.

Während Lea sprach, wurden die Augen ihrer Mutter immer dunkler. Es kostete sie offensichtlich Selbstbeherrschung, aber sie ließ Lea ausreden. Dann, nach einer Pause, sagte sie: Du musst fahren, aber vergiss uns nicht.

Später erinnerte sich Lea nicht mehr, ob die Mutter weitergesprochen hatte oder ob die Worte ungesagt im Raum hingen: Das Eingeständnis der lang unterdrückten Sehnsucht nach dem Land, das sie sich, das man ihr nie hatte ganz aus der Seele reißen können, das sie sich in der Sprache bewahrt hatte, die sie sorgfältig an ihre Kinder weitergegeben hatte. Die Hoffnung, dass ihre Tochter die Angst, nicht die Erinnerung hinter sich lassen könnte. Der Wunsch, dass Lea wirklich eine Freundin finden würde, eine Vertraute.

Als Lea am Morgen übernächtigt und doch wach aufstand, wusste sie, dass ihr die Mutter den Segen gegeben hatte. Sie wusste, dass ihre

Patentante sie begleiten würde, wie sie sie in den letzten zehn Jahren in Amerika begleitet hatte. Sie wusste, dass sie nicht fürchten musste, die Toten zu verraten, wenn sie zu Nora nach Deutschland fuhr.

Der Entschluss zu reisen gab Lea ihren Elan zurück. Sie wusste, was sie wollte, sie wusste, was zu tun war und sie wusste, dass Nora wartete. Eine Woche war verstrichen, seit die Mail aus Berlin gekommen war. Wenn sie nicht gleich flog, war es egal, ob sie sich in einem Monat oder in einem Jahr auf den Weg machte.

Für den kommenden Sonntag fand sie einen Flug, mit dem sie am Montag früh in Berlin ankommen würde. Sie überlegte, ob sie eine Nachbarin bitten sollte, in der Wohnung nach dem Rechten zu sehen, oder ob sie sie vermieten sollte. Ella. Für Ella könnte es ein Rückzugsort vor dem Vater sein, sie könnte hier Bass spielen, ohne dass jemand sie störte oder dass sie mitsamt dem Instrument im Park einregnete. Ella würde zuverlässig die Pflanzen gießen. Sie würde vielleicht Ken mitbringen – würde die Wohnung das aushalten? Würde Ella auch die Nazi-Sympathie ihres Vaters in die Wohnung tragen? So absurd dieser Gedanke war, konnte Lea ihn doch nicht verdrängen. Sie musste noch einmal mit Ella darüber reden.

Am Freitag früh hatte Lea ihr Wohnzimmer in eine Frisierstube umgebaut. Sie hatte den Spiegel im Bad abmontiert und auf die Kommode neben der Couch gestellt, den höhenverstellbaren Schreibtischstuhl aus dem Arbeitszimmer geholt und auf dem Tisch Klammern, Gummis und zwei weiße Bänder bereitgelegt. Helen war angespannt, als Lea ihr den Stuhl zurechtrückte.

»Ist es nicht verrückt, sich einem Menschen so anzuvertrauen, so ganz und gar?«

Lea sah Helens Gesicht im Spiegel – eine junge Frau, die sie an Ella erinnerte. Welche Ängste mochten sie umtreiben? Sie löste Helens Zopf und glättete die Haare mit ein paar Bürstenstrichen. Aus zwei vorderen Partien flocht sie Akzentzöpfe, die sie dekorativ über den Kopf legte. Ihre Hände fanden den Rhythmus wieder, der alles um sie herum verschwinden ließ außer den Haaren der Frau, die vor ihr saß. Sie fühlte die Struktur und die Länge von Helens Haaren und wusste, ohne über die Absprachen ihres letzten Treffens nachdenken zu müssen, welchen Bogen sie feststecken, in welchen Teil sie ein Band einflechten wollte. Wenn Helens Haare leise über den Taft des Kleides raschelten, flüsterten sie »Noora, Noora«.

»Ja, es ist verrückt. Aber es wäre dumm, es nicht zu versuchen.«

Nachmittags stand Ella vor Leas Wohnungstür, mit gesenktem Kopf, den Bass-Kasten in der Hand.

»Keine Chance, zu Hause zu üben? Komm erst einmal rein.«

Ella betrat die Wohnung, als hätte sie Nadeln unter den Füßen.

»Nein. Nicht nur das.« Sie drehte den Bass-Kasten um und zeigte Lea eine Schramme und einen Fleck, die man erst bei genauem Hinsehen erkannte.

»Ich habe nicht gut genug aufgepasst. Ken hat meine volle Teetasse drauf geschmissen. Er war so wütend.«

»Wegen der Musik?«

»Nein. Weil ich gesagt habe, dass ich in deine Wohnung kommen kann, wenn ich Lust habe. Er denkt, dass ich ihn allein lassen will. Der Bass ist sein Symbol dafür.«

»Kennt er dich so schlecht? Er müsste doch wissen, dass du immer für ihn da bist.«

»Worauf kann sich schon jemand aus meiner Familie verlassen? Ich habe ihm versprochen, dass ich den Bass zurückbringe und nur zum Blumengießen in deine Wohnung gehe. Verlass dich drauf, ich halte schon alles in Ordnung.«

»Ich verlasse mich drauf. Aber komm auch ruhig mal her, um Luft zu holen. Der Bass wartet hier auf dich.«

»Und dann bekommt Ken es mit und weiß, dass er mit seinem Misstrauen recht hatte. Lass mal, ich komme schon klar.«

Ella zog die Tür so leise ins Schloss, dass es Lea wehtat.

Wie plump war sie zu Ella gewesen. Wie wenig hatte sie verstanden, was dem Mädchen helfen konnte. Wie dumm hatte sie das Vertrauen zerschlagen, dass Ella zu ihr gefasst hatte. Den Schaden an Majas Auto hatte sie mit den Mitteln, die ihr zur Verfügung standen, beheben können. Maja war glücklich, konnte die Wochenend-Spritztour machen und Elton hatte Lea auf eine Tasse Kaffee eingeladen, als ob nichts gewesen wäre. Bei Ella würde es schwer werden, die Scherben zu kitten. Da war wieder diese Ungerechtigkeit der Geburt, und diesmal war Lea selbst diejenige, die dort hatte helfen können, wo der Schaden auch ohne sie erträglich geblieben wäre. Für diejenige, die das schwere Päckchen trug, fand sie nicht einmal die passenden Worte. Ob Nora ihren Kopf blockierte? Sie hatte das Gefühl, nicht mehr in den Spiegel sehen zu können.

Der Regen tropfte auf dem Fensterbrett den Rhythmus der Trostlosigkeit, die sich nach Ellas Besuch in der Wohnung ausgebreitet hatte.

Händeringend versuchte Lea, einen Hauch von Feierlichkeit für den Schabbat zu beschwören. Sie hatte die silbernen Leuchter ihrer Mutter geputzt und mit Kerzen auf den Tisch gestellt, versuchte sich vorzustellen, dass Lea neben ihr stand, als sie sie anzündete. Sie dachte daran, wie sie mit der Mutter am Tisch gesessen hatte und Kerzen in den Leuchtern brannten, wie die Hektik der Arbeitswoche von ihr abfiel, wie die Mutter von ihrem Tag erzählte. Es half nichts. Die Gesten fühlten sich fade an, der Schein der Kerzen war kraftlos unheilig. Konnte sie wie ihre Mutter in der Gemeinde Zuflucht vor der Einsamkeit finden? Noch würde sie es pünktlich zum Gottesdienst nach Newton schaffen. Sie fuhr los.

Zu ihrer Verwunderung waren mehr Menschen in der Synagoge als in der vergangenen Woche. Vorsichtig hörte sie sich um und biss sich auf die Lippen. Das Datum hätte sie im Kopf haben müssen. Am 9. November erinnerte sich die Migrantengemeinde jedes Jahr an die Pogromnacht in Deutschland. Lea hatte institutionalisiertem Gedenken nie etwas abgewinnen können. Heute nun, zwei Tage vor ihrem Abflug nach Deutschland, war sie hineingeraten in eine Gruppe nachdenklicher und trauernder Menschen, die alle ihre Erinnerung trugen. Die Bilder, die von jener Inventur-Nacht im Laden der Familie Bloch als Albtraum in ihrem Kopf klemmten, mischten sich mit dem, was andere Gottesdienst-besucher mit leiser Stimme ihren Nachbarn er-zählten, auch ihr erzählten. Sie schämte sich ihrer Vorstellung von einer formalisierten blutlosen Veranstaltung. Die Gemeinde hatte einen Rab-biner eingeladen, dessen Großeltern ihre Syna-goge in Hamburg in dieser Nacht brennen sahen und daraufhin ihre Kinder nach Großbritannien schickten. Sie selbst konnten sich nicht retten. In seine Rede flocht er deutsche Wörter ein, die Lea gruselten: *Konzentrationslager, Saujude, Endlösung.* Sie hatten nicht den Klang von Leas Muttersprache, nicht den Klang von Noras Mail. Sie hallten hart durch Leas Kopf, auch als die li-turgischen Gesänge die Heiligkeit des Schabbat über die Trauer zu erheben versuchten.

Zu Hause nahm Lea Jennys Bass aus dem Kas-ten und spielte das »El male rachamim«. Die Melodie ging ihr seit dem Gottesdienst nicht mehr aus dem Kopf. »Gott voller Erbarmen« – wie hatten die Großeltern und die Mutter es nur geschafft, sich das Vertrauen in Gott zu be-wahren, der ihnen in dieser brutalen Zeit nicht hatte helfen können? Lea schwankte zwischen Unverständnis und der Hoffnung, dass die-ses Vertrauen in ihr Wurzeln schlagen würde. Wurzeln, die sich neben denen des Fluchs ausbreiteten und ihm einen Gegenpart boten, ohne ihn zu verdrängen. Sie wollte an diesem Abend mit dem Spagat zwischen Vergangenheit und Gegenwart nicht allein sein. Dennoch konnte sie die Nähe einer höheren Macht nicht spüren.

Der Klagemelodie blieb auf Jennys Bass eine Fremdheit, die Lea nicht überwinden konnte. Sie war nicht allein mit der Musik. Würde Ella das Instrument jemals wieder spielen? Würde es jemanden geben, der mehr Erbarmen mit dem Mädchen zeigte, als sie hatte aufbringen können? Einen Menschen? Einen Gott? Sollte sie morgen noch einmal versuchen, Ella anzurufen, ihr noch eine Unterrichtsstunde anbieten? Aber je länger sie spielte, umso blasser wurde Ellas Bild, umso mehr verschwamm es und wandelte sich. Nach einer Weile saß Nora neben ihr, sah aufmerksam auf ihre Finger und schien die Musik durch die Augen intensiver aufzunehmen als durch die Ohren. Vielleicht war das ein Schlüssel. Lea ging zum Rechner und buchte ein weiteres Gepäckstück. Sie würde ihren Bass mitnehmen.

»Hallo, Ben.«

»Hallo, Lea, das ist aber kein transatlantisches Gespräch?«

»Nein, ich sitze noch ganz gemütlich auf meinem Sofa in Cambridge. Morgen Abend geht mein Flieger.«

»Lea, du fliegst?«

Sie zuckte zusammen. Der Frage fehlte die Sicherheit, mit der er sie vor drei Tagen auf den Weg geschickt hatte. Wollte Ben seine Empfehlung zurücknehmen?

»Seit du weg bist, spukt mir diese Nora durch den Kopf. Was ist das nur für eine Frau, die dich eingefangen hat? An der ganzen Geschichte ist sie für mich am unwirklichsten.«

»Vielleicht ist sie auch nur ein Spuk und ich liebe ein Phantom, das ich mir aus Bruchstücken, die ich über Nora weiß, zusammengebastelt habe.«

»Als du davon erzählt hast, war das Phantom sehr lebendig.«

»Frag nicht, ob mein Bild Bestand hat. Alles kann mit einer großen Enttäuschung enden. Unabhängig von Deutschland, Berlin und dem Fluch.«

»Was hat sie denn geantwortet, als du ihr geschrieben hast, dass du kommst?«

»Ich habe nicht geschrieben. Was hätte ich denn schreiben sollen?«

»Na, dass du kommst. Datum. Uhrzeit. Es ist ja in Ordnung, wenn du bei mir unangekündigt einfällst, aber nach einer halben Weltreise bei einer Freundin, die du erst einmal gesehen hast, früh am Morgen unangekündigt vor der Tür stehen – das ist heftig.«

»Ja, soll es sein. Ich will ihr in die Augen sehen, wenn sie mich erkennt, damit ich weiß, ob ich wirklich willkommen bin. Wenn die Augen etwas anderes sagen als die Mail, wenn der Mund höflich distanzierte Worte suchte, dann muss ich meinen Traum begraben.«

»Und dann stehst du in Berlin. Als die, die man nicht haben will. Déjà-vu.«

»Ja.«

»Und dann?«

»Ich weiß es nicht. Ich weiß gar nichts mehr. Aber ich fliege.«

»Bleib nicht zu lange. Es ist schon verdammt weit weg von hier.«

»Ja, das ist es. Vielleicht ein schwarzes Loch.«

Lea legte schnell auf, ehe der Boden unter ihren Füßen noch mehr an Stabilität verlor. Ihr Bruder, der vor drei Tagen noch so stark und sicher an ihrer Seite gegangen war, kam ihr alt und einsam vor. Wie viel Glück gab ihm seine Ehe? Wog es den Abstand auf, der zwischen ihnen gewachsen war? Sie durfte Ben nicht vergessen, musste sich darin üben, Liz zu ertragen. Alles andere mochte ohne sie weitergehen, wenn es sie länger in Berlin halten sollte, nur zwischen Ben und ihr durfte der Atlantik nicht als endgültige Scheide liegen. Sie würde trotzdem fliegen, aber sie konnte jederzeit zurückkommen. Sie lebten nicht mehr im neunzehnten Jahrhundert. Die Welt war klein geworden, und in diesem Moment tröstete sie das.

Das Packen fiel Lea schwer. Was sollte sie mitnehmen für eine Reise, die weder Urlaub noch Dienstreise war, von der sie nicht wusste, ob sie zwei Tage, zwei Wochen oder zwei Monate dauern würde? Zeltplane, Taschenmesser, Lupe und Wasserreinigungstabletten gehörten sonst immer in ihr Gepäck, egal ob sie nach Kalifornien oder nach Indien reiste. Aber was sollte sie damit in Berlin anfangen? Was würde Nora von ihr denken, wenn sie solche Dinge auspackte?

Bücher hingegen würde Nora wohl weniger wundern. Einen Krimi hatte sie noch aus der Bibliothek, der mochte taugen, wenn sie Deutschland für eine Stunde abschütteln wollte. Das »Wintermärchen« würde eine Germanistin wohl im Regal haben, aber das Buch, das Alma und Lea gelesen hatten, war inzwischen so sehr mit dieser Reise verknüpft, dass Lea es nicht zu Hause lassen konnte. Würde sie deutsche Dokumente aus dem Ordner des Vaters brauchen? Wenn sie nicht gleich wieder zurückfuhr, musste sie sich der Familiengeschichte stellen. Vorsichtig legte sie die Fotos von Alma und Lea zusammen mit Geburtsurkunden und alten

Kaufverträgen in eine Mappe. Dazu kam das schön gebundene Tagebuch, das ihr die Mutter beim Auszug aus der elterlichen Wohnung geschenkt hatte. Noch immer war es leer. Vielleicht könnte sie darin der Mutter und Lea von Berlin erzählen. Es wäre eine Antwort auf die Briefe, die die Mutter ihr hinterlassen hatte.

Lea, die gewohnt war, mit kleinem Gepäck zu reisen, konnte diesmal ihren Koffer kaum schließen. Dazu kam der Basskasten. Auch darin wurde diese Reise ganz anders als alle bisherigen.

Ihre Mutter hatte es seltsam gefunden, dass Lea keine Geschenke mitnahm, wenn sie Freunde besuchte. Aber Lea hatte dieser Formalität nie etwas abgewinnen können. Wie auch immer Nora dazu stand, sie musste damit auskommen, dass Leas Geschenk sie selbst war, ihre Auseinandersetzung mit dem Fluch, ihr Vertrauen in Nora. Wenn sie das nicht sah, war Lea bei ihr falsch. Es würde lange dauern, bis Nora ihr Geschenk wirklich ergründet hatte, und Leas schwierigste Aufgabe war, sie dabei zu leiten. Der Bass würde ihr helfen. Mit ihm konnte sie Nora auf eine Art und Weise von sich erzählen, die sich nicht in Worte fassen ließ. Nora spielte kein Instrument, aber sie sang gern. Vielleicht konnten sie gemeinsam musizieren. Zum Singen brauchte man keine Hände.

Nun saß sie also im Flugzeug. Die Anschnall-
zeichen waren erloschen. Der Druck auf den
Ohren hatte nachgelassen. Die Stewardess lächelte nichtssagend. Das gleichmäßige Surren
der Motoren strahlte eine Ruhe aus, die Lea in
sich nicht finden konnte. Plötzlich hatte sie Zeit,
hatte nichts mehr zu planen oder zu erledigen,
war der eigenen Entscheidung ausgeliefert.
Obwohl sie von den Anstrengungen und Auf-
regungen der letzten Tage erschöpft war, konnte
sie nicht schlafen. Es war nicht das Bett, das ihr
fehlte, auch nicht das Vibrieren der Plastikver-
schalung oder das leise Reden der Mitreisenden,
das sie störte.

Wie ein Pilzgeflecht begann die Angst, alle
ihre Gedanken zu durchziehen, und ließ sich
durch nichts zurückdrängen – nicht durch
Konstruktionsüberlegungen für das Windrad,
nicht durch die Erinnerung an das Kompliment von Herrn Oliani, nicht einmal durch das
schlechte Gewissen gegenüber Ella. Die Angst
vor Deutschland, vor Berlin, die kein abstraktes
Familienerbe war, kein Vermächtnis ihrer vor
Jahrzehnten ermordeten Tante Lea, sondern die
sie, sie persönlich, meinte, griff nach ihr. Als sie
diese Angst vor einigen Tage am Cape Ann zum
ersten Mal gespürt hatte, stand Ben neben ihr.
Er war Trost und Verlässlichkeit, allein seine
Anwesenheit war ein Ventil, durch das sich ihre

Angst entspannte. Jetzt war sie im Niemands-
land, hoch über den Wolken, umgeben von Mitreisenden, die ihr Schicksal nicht interessierte.
Nichts bot ihr Halt. Niemand würde sie stützen,
wenn ihr bei der Landung ein Kainsmal an-
geheftet werden würde, wenn sie verächtliche
Blicke träfen, wenn sie erklären müsste, was sie
in der Stadt wollte, ihre Berechtigung, hier ein-
zureisen, abgefordert würde. Sie dachte an die
Mappe mit den Papieren ihres Vaters. Würden
sie ihr Türen öffnen oder verschließen? Sollte
sie sie lieber tief in ihrem Koffer verborgen lassen und hoffen, dass niemand danach fragte?
Warum hatte sie sie überhaupt mitgenommen?

Und Nora, war ihre Mail wirklich als Liebesbrief zu verstehen? Lea kannte sie auswendig,
ging sie Wort für Wort durch. Bei jedem Satz
schienen ihr plötzlich zwei Interpretationen
möglich zu sein. Ja, Nora öffnete sich viel weiter
als bisher. Ja, Nora schrieb, dass sie ihr wichtig
war. Aber es gab keine Einladung, keine Vision
von einer Gemeinsamkeit außer der einer schon
wieder aufgeschobenen Reise, eines Urlaubs in
Amerika. Dafür rannte sie gegen den Fluch an?
Dafür flog sie nach Deutschland?

Was wäre, wenn Noras erste Freude über ihre
Ankunft schnell einer Enttäuschung wiche, wenn
die Frisur gemacht, das Essen verzehrt ist? Wenn
sie diejenige ist, die nach drei Tagen für Nora

stinkt wie toter Fisch? Wenn sie Magenschmerzen bekommt von dem, was die Stadt für sie bereithält? Wie weit reicht Noras Zuneigung, wenn sie Unterstützung braucht, um nicht von der Geschichte gefressen zu werden? Nora wird ihre Erklärung nicht verstehen können. Sie wird ihren Besuch als Relativierung des Fluchs verstehen, nicht als eine schmerzhafte Konfrontation. Sie wird Lea in dieser Sache allein lassen, allein lassen müssen. War das auszuhalten, in dieser Stadt bei einer Freundin zu sitzen, die vielleicht doch nur eine Bekannte war? Für die die Vergangenheit vergangen war? Der Fluch würde sich in ihr breit machen, ohne dass die andere etwas sah, würde in ihr explodieren, weil sie ihm den Ausgang durch den Mund verschloss – aus Rücksicht auf Nora. Wenn es so wurde, musste sie aufbrechen, musste sich allein dieser Stadt stellen, sich den Blicken der Menschen, den Geschichten der Straßen aussetzen und dann versuchen, wieder aus ihr wegzukommen, wie damals ihre Großeltern.

Noch schlimmer, wenn Nora ihr gleich zeigte, dass sie die Mail falsch verstanden hatte, sie nicht wenigstens am Anfang mit offenen Armen empfing. Dann müsste sie gehen, ihr Gepäck schultern wie ein Flüchtling und sich der Stadt zuwenden, die ihre Familie ausgespien hatte.

Als sie die Augen schloss und zu schlafen versuchte, sah sie sich Koffer und Bass durch die Stadt schleppen auf der Suche nach einem Hotel, sah verächtliche Blicke auf sich gerichtet. Sie wirkte schäbig in diesem Wettermantel, der sie schon seit mehr als zwanzig Jahren vor Regen und Kälte schützte, der aber keinen der bösen Blicke abhielt, die ihr an allen Ecken zugeworfen wurden. In den Hotels bot man ihr Zimmer zum dreifachen Preis von dem, der ausgehangen war. Frage sie nach, verwies man sie auf ein großes J, das man ihr bei der Einreise in den Pass gestempelt hatte. Ein Hoteldiener spuckte vor ihr aus, als sie ging. Würde er sie beim nächsten Mal anspucken? Die deutsche Sprache, in der die Erinnerung an ihre Mutter lebte, bellte in ihren Ohren, wie sie es aus Erzählungen der Großeltern kannte.

Der Traum ließ sich nicht abschütteln. Es zählte nicht, dass sie schon mehr als zwanzig Länder bereist hatte. Diese Erfahrung würde ihr nicht helfen, um als Fremde in Berlin zurechtzukommen. Sie hatte sich auf den Weg gemacht, um dem Fluch ins Gesicht zu sehen. Aufgehoben war er nicht.

Die Landung des Flugzeugs holte Lea aus den drückenden Visionen zurück. Es war früh am Morgen und draußen war es noch dunkel. Jetzt war sie da. Verlies das Flugzeug, als würde sie die eigene Nabelschnur trennen. Betrat deutschen Boden. Neben dem Rollfeld des kleinen Stadtrand-Flughafens ragten die Bauten des noch immer nicht in Betrieb genommenen neuen Großflughafens auf. Aber dafür hatte Lea keinen Blick und keinen Gedanken. Ihr Herz schlug bis zum Hals und sie brauchte alle Willens- anstrengung, um nach außen die Gelassenheit einer erfahrenen Reisenden zu zeigen. Bei der Passkontrolle schlug sie die Augen nieder, damit der Beamte darin nicht ihre ganze Geschichte lesen konnte, erwartete den Stempel mit dem J, von dem sie geträumt hatte, aber er kontrollierte sie unbeteiligt und winkte sie durch. Trotz ihres großen Gepäcks würdigte man sie beim Zoll keines Blickes. Langsam schaffte sie es, wieder normal zu atmen. Sie stieg in ein Taxi und gab dem Fahrer, der schlechter Deutsch sprach als sie, die Adresse. In einer Viertelstunde würde sie bei Nora sein. Ihr Kopf war leer. Alle Gedanken waren gedacht, alle Fragen gestellt. In ihr war nur noch Erwartung.

Geßner. Der Klingelknopf fühlte sich rau und feucht an. Es dauerte es eine Weile, bis Nora öff- nete. Das Klingeln hatte sie offenbar aus dem Bett geholt, sie sah müde aus, skeptisch und ge- hetzt.

»Lea?!«

Lea sah, wie sich eine schwarze Wolke auf Noras Seele langsam auflöste. Mit jeder Träne, die ihr über die Wangen lief, nahm das Strahlen in ihren Augen zu. Lea umarmte sie. Ihre Angst vor dieser Begegnung war in einer anderen Welt geblieben.

Dank

Viele Menschen haben die Entstehung dieses Buches unterstützt. Britta Kollberg hat als Testleserin wichtige Impulse gegeben. Mona Gabriel, Karin Sakowski und Grit Zacharias konnten als Lektorinnen die Textqualität sehr befördert.

Besonderer Dank gilt meinem Mann Norbert für die Covergestaltung und seine Geduld mit diesem langwierigen Projekt.